NF文庫
ノンフィクション

シベリア強制労働収容所黙示録

小松茂朗

潮書房光人新社

シベリア強制労働収容所黙示録——目次

シベリア強制労働収容所黙示録

第一章　鉄格子の中で

人道なき拷問

カンボーイ（警戒兵）が「ビストリ　ダワイ」と叫び、マンドリンの台尻で私の尻をぶん殴った。

私がよろめいて腹這いになると、全身が水につかってしまった。

別名〝墓場〟とも噂されていた「水牢」である。

水牢で責められるとは聞いていたが、いくらソ連でも、まさか、そんな冷酷無惨な責め方があるものか。私は仕置きの存在を否定していたが、噂どおり己れがその苦しみを味わう運命に落ちたのである。

天井すれすれの壁に一尺（約三十センチ）四方の小窓があって、そこから淡い光が差し込んでいる。小窓のある位置が西の方角らしいから、その淡い光はおおかた夕陽であろう。

フラフラと私が立ち上がると、カンボーイはさも憎々しげに、またもマンドリンの台尻で私をこづき、ドアに鍵をかけて立ち去った。

マンドリンは楽器のマンドリンではない。彼らの携帯する連発銃に日本人が名づけた呼称である。

弾丸は銃身の中の弾倉にこめられているのが普通だが、ソ連銃の場合は数十発も弾丸を装填できる丸い弾倉が銃身をとりまくようになっている。

その弾倉は直径八寸（約二十四センチ）ほどもあるので、肩にかつげない。胸にかかえて行進する格好が、まるでバンドマンがマンドリンを抱えているようだ。だから私たち日本兵は、いくらか軽侮の意味もふくめてマンドリンと呼んでいた。

日清、日露の戦役、つまり祖父の代からつたわる旧式歩兵銃を使い馴れた日本兵にすれば、なにかぼうとくされたようで、なんとも気色が悪い。そのうえ多くの戦友や在留邦人の生命を奪った銃だ。

私たちはマンドリンを見ると、積もりつもった怨み、つらみがどっと吹き出してくるのであった。

それはともかく、腰を没するほどの泥水から這い上がってみると、その水牢は半地下牢で畳二帖ほど。その半分をベッドが占領している。

ところで、そのベッドだが、丸太の足に丸太の床。むき出しの丸太にゴロ寝だから、背中の痛いこと。これなら床に寝た方がよほどらくだが、ベッドの床すれすれまで水を張ってあるから、それはてんで無理な相談だ。

大小便も、ここでしろ、ということらしい。

ソ連の囚人用水牢だったが、その囚人たちは即製のソルダート（兵隊）に仕立てられ満州へ送られてしまい、今度は日本兵の責め道具に使われているわけだが、用便しても紙で後始末しないソ連人にしてみれば、泥水にたれ流すことなど平気なのだ。しかし、日本人は大小便につかって暮らすなんて、とてもできないし考えたこともない。

私はまるで真空状態になってしまったような意識のなかで、その日のことを必死に考えてみた。

昭和二十四年の九月十日。ひょっとしたら十一日になっているかも知れない。日時がはっきりしないというのは、はなはだ頼りない。

ここは沿海州アルチョンの収容所であるが、日本ならどんな家にでもカレンダーや日めくり、暦のたぐいが部屋にあって、だれだって今日という日を間違えることはなかった。しかし、ソ連という国は調法なものでも贅沢とは無縁の国だから、各人がメモするとか、しっかり記憶していないと月日がてんでくるってしまう。

それに、なんといってもあの衝撃的な出来事、空腹、疲労、睡魔との闘いで気が狂いそうになっている。

衝撃的な出来事というのは、九月九日の夕方に起きた。水牢の前の事件である。

重営倉の独房——日本なら未決拘留のための拘置所に当たるものだが、ともあれ、そこから引っ張り出されて、別の独房へ連行された。

そのとき、大男、赤ヒゲのカンボーイにこづかれ、足蹴にされたが、いつもなら一人のところ、そのときは二人だった。

「やられるぞ」と覚悟をきめると、案の定、地獄の折檻が待っていた。

地獄などと気やすく書いてしまったが、地獄を私は知らない。しかし、死者がゆく場所だから、肉体的な苦痛はないはずだが、私が連行されたところは精神的、肉体的、いずれにしても極限で、だから地獄よりもっと凄かったはずだ。

それはともかく、地下牢へ入ると、壁に立てかけてある細長い棺桶に入れとカンボーイは言う。

後で知ったが、これは棺桶営倉といわれているそうだ。どんな責め方をしてもゲロしない、しぶといやつに使うそうで、一般的ではない。だから、噂にもならなかったのである。

日本の棺桶は樽の大きいものが多かったが、ソ連式は身長ほどの長い代物だ。

ついに冥土行き──と思った瞬間、身体じゅうの血液が足の先からドドッと流れ出ていくような、いやな気分になった。頭の中が真空状態になって、精神不在である。

ほおーと突っ立っていると、

「ビストリ　ダワイ（早く入れ）」

またもやマンドリンでこづかれた。そして、すばやく蓋をされてしまった。若干の作業をともなうかいつもと違ってカンボーイが二人だった意味がこれでわかった。

らである。

彼らは早口でしゃべりながら、釘を打っている。蓋をするだけと思っていたら、蓋以外の側面にも、ほぼ五寸（一寸は約三・〇三センチ）おきに一本ずつ打っている。棺桶板の厚さがわからないから断定はできないが、内側に三寸ほど、先端が突き出ているから、三寸釘らしい。

作業が終わったようで、彼らは、「おとなしくしてろ」と、捨てゼリフを残して出ていった。

ドアを締める音がやけに大きくひびいた。棺桶の中だから、鍵音なんか聞こえないはずなのに、頭の中がからっぽだから音の吸収が激しいのかも知れない。

まるで身動きできないのが辛い。私の身長は昔とほとんど変わらないが、身体の幅も厚さも変わっている。関東軍で十五貫（一貫は約三・七五キロ）だったものが九貫に減り、骨皮筋右衛門だ。

皮がじかに骨にからみついているような状態で、棺桶との間にわずかでも隙間があるから、大男のソ連人にくらべれば楽なはずだが、ちょっとでも身動きすれば、釘が皺だらけの皮膚をつきやぶって骨を刺す。

一刻の油断もできない。直立不動の姿勢をとれば釘の襲撃を避けられても、全身が鉛のようだ。

しゃがめば楽になると思うが、前後左右に釘があるからそれは不可能である。それに、床には五寸ほど水が貯まっている。日本なら九月中旬はまだまだ暑い。小川のせせらぎにひたる気分にもなれようが、シベリアの冬は早い。北の方ではもう雪が舞っている。

まだ棺桶の水は氷に化けていないが、冷たい。寒気が二本の足をのぼってくる。

その朝、独房を出る前、拳ほどの黒パンを食べただけだから、空腹も頂点である。喉もカラカラだ。

眠っちゃダメだ、と己れの心を鞭打ちつづけたが、ついに引きずり込まれるように眠りに落ち込んだ。

お袋が現われた。稲穂の中に立っている。その後方に大きな河がゆうゆうと流れていた。故郷の川である。私が旧制高校を卒業するまぎわに親父が死んだため、大学はお袋の肩にのしかかった。学費と生活費の半分を送金してくれた。いまと違って現金収入のまったくない時代だから、苦労したのではないか。残り半分は、現代ふうにいうと私のバイトで賄った。

バスもない。電話もない。ましてラジオなんかどこにもない山の中の田んぼを這うようにして働いているお袋だ。腰も曲がったし、ずいぶんやつれている。

私になにか話しかけた。しかし、唇は動いているが声は聞こえない。

その風景が一転して、奉天近郊の風景に変わった。白系ロシア人の娘エミリーが立っている。

私は昭和十九年九月、繰り上げ卒業で大学を出るとすぐ放送局へ入ったが、まもなく応召、原隊で初年兵教育をうけてから幹部候補生になった。

　予備士官学校のある奉天で、彼女と知り合った。その詳細については後で書く。懐かしい彼女の家の風景が消えて、なぜか軍服姿の天皇が現われた。

胸から下には白い大輪の菊が重なるように咲き乱れている。

背景のお堀や木々の緑に目をうつしたところで気がついた。

背中が二ヵ所ほどチクチク痛む。居眠りをして背後にかたむき、釘が刺さったものだが、目がさめて不動の姿勢に返ったから、釘は身体から抜けたらしい。

　背骨の両側で、わずかでも肉が残っている部分だからよかったものの、骨に刺さっていたら、それこそちょっとやそっとで抜けはしない。

　その傷が原因で骨が化膿すれば、〝白樺のこやし〟になるところだった。

白樺のこやし、という表現は民主グループが好んでつかう言葉だ。彼らの意に従わぬ、かつての戦友に反動の烙印をおして人民裁判にかけ、〝白樺のこやし〟にしてやる、とつるし上げ、ソ連のゲー・ペー・ウーに密告したものである。

早い話、お前のようなやつ、ぶっ殺して白樺の根元に埋めてやる、という脅しの文句だ。なかには本当に殺す、という悲劇もあった。

　さて、どの程度の傷か調べたいが、手を後ろにまわせばまたやられる危険性があるので、我慢せざるを得ない。

眠っちゃいかん。眠るなよ。——それだけを念じて数時間。それでもやっぱりウトウトして、右肩の付け根をやられた。

しかし、さっきほどの痛みはない。それに痛みが単純だから、傷もひとつのはずだ。そのうえ運よくボロ防寒衣の肩の部分がやぶれて綿がズリ落ち、その部分に釘がささったらしい。召集以来五年、筆舌に尽くしがたい苦難に遭遇したが、いつも生きることだけを念じて耐えてきた。

しかし、この棺桶営倉だけは、生きる張りをことごとく奪ってしまう責め道具である。思えば、あの海の向こうの日本には青春があり、自由があった。無限にひろがる未来があった。私は、あのころそう信じていた。

だが、この棺桶には自由も未来もまるでない。生きていることが辛いのだ。いままで棺桶に入れられた人たちは、敵の罠にやすやすと落ちてしまったものだろう。それからまた空腹と疲労、寒気に睡魔。目に見えぬ内なる敵と闘っているうち、小窓から光がさしこんできた。朝になったのである。

真空状態の頭で、眠らないようにと、そのことばかり考えていて、ほんとうは時間がどのくらい経過したかわからない。一日のようでもあるし、二日かも知れない。ともあれ、長い長い時の流れであった。

それから間もなくカンボーイが来て、棺桶の蓋をはずしにかかった。

「やけに静かだな。ヤポンのやつ、まさかお陀仏じゃねえだろな」

若い声だ。それに答えるように、年輩の声がする。

「うん。かわいそうにな。国にゃ親兄弟が帰りを待ってるだろ」

それまでに接したソルダート（兵隊）とは、まったく違うしんみりした話しぶりである。

ヤポンはヤポンスキー（日本人）を略した言葉だ。この国では長ったらしい名称は、呼びやすく短いものに変えるか、愛称に変えてしまう。名前はほとんどが愛称か略称である。スターリンの本名は前に聞いたことがあるけれど忘れてしまったが、いやに長くて、日本のように一息ではとても言いきれない。

話してくれたセルジャント（軍曹）は一息で言おうとしたが、とても言い切れるものではなかった。だから、スターリンという尊称を奉ったのだと、そのセルジャントは笑っていた。

それはともかく、釘はずしにかかったソルダートの言葉には、意外と人間らしい憐愍の情がふくまれている。ソ連人ではなくて、ロシア人かも知れない。

同じ国民に別の呼称をもちいるのはおかしいけれど、一九一七年十一月七日、ロシア革命を起こした共産党とそれにくわわった労働者、農民がソ連人。革命によって地位、財産、とくに土地私有制の廃止によって土地をすべて奪われた人たちがロシア人である。

ゲー・ペー・ウーの目と耳が恐ろしいから、人なかではけっしてそれを口にしないが、相手がヤポンの場合、周囲に人のいないのを確かめて、怨み、つらみのこもった口ぶりで話すことがある。話すのは、もちろんロシア人で、ソ連人は、けっしてそれを口にしない。

案の定、棺桶の蓋がはずされてカンボーイを見ると、来たときの二人とはちがう者だった。

一人は初老のスタリッシナ（曹長）、他は若いカンボーイだった。

若い方が「ダワイ」と言い、スタリッシナが「ヤポンスキー……」と言った。そのトーンには哀れみと労《いたわ》りがこもっていた。私の耳にはそう響き、そしてそれを聞いたとたん、私は前につんのめって意識を失った。

寒さと眠けに空腹。それもさることながら、疲れがひどい。針のムシロ同然で、不動の姿勢だから身体がコチンコチンで、骨が鉄棒になったようだ。だから、倒れるときも座りこむようにぐしゃっとはならず、棒が倒れるようだった。そこまでは、おぼろげながら覚えているが、それから後は、もう真っ暗闇である。

そのときから数時間か、あるいは数十時間かわからないが、額をつかれて目がさめた。

棺桶営倉ではなかった。畳数にして二帖ほどだ。一尺四方の小窓すら鉄格子がはまっている。板の間にゴロ寝の独房に変わりはないが、私の前に二人の娘がいる。顔がうりふたつだから姉妹にちがいない。

姉らしい方が私の枕元にしゃがみ込むようにして、

「カークヴィ　セビャーチューストヴェチェ？（具合はどうですか？）」

「スパシーボ　コーリュシチァヤ　ポーリ　スノーヴァ　ガラヴァクルウジェーニェ（ありがとう。刺すような痛みがあるし、また、めまいもするので困ってしまう）」

こんどは私が質問してみた。

「カーク　ヴァース　サヴート？（あなたのお名前は？）」

「アヤー　ファミーリャ　マリヤ（私の名前はマリヤ）」

そして彼女は他の娘を指さして、「ユーミー」と言い、ユーミーと呼ばれた彼女は、はにかみながらほほえんだ。

やはり私の想像どおり、シェストラー（姉妹）だった。姉の話によると、あのスタリッシナは父親で、その父親から、

「かわいそうなヤポン。さぞ腹をすかしているだろう。パンを持っててやれ」と命じられたという。紙袋から黒パンを出し、私に食えとすすめる。水筒に似た容器も出して蓋に水をそそいだ。

軍人の家庭も食料は配給制、量も厳しいそうだから、私にこんなにくれてしまって、どうするのだろうか。食い物で苦労をしていると、つい他人の心配までしてしまう。

彼女の家は両親と姉妹の四人家族で、母も姉妹もこの収容所に勤めているそうだ。

収容所といっても、ここはいわゆるペルシルカで、取り調べのための拘置所であり、中継ぎ監獄である。「反動」「戦犯」だと民主グループから烙印をおされた者が、シベリア全土からつぎつぎと送り込まれ、ソ連側の要求する回答を拒否すると軍事法廷に立たされるという。おなじアルチョンの収容所から、このペルシルカへ連行されたのが夜で、それからは半地下牢と独房の往復だけだったから、かいもく外部の状況はわからなかったが、私のような反体制的容疑者がいまは数十名ほど留置されているそうだ。

彼女たちは将校事務室と衛兵所の電話番をして、食料など生活必需品の受給資格を得ているという。二人はまだ十七歳と十五歳だが、〝働かざる者、食うべからず〟という社会主義の国だから、職を持たないと生活物資の配給もないし、国家に寄与しない者として処罰される。

私のロシア語ははなはだ頼りない。あとで書くが、予備士官学校のとき、白系ロシア人の家で覚えたものだ。そんなわけで、読み書きはもちろんダメ。ほんの少し、話せるだけだ。それと、〝壁に耳あり、障子に目あり〟で、どこにスパイがいるかわからない。だから、姉妹の話は途切れ、とぎれで、ささやくような調子だ。

むずかしい話で単語や熟語がわからないと、私はなんどでも聞き返すから、二十分も三十分もかかり、その間、黒パンをゆっくり味わった。

入ソ以来、手に握ったこともない量だから、いささか持てあまし気味だった。しかし、ドアの外に持ち出すことはできないから、全部、胃袋におさめてしまった。

現金なもので、食べ物がおなかに入ると、死の幻想にとりつかれていたというのに、ほのぼのとした心のゆとりみたいなものが生まれている。

私が〝豪華な食事〟を終えたら、姉の方が私の身体を指さしながら、

「シトー　ヴァース　ビエスバコーイト？（どんな具合ですか？）」と問う。

「ニェート　トーリカ　ガラヴァー　イ　スピナー（頭と背中が痛い）」と、私が答えながら背中を向けると、

「リャーシチェナ　スビヌウー　ナ　ズジェーシ（うつ伏せになりなさい）」

私が命令どおりにすると、上衣をずらしてから背中と肩の部分を押さえ、彼女は妹になにか小声で命じた。すると妹は駆けるようにして室外に出て、まもなく呼吸を切らせながらもどって来た。

そして、ポンと蓋を開ける音がして、私の傷口になにか塗りはじめた。飛び上がるほど痛い。

意気地のない話だが、私が大きな悲鳴を上げると、ひとりごとのように、

「化膿したら大変だから、応急手当をしたからね。痛くても我慢するのよ。治るまで診てあげるからね」

ヴラーチ（医師）というより、メトシェストラー（看護婦）とマーチ（母親）をごちゃまぜにしたようなセリフと雰囲気だ。

隣りの集落まで数十キロ、あるいは数百キロ。医者もいない。看護婦もいない。薬屋なんてあるはずがない地の果てでは、ズブの素人でも、医者の真似ごとぐらいやらなければ生きてゆけないのではないか。薬を塗ってガーゼをかぶせ、テープで止める治療の手順が、じつにスムーズである。

治療を終え、姉妹は帰りかけて、またもどってきて防寒衣のポケットからパピローズ（吸口つき巻きタバコ）を二本とマッチを取り出し、

「バジァールスタ（どうぞ）」と言う。父親に持っていけと言われたが、治療に気をとられ

て、タバコは忘れていたらしい。

一般ソルダートは、マホルカ（安物の刻みタバコ）だけで、新聞紙に巻いてツバで止めてすうが、なにせ荒っぽい刻み方で香料もなにも入っていない代物だ。いがらっぽいのなんの。最初のうちは、一口すうたびにむせていた。

そこへゆくと将校用のパピローズは細巻きでやや長目。外見はきわめてスマートだが、吸口の部分が全長の三分の一以上もあるのが難点である。生産する国家にすれば、原料が少なくてすむが、配給量が厳しくまもられているだけに、受給者としてはいい迷惑だ。家族はときたまパピローズのグチをこぼす。

二本なんてケチケチしていると思うかも知れないが、そんなわけで二本のタバコだって他人に渡すのは身を切られるほど辛いはずだ。

それを堪えて、捕虜、それも反動にくれるのだから、彼女たちの父親はよほど寛容な心の持ち主である。

ふるえる手で火をつけたが、その旨いこと。じいーんと頭にひびいて軽いめまいがする。中学生のとき、私は陸上競技部の部屋で同級生にすすめられて、彼からもらったタバコに火をつけたが、恐ろしくて思わずもみ消した。それを帰途、人目につかない畑の小道で吸ったところ、めまいがしてしばらく道端にへたりこんだことがある。

そのときの感じによく似ている。

そんな私の身ぶりがわかったらしく、笑いながら、「ザフトニェズナー」と彼女は言った。それは「明日は明日の風が吹く」というような言葉だ。

若い女性には、いささかなじまない言葉だ。おそらくシベリアの荒涼たる風景の中を、新しい任地に向かうたびに父親のもらした言葉を真似たのではないか。

五十歳に手がとどきそうになって、まだ曹長でまごまごしているということは、彼女たちの父親は、これからの昇進の途がとざされている、と言っても過言ではあるまい。反体制である、というなんらかの理由をつけられて、シベリアに流されたものではないか。

私はラーゲリ（収容所）を変わるたびに、そんな将校や下士官を見てきた。己れが悲しい立場にあるからこそ、哀れな捕虜に共感をおぼえ、同情するわけだ。

「ドスビダーニヤ（さようなら）」

彼女たちは帰って行った。

地獄の責め苦

さて、話を水牢にもどさなければならない。

丸太ベッドのゴツゴツに、背中と右肩の傷が当たらないよう左肩を下にして寝たが、やはり針のムシロだ。身体スレスレの泥水も〝衛生的〟ではない。前住者が大小便をたれ流した泥水は、ものすごい臭気をともなっているし、寒気の原因でもある。

九月中旬には冬がはじまる。水牢は氷の貯蔵庫とおなじだ。

ソ連支給の穴あき防寒衣では、寒さが骨をさす。棺桶営倉で傷ついて失神し、マリヤ父子に助けられて、やっとこの世にもどったというのに、今度は凍えていよいよ冥土行きか——。しだいに意識がうすらいでゆく。

そのとき、ドアが開いた。ソ連兵が立っている。そのうちの一人は姉妹の父親である老曹長だった。

「カーク？（どうかな？）」

調子はどうか、と聞かれても返事のしようがない。もうちょっとでお陀仏さ、と言えばカドが立つから、ソ連人のように肩をこころもちつぼめて両手をやや前に出した。彼らは喜びも哀しみもこのポーズで表現する。

中は水びたしだから、二人はドアの外側に立ったままで手招きしている。

私が立ち上がると、老曹長は、

「ニチェボー（仕方ないんだよ）」と言う。それから先を彼が言葉にしてはまずい。言わなくても私にはわかっている。

それから独房まで連行されて数分後、また姉妹が現われた。

「カーク　ヴィ　セビャー　チューストヴェチェ？（おかげんは？）」

「ウ　メニャー　パリート　ガラヴァー（ありがとう。頭が痛みます）」

姉が傷の手当にとりかかった。前に手当してくれたときは、私の気持が動転していてわからなかったが、彼女が塗ってくれる薬はヨーチンとおなじ色で、滲透する感触も似ていた。薬が滲みるときの痛みは、前より軽くなっている。治療を終え、防寒衣を着せかけながら、「もうすぐ、治るわ」と言う。

彼女は嘘をいう必要もないし、痛みの程度から推しても気安めではなさそうである。

棺桶から水攻めまで、ひどい折檻をうけているときは、「もはやこれまで」と生への執着を断ち切ったが、彼女たち姉妹の手当をうけて、また生きる願望が生まれてくるようだ。

「上層部の命令だから仕方ないけれど……と父が言ってたわ」

姉が私の耳に口をつけるようにして、それだけ言った。

前に、彼女の父親が、「ニチェボー（仕方ないんだ）」と言った意味は、これだ。

ソ連は軍人も民間人も、規則、規則でがんじがらめにされている。

帝政ロシアのころは便所で紙を使用したらしいが、いまはたれ流しである。ティッシュペーパーを作るより弾丸が先、という方針かも知れない。

だが、どんな些細なことでも、規則やぶりはタブーである。

あとで詳しく書くが、刑法第五十八条という法律があって、ソ連人は言うにおよばず、外国人が自国で犯した罪すらこの一条で罰してしまう。たいていは二十年以上の実刑だ。

ソ連における囚人についても後で書くつもりだが、一説には五千万人といわれ、少なくみても三千五百万人だ。二億二千万の総人口で三千五百万というのは、恐るべき数字である。

日本の場合、法律に抵触したことが証明された場合のみ罰せられるが、彼の国では国の必要とする労働人口に見合うだけの囚人をつくる、といわれている。

国の機密事項について話してくれるときは、周囲に人のいないのを確かめてからであるが、彼らロシア人の話は、いずれも肌に粟を生ずる思いである。

それはともかく、姉は、「頑張るのよ」といいながら、またパンとタバコをくれる。彼女が自分の食事をきりつめたものかも知れない、と思いながら、ちぎって口に入れる。石油くさいパンだが、空きっ腹にはありがたい。

ところで、パン焼きは食用油を型にぬってからメリケン粉を流し込むものらしいが、ノルマ達成の報奨として、ときたま配給される黒パンも石油くさかった。

なにごとも実情を知るためと思って、囚人あがりの器材係に聞いてみたところ、彼は肩をすぼめ両手を少し前に出すポーズをして、わずか間を置き、ふたたび例のポーズ。それから声をひそめて話しだした。

ソ連では食用油の生産量が少なく、ために非常な高価であるらしい。パン工場では配給の食用油をヤミ値で横流しして、かわりに石油をつかうという。私が、

「あなたの国では、国民の行動を規則でがっちり規制し、スパイが見張っているだろ。横流しなんか、まるで出来ないはずじゃないか。おかしいぞ」というと、彼は、

「党の幹部は国民とまったく別な物を食べているから、気がつかない。スパイは……」と言いかけて、彼は私のポケットに指をさし入れた。それですべてわかった。贈賄である。

「社会主義国に賄賂があるもんか」と言えば、

「それがなければ、なんで石油を使うんだ。ノルマだってなんだって、賄賂でどうにでもなる」

「そんな……」

「だが、賄賂を出せるやつは、ごく一部の物持ちだけだ。一般大衆はやっぱり法に縛られている」

ようするに、袖の下はソ連にもあった。しかし、それができるのは、裕福な人間と一握りの権力者だけというのが現実らしい。

人間みな平等と称する社会主義国で、そんなバカなことがあってたまるか、と怒ってみても、しょせん虫けら同然の捕虜である。どうなるものでもない。

繰り返すようだが、黒パンは旨かった。全身に力が湧いてくるような気分である。

この日のタバコはマホルカだった。彼女の家にも吸口つきのパピローズがなくなって、仕方なくマホルカにしたのである。

彼女がポケットから出した新聞紙に巻いて吸った。

タバコが切れてから時日がたっているので、うまく巻けない。

もどかしい手つきにあきれたのか、彼女は私の巻きかけをとって器用に仕上げ、唾で紙をとめる。

それに火をつけ、私は甘ずっぱい気分で紫煙をのみ込んだ。

私がタバコを吸いおわると、姉が吸殻を新聞紙につつんで持ち帰っていった。

さようならの挨拶は、「そのうちきっといいことがあるわ」だった。前のように、「明日は明日の風が吹く」とは言わなかった。

「ザフトニェズナー（明日は明日の風が吹く）」には投げやりな、そして、あきらめみたいな意味もふくまれているのに彼女は気づき、「そのうちいいことがある」と明るく励ましてくれたのではないか。

満州にいるときも、シベリアに来てからも、日本人の間で、「ソ連という国は冷たい国だが、ときおり意外なほどお人よしがいる」と語られていたが、そのお人よしといわれる人種はロシア人であった。

だから、マリヤ一家も、はじめに書いたとおりロシア人だ。ロシア人には〝心〟がある。

棺桶営倉と水攻めが終わったことだし、いくら〝いじめ〟好きでも、もう折檻は終了と思っていたら、またもその翌朝、若いカンボーイがやって来た。

フラフラと立ち上がる私の腕をつかまえて、強引に別の独房へつれてゆく。

ドアを開けると、強烈な湿気と臭気がおそってくる。私がたじろぐと、カンボーイは、「ヨッポイマーチ」と憎々しげに言って、私をカートンキ（フエルトの半長靴）で蹴っとばす。

地下牢は暗いので最初わからなかったが、三尺四方の、まるで犬小屋である。五尺二寸五分（約一・六メートル）、小男の私でも腰を曲げるほどの天井だ。

その犬小屋には、丸太二本を横にした椅子らしいものがある。

ドカーンとドアを締め鍵をかけて、カンボーイはもう一度、念を押すように、

「ヨッポイマーチ」

それは、日本でバカ野郎と言うときみたいにつかう軽侮の言葉だ。

しかし、本来の意味は、「汝は母を姦する」という最低の言葉だ。

女性に投げるもっとも汚ない言葉は、スーカ（メス犬といわれる類い）、ブリヤージ（売女）、クウルワ（淫売婦）などだが、このころは女性にも「ヨッポイマーチ」を憎々しげに言う場面をときどき見ている。

さて、地下牢であるが、熱さが尻の方から上がってくるので、手さぐりでその所在を確かめると、親指の太さほどの鉄管が二本、壁をつきやぶっていて、さわれば飛び上がるほど熱い。

熱い湯を通しているのだ。いわゆる「熱湯風呂」という責め道具であった。

前に書いたように天井が低いから、どうしても椅子に掛けなければならない。

その姿勢が、もっとも熱湯パイプに近い位置だ。パイプが尻へジカに当たっているようなものである。

それを避けるためには中腰がいちばんだが、それは長くつづかない。

全身から汗が吹き出すのに五分とはかからなかった。サウナ風呂なら温まったところで出られるが、ソ連式サウナは鍵がかかっている。呼べど叫べど、だれも助けてくれない。

それがわかっているから、奥歯をかみしめて熱さに耐えていた。

初年兵の三ヵ月は、よく往復ビンタをとられたが、そんなときの加害者はたいてい、下士候あがりの兵長だった。下士候で〝落ちこぼれ〟になった鬱憤を、初年兵いびりで晴らしていた。

些細なミスを見つけては往復ビンタをとる。整列ビンタのさいは、班内の初年兵を一列に並ばせてぶん殴る。手が痛くなれば、上靴でひっぱたく。単独のミスなら、一人だけのビンタだ。

どちらのときも、かならず〝歯をよく食いしばれ〟と命令する。こうしないと舌をかんだり、思わぬ怪我をするからだ。

これは兵長の親切でもなんでもない。己れの責任になるからだ。いわば責任のがれの命令である。

私はそんなことを思い出し、歯が痛くなるほど噛みしめるけれど、室温は上がる一方だ。だんだん意識が薄らいでゆく。苦しい。

話に聞く脱水症状というやつだ。

完全に意識がなくなった。それからどのくらいたっただろうか。大きな衝撃でわれに返った。姉妹の父親だ。私が目をひらいても、まだ頬をたたいている。それから私を抱くようにして外に出した。

「よかった……」と言い、私の流れる汗をふいている。

棺桶営倉と水攻め、熱湯風呂が、命からがらでもとにかく終わって、それから独房生活がはじまった。

その間、三日に一度ぐらいの割合で、姉妹が差し入れに来てくれた。シベリアはすでに恐ろしい冬がはじまっていた。

独房に持ちこんだ私物の荷をほどき、毛布と、ボロ衣類を取り出して身にまとうが、火の気のない独房の中は冷蔵庫と同じだ。ベッドがあれば、それだけでも床から離れているから、寒さがいくらかでも弱くなるだろうが、床にゴロ寝である。

それに、なんといっても腹の減るのが情けない。減食させられているから、食事は朝夕の二回だけである。コーリャンのおかゆが、サケの空缶に一杯ほどだ。慢性空腹症がどうしようもない重症になっている。

用便のときはドアを叩いてカンボーイを呼び、監視つきで便所へいくが、その回数もしだいに少なくなった。入る物が少ないから、出る物も少なくなるのは当然だが、餓死の一歩手前というところか。

徳川時代、凶作に見舞われた農民は団結して一揆を起こしたというが、私にはいまのところ団結する仲間もいないし、モスクワを遠くはなれた独房の中では、どうしようもないのである。

頼みの綱は彼女たちだけだ。来るたびに恵んでくれる一握りのパン。石油くさい黒パンはべっちゃりしていて、どう見ても一片とはいえない姿だ。彼女たち一家四人も、厳しい配給量で生きている。それをさいてくれるのだから、それ以上の好意はない。マリヤとユーミーから後光がさしてでもいるように感じた。

腹の虫が口をそろえ、わめきながら上を向いて待っている。そこへパンが落ちてゆく。このときこそ、餓死の恐怖から逃れることができる。それに、マホルカも最高の贅沢であった。

凍る夜空のもと

そうした独房生活がつづいて、十月になった。もう拷問はないとタカをくくっていたら、庭の柱につながれたのである。

独房を引きずり出される一時間ほど前、綿入れの防寒衣を姉が差し入れてくれた。

そのときは、「これからいちだんと寒さが厳しくなるから……」との思いやり、とばかり思っていた。だが、私のこの夜の拷問が彼女の父親にわかっていて、マリヤに命じたか、あるいは、父からその話を聞いて彼女が独断で持って来たのか。

ともあれ、この防寒衣で助かるかも知れない。

シベリアの十月は、ところによっては零下五十度を越えるらしいが、このあたりは零下四十度前後ではなかったろうか。

私の足もとには雪が一尺ほど積もっている。それを踏みしだくようにして足踏みしていたら、見覚えのある男が柱につながれた。

照明はなんにもないが、シベリアは日本とちがって、白夜のような夜がある。その夜も、ぼんやりとわずかだが明るさがあった。

「お前、原田じゃないか？」

下を向いていたその男が顔を上げた。

「あ、見習士官殿」

やっぱり原田だった。彼とはシベリア抑留最初のラーゲリで、五ヵ月ほど一緒であった。彼は、終戦の三ヵ月ほど前に召集された中年の二等兵。私の郷里である新潟県の片田舎を流れている信濃川の下流で、農業をしていたそうだ。

同郷とわかって特別な親近感もうまれ、作業場の休憩時やラーゲリのベッドでよく話し合った。私の場合は東京や勤務先の話が多かったが、彼の話題はいつも女房、子供のことだった。

「上の子供が小学校六年生になるはずだ。下のは三年生。オレがいればせめて農学校ぐらい出してやるつもりだったが、女房の働きだけじゃ、そうもいくめえ。それに、カミさんだけで田んぼや野菜のめんどう見きれるかどうか、心配だ」

そう言いながら、汚れてしまった腹巻きの中から、大事そうに一枚の写真を取り出して見せたことがある。彼と奥さん、それに子供二人。大人は紋付き羽織を着ているところから想像すると、正月の記念写真かも知れない。

子供たちは、どこにでもいる腕白らしい。どうといって特別なところはないが、奥さんは彼が出征するとき三十五歳だったというが、どう見ても三十前だ。

彼がいつも故郷や家族のことばかり話していたのも、無理からぬ気がした。

「お前、なんでこんなところへ来たんだ？」

「それが、じつにくだらんことで……」

彼の話を聞くと、まさにくだらない、バカバカしいことが原因であった。

彼は材木の引き揚げ作業をしていたそうだ。氷の上を運搬されてきた材木を、河岸から製材工場まで運ぶ仕事である。

材木は日本の電柱ぐらいの長さと太さで、これを四人で担ぐわけだが、ノルマはきつい。疲れているし、空腹だから思うようにできない。

それでも言い訳は通らないから、なんとかしてノルマだけはこなそうと夢中であった。そのとき、民主グループのアクチブ（活動家）、服部が通りかかったが、四人とも気づかない。すると、服部の参謀を気どっているオルグの吉村が、持っていた杖で四人をめった打ちにしたそうだ。

「貴様ら、なぜ隊長殿に敬礼せんのだ。欠礼の罪を知らんか」

ピシッ、ピシッ。打ちつづける。

服部は下士官候補生だったが、昇進試験で落ちた万年兵長である。いわゆる落ちこぼれだが、いつのまにか促成の社会主義者になりすまし、うまいことソ連側にコネをつけてハバロフスクの赤化教育に参加し、三ヵ月の教育を終えてラーゲリに帰り、民主グループを組織して、その親分、つまりアクチブ（活動家）と称して、専横をきわめたらしい。

部隊長と自称し、民主グループ員にもそう言わせていたという。

そのときも、パリッとしたシューバ（防寒外套）にピカピカの長靴。ソ連将校に勝るとも劣らない服装だった。

それにラボータネート（作業なし）、クーシャチムノーゴ（食い放題）だから、力があまっているので、彼らのお仕置きはよくきいた。

原田ら四人は、打たれながら呆然としていた。遅れても敬礼すればよかったが、それはできない。

捕虜同士で欠礼の罰なんかあってたまるか。そういう思いが四人の胸の中にあるから、ついに敬礼をしなかったのである。

「だが、それだけではあるまい……」

しばらく彼は考えていたが、

「じつは、欠礼はほんの序の口。スパイになれと言うんです」

そのころ、民主運動の仕上げ期をむかえ、一般捕虜の動向を的確に捉えるため、スパイ要員を民主グループが物色していたらしい。

その罠に四人がひっかかったわけだ。つまり、欠礼を口実にして絞り上げ、スパイ要員に引きずりこもうという魂胆である。

そして三人はスパイになったが、原田だけは意のままにならなかったという。

いくつもシャラーシカ(特殊収容所)をタライ回しにされて、ここへ来たらしい。

「ハナたれ小僧ならいざ知らず、立派な大人がスパイなんてアホなことできるもんか。ときに見習士官殿は?」

「うん、オレか。オレもまったく、屁みたいなことさ。じつにくだらん」

「屁みたいなやつ、聞かせて下さい」

「オレの原隊のこと、話さなかったかな?」

「ええ、見習士官殿は、部隊の話をあまりしませんでしたね」

「そうか、オレは初年兵のとき、国境の山の中の警備隊に行ったことがある。ひどい山の中でな。下の街までいくのに四時間もかかるんだ。

だれも億劫がって街の床屋へは行かない。少人数の部隊だから、兵隊の中にも床屋出身者がいなかった。だから、みんなヒゲは伸び放題。オレも伸ばしたよ。原隊に帰っても、士官学校も、そのままだ。シベリアへ来ても、もちろんそのままだ。ご覧のとおりさ。

そこで民主グループは、〝我らの祖国ソ同盟でヒゲを立てられるのは、スターリン大元帥のような偉い人に限る。捕虜の分際でヒゲを立てるなど、言語道断〟だってさ。つぎは帝国主義、軍国主義の煽動者だというわけさ。

オレはたしかにアナウンサーだが、芸能担当だし、それに研修期間中の応召だから、まだ放送にタッチしていなかったと言っても、通らないんだ。

放送局は全支局を合わせると数千人の陣容で、一人の担当する仕事なんかほんのわずかだ。

とくにオレのような養成期間中の者は、実務は知らないと言っても、民主グループも、ソ連側も、嘘をついてるといい、てんで信用しない。だが、お前の場合とまったく同じで、ヒゲだの軍国主義だのは、ほんの導火線さ。やっぱりスパイになれってさんざん脅かされた。揚句、こんなところに放りこまれて、棺桶に水攻め、熱湯風呂。お前、どうだった?」

「へえ、見習士官殿もやられましたか。オレもたっぷりやられました。棺桶に入って冥土のお参りして来たから、当分あの世行きはないでしょう。ところで、棺桶でほんとうにあの世へ行ってしまったやつが、何人かいるそうですよ。オレはよっぽど運がいいんですね」

「ソ連のやつらにだけは、みっともないとこ見せまいと思ったが、辛かったなあ」

話をしながらも、足踏みを忘れてはならない。油断すると、凍傷にかかってしまう。カートンキはフエルト製の半長靴で、軽くて暖かく、なかなか履き心地のいい靴だが、縫い目から破れがはじまると始末が悪い。

フエルトが意外に厚く、素人では修理がむずかしい。傷口は次第にひろがってゆく。

話が途切れたとき、また一人、隣りの柱につながれた。若いようだが、すっかり参っているらしく、ヘナヘナとその場にうずくまった。

連行したカンボーイは、若い捕虜をマンドリンで小突くが、「ウ、ウ」と呻くだけで、彼は動かない。

「ヨッポイマーチ」

この世で最底の罵倒をあびせ、こんどは足蹴にする。それでも若い男は立ち上がらない。

憎々しげにもう一度、蹴飛ばして、

「ヒートリー」

それは狡猾というロシア語だ。カンボーイは、若い捕虜が病気をよそおって立ち上がらない、と思い込んでいるらしい。

しばらく監視していたが、

「ニチェボー」とつぶやいて立ち去った。「こんな野郎、仕方ないな」というわけだ。

私と原田は、「しっかりしろ、眠っちゃいかん。立て」と叫んだ。私と原田がつながれている柱から一間（約一・八メートル）ほど離れているから、ジカに助ける方法はない。声をかけるだけだ。

二人で代わるがわる叫ぶが、立ち上がらない。それでも返事はあった。

「立って身体を動かすんだ。凍傷にやられるぞ」

「立て、立つんだ。足踏みしろ」

「ありがとう。ダメだ。立てない」

「どうしてなんだ？」

「尻のまわりが傷だらけ」

「なんでそんなとこ？」

「棺桶で……」

それだけ言って、その後は消えてしまった。

尻のまわりが傷だらけといえば、想像は容易につく。へたり込んだためだ。あの棺桶の中で直立不動の姿勢をくずさないということは、容易な業ではない。疲労、空腹、寒気、睡魔とたたかわなければならない。

ほんのわずかウトウトとしただけでも、負傷する。錆びた三寸釘の先端にやられるのだ。現に、私も背中と肩をやられた。しかし、マリヤの手当で全快したが、めんどうを見てくれる者がいなければ、悪化するばかりだ。

その若い男は眠って、しゃがみこんだに違いない。私のように立ったままで寄りかかった場合より、しゃがんだときの方が、重量が加わっているから傷も深いはずだ。傷は数ヵ所あるだろう。

「棺桶で……」という返事を聞いてからは、彼は身動きもしなくなった。

「見習士官殿、大丈夫ですか?」

「うん、まあな……」

「わしは農家の生まれだから、たいていのことなら参らんが、見習士官殿は都会生活だから」

「いや、オレだって知ってのとおり、生まれも育ちも農村だ。こんなことで参ってたまるか。頑張るぞ」

「おたがい頑張りましょう。生きてふたたび故郷の土を踏みましょう」

「故郷の土もいいが、お前は家族に会いたいだろ」

気温はぐんぐん下がっている。話でもしなければ、気分がめいってやりきれない。これから明け方まで数時間が正念場である。

「背中を合わせてみようか」

「やりましょう」

原田はがっちりしているが、背は高くない。背中合わせになったら、彼の方が一寸ほど高いだけで、背中はうまい具合に密着した。

「簡単に死んでたまるか。身体を動かしていれば、凍死しない」

「しかし、こんなアホなことされるのも、民主グループの密告が原因だ。あいつら、人間のクズですよ。かつての戦友からピンハネして贅沢三昧。見習士官殿、そう思いませんか」

「思うさ。しかし、シベリアは娑婆の常識や慣習のとおらんところだ」

「しかしですね。自分たちだけ腹いっぱい飯を食って、ソ連のカンバード（大隊長）そこのけの服装だ。服だって、シューバだって新品同様で、靴もピカピカ。住むところといえば暖房のきく特別室。当番兵までつけてやがる。関東軍の部隊長じゃないんだ。あいつら、自分の家に帰ったって、いまの生活なんかできっこない」

原田の怒りはますます燃え上がる。やり場のないこの怒りは、乱暴な言葉にすりかわった。

「それだけじゃない。オレたち、コーリャンがゆすってボロ着て、これじゃあまるで乞食ですよ。ノルマだ、生産競争だ、と勝手なことをほざいて、揚句ノルマができなければ、営倉にぶち込んで絶食。捕虜仲間で欠礼したからって、ソ連にタレ込む必要はないのに」

原田はカートンキを鳴らしながら、鬱憤をぶちまけている。寒い。ヒゲも眉毛も白く凍ってしまった。

「噂ですが、あのアクチブ、蒙古のラーゲリにいるとき、その土地の女性をかこっていたそうです。口では、世界平和のためだ、人類平等のため、なんて夢みたいなことほざくくせに」

黙れば眠ってしまう。眠りは死につながる。思い出すことを引っ切りなしにしゃべりまくる。

「アクチブめ、コルホーズで野菜を売り飛ばしたんだ。その金でダモイ（帰国）のおみやげを、しこたま仕入れたそうだ。あんなやつ……。じつは……」

「どうした。つづけんか」

彼の話はいささか長いので要約すると、欠礼でぶん殴られた夜、ひと思いにアクチブを刺殺しようと決意し、彼の宿舎の前で待っていると、まもなくワクター（衛兵所）の方から帰ってきた。

原田は厠から出たふりをして、アクチブの前に出た。敬礼をしなかった。予想どおり、

「おい兵隊、なぜ敬礼をせんのだ。ボケるほどの年でもあるまい」

原田は右手を防寒衣のポケットに突っこんだまま立っていた。

「なんとか言わんか」

原田の肩に手がのびた。原田は身をかわし、短刀を握った。

短刀といっても本物ではない。作業場でひろった鉄片を気長に磨き上げたやつだ。

「貴様、気でも狂ったのか」

アクチブは真っ青になり、原田の右手にしがみつく。原田はその手をふりきって短刀を突き出した。

「悪魔、死ね」

しかし、短刀の先端は本物ほど尖っていないから、アクチブのシューバを刺しただけだった。力自慢の原田も、そのころはもうすっかり身体が弱っている。気力だけではどうにもならなかったのだ。

「おーい、狂ったやつが暴れてるぞー」

アクチブは胸を押さえ、わめきながら逃げようとする。原田はふたたび突き立てようと追いかける。

「やめろ。このアホ」

駆けつけた民主グループに羽交いじめにされた。

原田の顔は蒼白。それでも声をかぎりに叫んだ。

「お前は、祖国ソ同盟なんてバカなことを言うが、オレたちの祖国は日本だ。日本には親兄弟がお前の帰りを待っている。まだ間に合う。考えなおせ」

「貴様、めったなことを言うんじゃない」

民主グループ員が原田の口をふさぐ。それでも原田が叫ぶと、彼らは殴る、蹴る、あらん限りの暴行をくわえた。

「まったくこの野郎、とんでもないアホだ。このラーゲリには隊長殿に反抗するやつなんかいない。みんな心服しているんだ。刃物を出して刺すなんて、もってのほかだ。ただじゃすまんのだ。首根っこ洗って待っていろ」

アクチブの取り巻きどもは、忠義づらでなおも原田に暴行をくわえた。

それから原田はカルチュル（懲罰室）にぶち込まれた、というのである。

「こんな理不尽、オレの村じゃ通らない」

「それだけ日本はいい国ってことになるのかな」

雪が降ってきた。うずくまったままの若い男の上に、白いものが積もりはじめた。

ようやく東の空が茜色に染まった。私と原田は生きていた。しかし、若い男は動かなかった。

逆境下の至福

太陽が東の空に昇りはじめると、カンボーイが三名、仏頂面《ぶっちょうづら》でぶつくさ言いながら現われた。

カンボーイ二名は、私と原田の縄をといて、「ビストリダワイ（早くしろ）」とこづく。一名は雪をかぶった亡骸のかたわらに立ち、「ヨッポイマーチ」とつぶやき、「チェッ」と舌を鳴らしてから、「ニチェボー（仕方ないな）」と言い、肩をすぼめた。

カンボーイに連行されながら周囲を見渡すと、さすがにペルシルカ（中継ぎの一時的監獄）である。ただのラーゲリとはひどく違う。

ほぼ正方形の敷地で、西南の角に衛兵所らしい建物があり、それにつづいて門。その門は普通のラーゲリと違って鉄製で、固くとざされていた。

中庭をかこむように、屋根がひくく横に細長い建物が四棟建っている。地表から一尺ほどのところに小窓がある。半地下牢だ。ざっと数えたら、一棟に三十個所もあった。四棟だから、百二十個ということになる。

半地下牢は、独房のほか棺桶に熱湯風呂、水牢などだ。いまもその拷問に耐えかね、悲鳴を上げている戦友があるだろう。

その建物の向こうには木柵がある。それは一般のラーゲリと同じで、二間ほどの丸太を五寸間隔に立て、鎖で連結してある。一般ラーゲリはこれだけだが、ここはその外側に有刺鉄線の柵があった。

こんな地の果てで逃亡するわけもないのに、と私は腹の中でせせら笑ったが、よく考えてみると、厳重な逃亡予防にはわけがあった。

この沿海州アルチョンのペルシルカは、もともと囚人の拷問用であったが、その囚人は、満州侵攻のため即製のソルダート（兵隊）にされてしまった。そこで不要になったものを、捕虜用に転用しただけだ。

独房に帰ると、コーリャンがゆが待っていた。しかし、冷たくなっている。そいつをすすって横になった。火の気がないから寒いけれど、外よりはましだ。

横になって、できるだけ丸くちぢまって寝た。靴下代用のボロ切れ、どうしようもない下着、背嚢まで身体にかけた。

ボロ靴下といえば、満州の最初の収容所に入るとき、日本兵は万年筆や時計、薬品から靴下まで、カンボーイに奪われた。

それこそ履いてる靴下までぬがせて、その代わり自分が足に巻いている布切れをよこしたやつもあった。

ソ連兵は靴下を知らなかった。靴下は布切れだった。

「ハラショウ。日本には、かくも調法な物があったのか。日本は文明国である」

ひどく感心し、「戦争は下手だが、文明は世界一」という妙な称号をもらった。

靴下なんか、どんな国でも履いている、といおうと思ったがやめた。不用意にそれを言えば、靴下の有難味が薄くなる。

強盗みたいなやつらだが、良心がいくらかはあるとみえて、奪った貴重品の代わりに、マホルカをひとつまみくれた。「靴下は日本独特の物」と言ったら、またマホルカをひとつまみよこした。

日本にもそのころ刻みタバコはあったけれど、細く刻んであり、香料をふくんでいた。それにくらべると、ソ連のマホルカは、タバコなんて言えない代物だった。新聞紙に巻くから、インキの匂いがまず気にかかる。荒い刻みで乾燥しすぎだから、バリバリである。

平時ならとても吸う気がおきない代物だが、戦闘で、すっかりタバコを切らしていた。ニコチンならなんでも飛びついた。

だから、「靴下は日本だけのもの」などと嘘をついて、若干のマホルカをせしめたのだ。

日本にダモイだから、靴下なんか、どうでもいいとタカをくくっていたが、ダモイは逃亡を防止するための嘘で、シベリア抑留となった。それからというもの、布切れならなんでも背嚢に突っ込んで、靴下がわりの予備をたくわえた。

だが、そのひとつまみのマホルカがほしいために靴下を渡したことが、ひどい悲劇をともなった。

大男のソ連人たちが履いたカートンキ（フエルト靴）だから、必然的に大きい。その間隙をうめるため、われわれはボロをたくさん使う。

六月中旬、雪どけ水がフエルトを通し、足に巻いたボロ布にしみて、足はグショグショだ。ラーゲリに帰って洗えばいいが、そんなお湯も場所もない。バーニャ（入浴）だって月に一度か二度だ。足には垢や汚れがたまり放題である。それが水気でべったりする。これで水虫にならなければ、人間ではない。

それが戦後四十年、いまだに治っていない。私は水虫の足をひきずっているのだ。

それはともかく、話を靴下代用のボロ布にもどさなければならない。たとえボロでも衣類や靴は配給されたが、なぜか靴下代用の布切れは配給されなかった。

囚人たちが兵隊となって満州へいくとき、囚人服は軍服と着替えたけれど、布切れ靴下はそのまま、履いたり、持ったりして行ってしまったらしい。

そんなわけで、ボロ布集めには、ずいぶん神経をつかった。背嚢の中はボロばかりだった。そいつをみんな身体にかけたから、少しでも暖かくなったような気がした。

「ズドラスチェ（こんにちは）」

澄んだ声で目がさめた。姉妹だった。

彼女たちは、厚さ一寸ぐらい、直径五寸前後、両面が少し焦げた物をもってきてくれた。メリケン粉をこねて、フライパンで焼いたものだった。

黒パンと違って石油くさくなかった。バターの香りだった。子供のころ母がおやつにつくってくれた「薄焼き」そっくりである。

「スパシーボ（ありがとう）」

言い終わると、私はすぐにかぶりついた。彼女たちのおみやげは、それだけではない。魔法瓶らしい容器からスープを、持参したアルミ容器にそそいだ。一寸ほどに切った鮭も三切れ入っている。

湯気の立ちのぼるそのスープの旨さ。そのとき、私は世界最高の美味と感じた。

三切れの鮭が入っているだけで、調味料など入っていないスープだが、一生を通じて、一番うまいスープだったといまでも思っている。

メリケン粉を焼いたものを持参したのは、彼女の家の主食であるべき黒パンが、ピンチだったらしい。

ソ連人の配給もきわめて厳しいもので、入ソして間もないころ、セルジャント（軍曹）の宿舎へ当番勤務でいくと、そのセルジャントは、いつになく元気がない。

「カクゼラー（どうした？）」と聞くと、

「スルーシャイチェ（まあ聞いてくれ）」と前置きして、彼が語りだした一件は、ソ連にたいする見聞がまだ浅いころだから、信じられなかった。

食料配給の定量は、実際の必要量より相当すくないらしい。

一週間単位で配給されるが、五日目の金曜日あたりには心細くなって、六日目には完全に底をつく。あとは絶食だから、土、日の二日間は、体力の消耗を防ぐために寝ているのだ、という。

なるほど、理にかなった説明だが、戦勝国にしてはわびしい話だ。国民生活を犠牲にしても、軍備の充実をはかるというわけか。

それを語ったとき、

「ニーハラショウ」と、彼は声をひそめながら、肩をすぼめた。

女房は収容所長の家へ食料を借りに行ったが、それも気休めで、所長のところにだってあるわけがない、とまたセルジャントは肩をすぼめる。

そんなわけで、乏しい自家用の食料をけずって私にめぐんでくれるマリヤ一家の情が胸にこたえ、はずかしい話だが、涙がこぼれそうで、どうしようもなかった。

鮭だって、シベリアでは貴重品だ。それがスープに入っていたのだ。

シベリアに抑留された当初、ソ連は〝洋食〟だから、スープがつくとばかり思っていた。しかし、それが出なかった。

シベリアも落ちつけばスープぐらい飲ませるだろう、と話し合ったものだが、その期待は完全に裏切られて、コーリャンが一本槍である。四年間、ついぞ一度もお目にかからなかった。

スープは、最初で最後だった。

「バリショエ　スパシーバ」

お礼の言葉だ。私はなん度もなん度も言った。彼女たち一家だけでなく、神にもお礼を言った。

もうじき別れなければならないだろう。たとえ短い期間でも、こんないい人たちを恵んでくれた神に、感謝しなければならない。

破天荒の理不尽

数日後、取り調べがあった。

カンボーイに「ビストリビストリ」と追い立てられて、衛兵所わきの小部屋に入ると、中年のソ連人が待ちかまえていた。

がっちりしていて肩幅が広い。大男は、どこか抜けているところがあって憎めないものだが、この男は、ニガ虫をかみつぶしたようで、いかにもヒートリ（狡猾）そうな風貌である。服装は軍服に似ているが、階級章がないし、どことなく違うようだ。おそらくゲー・ペー・ウーだろう。

少し遅れて通訳が現われた。

通訳は捕虜の中からロシア語のできるやつを選んでやらせているらしいが、自分から売りこむ者が多いそうだ。

一般捕虜にくらべれば、肉体的にもらくだし、住む場所もちがう。

御身大切だから、完全にソ連サイドである。

中年のソ連人が早口にしゃべると、その通訳は、いかにも捕虜の中のエリートです、といわんばかりの顔でしゃしゃり出る。

「過酷なことをしてしまったが、これは、私たちの本意ではない。ソ同盟の決定である。まことに気の毒なことをした。身体に異状はないか」

われわれの本意ではない、とか、気の毒なことをした、などと彼らがいう場合は、かならずといっていいほど、なにかある。

調子に乗ってしゃべったら、とんでもない結果をまねく。

棺桶や熱湯風呂でしごかれれば、身体がこわれるのは当たりまえだ。

彼女たち姉妹がいたからこそ、さいわい私は、背中と肩の傷も化膿せず、全治にもう一歩のところまで漕ぎつけることができたのだ。

そうでなければ、いまごろ「白樺のこやし」になっている。

「棺桶でケガしたが、死はまぬがれた」

「異状がなければ聞くことにしよう」

「ちょっと待ってくれ、なぜ、私を逮捕したのか」

「君はソ同盟にたいし、悪いことをしたからである」

「それは違う。私はソ同盟にたいし、悪いことなどした覚えはさらさらない」

「あるのだ。刑法第五十八条の侵犯である」

「私は、このヒゲの件で捕まったのである。刑法なんて、とんでもない。なにかの濡れ衣だ」

「たしかに君のヒゲは困りものである。わがソ同盟でヒゲを立てていいのは、スターリン大元帥のほか限られた人々である。

捕虜がそのように立派なヒゲを生やしては、関係者としては困るのである。君がソ同盟のかかる現状を理解し、自発的に剃ることを希望する。

それとはべつに、種々、調査したところ、五十八条抵触の事実が明るみに出たのである」

「私は初年兵教育で三ヵ月、以後は予備士官学校で幹部教育をうけていて、ソ同盟にたいしなんら敵対行為をしていない。

ようするに、そうした機会も時間もまるでなかった。

したがって、貴官の言うことがさっぱりわからないのである」

ヒゲの問題は、単なる導火線であることは明瞭である。さて、本当の狙いはなんだろう。

「刑法五十八条の説明をする必要はないが、いずれにしても、君は容疑者である。さきのラーゲリでの取り調べのさい、君はアナウンサーであることを自供している。戦争煽動の罪はまぬがれないのである」

「アナウンサーといっても、まだ研修中で、実際業務にはついていない。かりに業務についていたとしても、芸能関係だから、軍国主義とか戦争にはまったく関係ない」

「それは違う。軍国歌謡を奨励したはずだ」

「かりに、貴官の言うことが真実としても、それは日本国内の事件であって、ソ同盟とはなんら関係はない」

「ソ連の法律は、世界でもっとも正しい。人民のものである。したがって、世界中のどこにいても、だれもが守らなければならない。もし犯すものがあれば、何国人といえども逮捕する。たとえ、それがソ同盟領土外で起きた事件であっても、見逃すことはできない」

「そんな……」

まったく破天荒の理不尽である。

私は大学で法律を専攻したが、ソ連の国内法が世界に通ずる国際法だなんて、聞いたこともない。バカも休み休み言ってほしい。

「納得できないようだから、言って聞かそう。君は学生のとき、育英資金をもらっていた。弱い人民を搾取する典型的資本主義者である。その罪は深い」

たしかに、私は県の育英資金をうけた。高校のときは一文ももらわなかったが、中学と大学ではその恩恵に浴し、大いに助かった。

日本にそうした福祉の制度があったが、だれにでもくれるというわけではなくて、成績優秀な者という条件がついた。

幸いにして私はその規則に該当したが、弱い人たちを脅して巻き上げたわけではない。搾取なんて、見当ちがいもはなはだしい。

育英資金の件は、だれかに話した記憶がある。それをスパイが知り、ソ連側に通報したものだ。

「さて……」と、中年のソ連人は言い、しばらく間をおいて、もっともらしい口ぶりで本筋を語りだした。

「きわめて重大な犯罪で、二十年の刑はまぬがれないところであるが、一つだけ救われる道がある。日本へ上陸し、アメリカ軍の情報を、ソ同盟の指定する人物に知らせるのである。

本年末をもって、捕虜のダモイは、いちおう終了する。最後の引揚船に便乗するのである。君がこの件を承諾すれば、私がしかるべく取りはからうつもりである」

やはり、ここでもヒゲの問題は導火線で、本当の狙いはほかにあった。

それがなんであるかは見当すらついていなかったが、これでようやくわかった。彼らの狙いは、日本で私にスパイをやれというものであった。

事の重大さに、私は身ぶるいするほど緊張した。

ここで口約束して日本に帰り、そんな約束は知らない、といっても逃げ切れまい。どんな刑が待っていても、スパイだけは断わろう。オレは日本人だ。という思いが胸を突き上げてくる。

「私の祖国日本では、スパイはもっとも恥ずべき行為の一つとされている。お断わりする」

「バカだな、君は。ソ同盟の申し入れをのめば、最後の船で日本へ行けるんだぞ。よく考えろ。若干の時間をあたえる」

誇りをすてて日本へ帰るか。生命をかけて武士道をまもるか。

私は、ソ連に二者択一をせまられたわけだが、迷わず後者をとることにした。そうと決まれば、案外、気はらくになった。

独房に帰って横になると、姉妹が訪れた。

「ヌウ　カク　ゼラー？（どう、うまくいってるの？）」

おそらく今日の調べを知っていて、その結果を聞いているようだ。

だが、私はなにも答えず、肩をすぼめ、両手をやや前に出す。この国のゼスチュアだ。ほんとは胸にたまっているものを洗いざらい、彼女たちにぶちまけてしまいたい。この国にたいすること、今度の事件など、みんなひと思いに吐き出したい。

だが、私のロシア語は貧しい。とてもそのまま理解してもらえるほど、上等ではないのだ。

マリヤは紙袋を差し出した。中のものは、人さし指ほどの大きさで白っぽくて、やや焦げ目のようなものがついている。暖かそうな湯気が立っている。

「シトー　エータ　タコーエ？（これは何ですか？）」

「カルトーシカ（ジャガイモ）」

ジャガイモを細く切って、油で揚げたものだ。舌の上でとろけるようだ。私はあせらず、ゆっくりゆっくり味わった。

彼女たちの前で、こんないじましい食べ方は、はずかしくてみっともないが、二度とふたたび、こんな旨い物が食えるかどうかわからない。

きっと、そんな幸運にめぐりあえないと思うと、カルトーシカがいとおしいのである。

「世の中、悪いことばかりじゃない。きっといいことがある。じっと待つの……」と言い、姉妹は帰っていった。

午後五時ごろだろうか。あわい夕陽が小窓から差しこんできた。いままで気がつかなかったが、壁に文字が書いてある。

ぼんやりと見えるだけだが、「人間到る処、青山あり」「身はたとえシベリアの荒野に朽ちるとも、とどめおかまし大和魂」などと判読できた。

捕虜はおおかた革命歌を唄い、スターリン万歳を叫び、営々としてノルマの完遂に汗と血を流しているが、なかには胸に階級章をつけ、敢然として労働を拒否している、いわゆる反動将校団があるので、おそらく彼らが書いたものだろう。

第二章　裁かれた神

重労働二十年

その年、昭和二十四年の十一月、私は軍事裁判をうけることになった。沿海州アルチョンのペルシルカから、法廷へ出発する朝は、大きな雪が舞っていた。門の外側に女性が二人立っている。頭にも肩にも、そして全身に雪が舞いかかる。それを払おうともしない。姉妹だった。

「ドスビダーニヤ（さようなら）」

ソ連には、もう二度と会えないことがわかっている場合にいう別れの挨拶がある。「永久にさようなら」である。ソ連人は、また会えるときと、これをかならずといっていいほど使い分ける。

気が遠くなるほど広大なシベリアでは、いちど別れたらけっして再会できないのである。だから、「プラシチャイ（永久にさようなら）」と言いつつ涙を流し、別れを惜しむ光景を何度か見てきた。

しかし、姉妹は「プラシチャイ」とは言わなかった。

「ヴィッソレー ダワイ（早く来い）」

トラック運転手の吠えるような声にせき立てられて、私が身体の向きを変えると、彼女が右手に紙包みをにぎらせた。

トラックにはすでに先客が二人いた。いずれも四十歳を過ぎている。服装はおんぼろだが、威厳がある。将校らしいので、私は目礼してから官姓名を名乗った。

「福原見習士官です。ご苦労さまでした。今後よろしくお願いします」

「加藤少佐です。これからも頑張ろう」

「小山内大尉です。軍事裁判らしいが、生命あるかぎり、日本人の誇りをまもりとおそうじゃないか」

取り調べにあたったゲー・ペー・ウーらしい中年の男が乗り込むと同時に、運転手はアクセルを踏み込んだ。

そのとき、柵内の独房のあたりから歌声が上がった。はじめは小さな声だったが、しだいに大きくなって、原生林にこだまする。

〽今日も暮れゆく異国の丘に……

そのころ、どこからともなく伝わってきた歌だが、曲が歌いやすく、それになんといっても自分たちの身の上をつづった歌詞のように思えて、作業の合間やラーゲリのベッドの上で、よく口ずさんだ。

民主化運動のボルテージが上がるにつれて、革命歌以外は歌うべからず、と民主グループからきついお達しがあって、この歌を唄うにはスパイの不在を確かめてからであった。民主グループは若手の捕虜をスパイに仕立て、捕虜仲間の動静をさぐらせていた。

兵隊たちは悲しいにつけ、嬉しいにつけ、この歌を唄った。とくに、「帰る日が来る」の詞に心がおどる。作詞者や作曲者はもちろん、題名すら知らない。しかし、この歌は心の寄りどころとなっていた。

柵の中の声はしだいに小さくなって、そして消えてしまったけれど、歌に思いをこめて、私たちはいつまでも口ずさんでいた。

さて、トラックにゆられて着いたところは、ウラジオストックだった。

裁判は、太平洋軍事法廷というらしい。名称なんかどうでもいいが、通訳がもっともらしくそんなことを言った。裁判の構成は裁判長、判事、検事がそれぞれ一名。それに通訳だ。弁護人はいない。ソ連側が一方的に決定した結果を被告に達するのが目的だから、弁護人なんて不要であるらしい。

どう転んでも、これ以上悪くはならない。すっかり居直ると、不思議に覚悟ができて、開廷するや、さっそく質問してみた。

「なぜ、私を逮捕したのか？」

「お前はソ同盟にたいし、悪事をはたらいたからである」

「私はソ同盟にたいし、悪事をはたらいたことは絶対にない。神に誓ってもいい」

「この世に神なんかいない。だから、いない神に誓う必要はない。ナンセンスである。お前は刑法五十八条を知らんのか？」

「私は他国の刑法なんか知りたくもない。日本の刑法の条文すら知らないところだってある。まして、他国の刑法など知る由もない。知ろうとも思わない」

「バカを言っちゃいかん。ソ同盟の法律は、世界でもっとも優れたものである。しかも、世界共通の法律である。君は自分の罪状をみとめ、ここに署名している。よって重労働二十年」

「罪状なんて、とんでもない。前の取り調べでも言ったことだが、ヒゲを伸ばしたのは、山中の守備隊で、床屋にいけず伸びてしまい、そのまま刈らなかっただけだ。

アナウンサーの件にしても、研修中のため、マイクを握る機会もなかった。指摘された軍国主義の煽動なんて、まったく濡れ衣である。

その署名であるが、取調官が署名しろと言うのでサインしたまでだ。そんなデッチ上げの調書にサインした覚えは毛頭ない。抹消すべきである」

「アイヤ……」

裁判長は大きな手をひろげ、背をそらした。

「この署名は、君がソ同盟の法を侵犯したことを認めたものである。本官は情状酌量のうえ、刑期二十年にしたのであって、本来ならば死刑だが、それで済ませることにしたのである。

ソ同盟、とくにスターリン大元帥に感謝したまえ」

驚くべきナンセンスである。

「最後に一つだけ質問したい。私が日本にいたさいの罪状のようであるが、それならば貴国の法律と、私はいささかも関係ないと思うが……」

「それは大きな誤りである。ソ連の法律は、もっとも正しく、全人民のものである。したがって居住地は問わない。世界のどこにいても、守らなければならないし、犯す者があれば、何人といえども逮捕する。くりかえすが、たとえそれがソ同盟領土外であっても……」

まったく箸にも棒にもかからない。そのうえ、判決の日本文は誤字だらけの走り書きで、厳粛であるべきはず判決文が、お粗末な一片の紙きれであった。

その紙きれで、私は世界の大悪人と決めつけられたのである。

「ソ同盟の裁判は、囚人製造の工作機械だ」と、ソ連人さえ嘆いていた。周囲に人の在否を確かめてから、私の耳に口をつけるようにしてささやいたソ連人が何人かいた。

「地球は共産主義社会の方向へと回転し、その歯車はだれも止めることはできない」と、ソ連共産党員や民主グループは、ことあるごとに捕虜をアジった。

私たち反動分子には、ヘドの出そうな気色のわるいスローガンだが、それがためには戦犯を偽造するし、国際法も無視する。欲するものはなんでも奪う。盗んでも絶対に返さなかった。

自国民さえ囚人にするための裁判とすれば、動物以下のわれわれ捕虜など、まさに問答無用、斬り捨て御免のはずである。カマンジェル（権力者）は、それをいささかも不条理とは考えていないようだった。

おかされざる領分

刑期二十年が気にかかるので先に書いたが、ウラジオストックへ向かう道中も、彼女たち姉妹に助けられたのである。

軍事法廷に向かって出発したのは早朝だった。雪の中、原生林の間をひた走りに走って、数時間たったころ停車して、ゲー・ペー・ウーらしい男と、運転手が食事をはじめた。二人は運転席と助手席で、それぞれパンを食い、スープをすする。魔法ビンに詰めてきたスープは、湯気をたて旨《うま》そうな香りをまき散らす。

彼らの食事が終わったら、私たちにも多少の配給はあるものと待っていた。なにせ目がさめるとすぐに、

「ダワイ　ダワイ　ヴィッソレー　ダワイ（早く来い、早く来い）」とせき立てられ、荷物を待つのももどかしく、衛門といえばいいか獄門というべきか、ともかく鉄の扉のところへ駆けつけたのだ。

だから、昨夜の食事からはコーリャンがゆもノドを通っていないから、彼ら二人が食べるのを横目で見ながら待っていた。ちょうど犬がヨダレを垂らしながら、餌を待っているような哀しい光景だ。

だが、彼ら二人は食事をすませると、しごく当たり前という風情で、車を転がしはじめた。

私たちが、

「シトー？（なぜだ？）」と詰問口調で聞くと、

「ニエート（ない）」

オレたちの食事はどうした、と言わなくとも、彼らには充分わかっていたはずだから、つづけて、

「ニチェボー」と言った。それは、「仕方ないよ」という意味だが、中国語のメイファーズに似たニュアンスも持っている。

彼らとやりとりしているとき、私はかたわらの紙包みに気がついた。運転手にせき立てられ、二人の将校と言葉をかわし、それから袋をひらくのも気まずくなって、そのままにして置いたのだ。

袋を開いて見ると、あの〝薄焼き〟が三つ入っている。メリケン粉をこねて、油で焼いたものだ。前にマリヤがくれたのと同じものである。長旅だからというので、持たせてくれたらしい。三人に三つというのはまるで神様のお恵み、と涙がこぼれるほど嬉しかった。

私の差し出す薄焼きを将校たちはうけとり、さっそくかぶりつく。

「本当のことをいえば、空腹で眼がまわりかけていた。旨い」と少佐がいえば、つづいて大尉が不審そうに、

「どうやって手に入れた？」という。

不思議に思うのも無理はない。黒パンならカンボーイに貴重品でもやって入手するという方法もあるが、このメリケンコ製品は、理解の枠を越えている。

「話さなければいけませんか？」

そういいながらも、しぶしぶ私が、

「ある少女たちの差し入れです」

とだけ言うと、

「君が胸にしまっておきたい部分もあるだろうから、詳細は聞かない。だが、いいなあ。若いってことは……」

少佐がしみじみと言う。

「彼女たちは、私を勇気づけようと思って、言葉を選んでいろいろ話してくれるんですが、自分たちはロシア語があまりわからないでしょう。だから、わかるようにしゃべろうと一生懸命でした」

「あ、思い出した。衛門のところにいた娘だな。二人いたけど」

「姉妹です」

「こんなに雪が降っているのに、立ちつくしているなんて……」

「私の傷を手当してくれたんですが、それがかいがいしくてお袋のようなんです」

「だけど面白い国だよな。鬼のように冷酷無惨なやつがいると思えば、たまにそんな天使のような娘もいる。極端すぎて、とまどうよ」

「あそこにいる間、姉妹には、ほんとにお世話になりました」

「いまさっき、傷と言ったが、いつ、どこで？」

「棺桶で背中と肩をやられました。お二人はどうでした」

「この老骨、頑張って、おかげでケガはなかった」

この先、どうなるか。不安はいっぱいである。あの責め道具でいたぶられているときは、あまりの辛さに、死んだ方がましだ、と思ったが、あの地獄から脱出してみると、やはり生への執着もわいてくる。

だから、これからの前途の不安をぶつけ合ってみたかった。

おそらく将校たちも同じ思いだろうが、それについてはだれもしゃべらない。

いまの平和、たった数時間の、束の間のはかない平和だが、それを大切にしたかった。

私たちの話は、すべて日本語だから、ゲー・ペー・ウーにはわからない。しかし、マリヤのくれた薄焼きは形があるものだけに、大いに驚いたらしい。運転手と顔を見合わせて、「シトー？（なんだこれは？）」とゲー・ペー・ウーが言えば、運転手が、「ウォール？（どろぼう？）」

私は内心、これは大変なことになったぞ――と動揺したが、二人はそれっきり何も言わない。彼らは己れの守備範囲以外には、口を出さないのである。

己れの守備範囲以外には口を出さないといえば、昨年、つまり昭和二十三年の春、私がマンゾフカの収容所にいたときのことである。

内務省軍隊の糧秣倉庫——その地区全域の糧秣や被服を管理するかなり大きな倉庫で、所長は少佐だった——の引込線に貨車が入り、缶詰やタバコ、日用雑貨がつんであった。

その荷降ろし作業を命じられ、私は駅員の指示にしたがって作業に従事していた。

ところが、わずかな休憩時間に駅員がウボールナヤ（便所）に行くと、待ってましたとばかり捕虜監視役のカンボーイが、ウォール（どろぼう）に変身した。

リレー式に缶詰やタバコなどを、ごっそり盗んで知らん顔である。

駅員がもどってきて、「缶詰やタバコが盗まれた」とあわてふためき、「お前たち知らないか」とカンボーイに聞くが、彼らは、

「ヤーニズナイユー（私は知らない）」

手を前に出し、肩をすぼめる彼ら特有のゼスチュアでとぼけている。

結局、駅員は現行犯でないかぎり、調べることもできなかった。

また、その年、セトハでコルホーズの馬鈴薯の植付け作業に狩り出されたが、なんとその農場の広いこと。地平線の彼方までつづき、一畝《ひとうね》往復するのに半日かかる。

ラーゲリとの往復にかかる時間がもったいないので、私たちはこの村にバラックを建てさせられて、そこを仮の宿舎としたが、道をへだてた反対側の村は、隣りの区になっていた。

私たちが移り住んでしばらくすると、隣りの区に急患が発生し、大騒ぎとなった。

ところが、この区を担当している医者が不在である。私たちのバラックの近くに医者がい

て、しかもそのとき患者がいないとみえて、その医者はタバコなんかくわえて庭をブラブラしていた。

隣りの区の急患発生をはっきり見ているのだから、すぐに往診するか、または隣りの区から要請があるものと私たちは見守っていたが、両者とも「ホイネス（関係ない）」であった。日本では「医は仁術」といい、敵も味方も国境もなく、貧富の別もなかった。ところが、ソ連で「医は仁術」を実践すれば、関係ないのにいらないことをするといわれ、ひどい目にあう。

ソ連の指導者たちはいう。

「世界は有産階級（資本家）と無産階級（労働者）との二つの階級しかない。その二つは水と油、白と黒。絶対に相容れるものではない。どちらを倒すか、喰うか、喰われるかの壮絶な階級闘争が展開される。われわれ無産階級は資本家を徹底的に打倒し、二度と搾取なき世界をつくらなければならない。

そこには日和見もドグマ主義も存在しないし、共に闘わざる者はすべて反革命分子であり、トロッキストである」

この医者の場合は、階級闘争を怠ったと訴えられはすまいが、ベースになる思想は相通ずるものがある。己れの属する階級と、己れの属する区が同一理念に発しているとみれば、うなずける。

つまり、何人も己れおよび己れの属する階級や住区が大切ということである。

彼は自分の受け持ち区域内の患者にたいしては全責任をもち、党政府から絶対的なプリカーズ（命令）をうけている。

もしそのプリカーズをまもらず、関係のない他の仕事をして、隣りの区の急患を往診したが容態が悪化、あるいは死亡した場合とか、留守中に自分の受け持ち区域に急患が発生した、などということが起きれば、どうなるか。

プリカーズをまもらなかったことは、社会主義社会の建設を阻害した罪とされ、人民裁判にもかけられ、あげくは当人の関係しない犯罪まで背負わされる。

だから、「ヤーニズナイユー」であると、その医者は言う。

規則にないことは、絶対やらないのである。

貨車の事件では、監視のカンボーイが盗みをするなど、信じられなかった。

また、犯人はわかっているのに、なぜ警察に訴えないのか、といぶかったものだが、その後おいおい、それがソ連流の生き方であり、もっとも賢明であることがわかった。

医者の件でもわかるように、己れに課せられた規則だけをまもる。己れは己れ、他人は他人という処世術である。

ともあれ、貨車事件、医者の診療拒否事件と、おなじような出来事をその後たくさん目撃したが、その中でも特異なケースを一つ記しておこう。

後のことになるが、昭和二十七年十月、私たちの四人部隊は、ハバロフスク市内で、二階建て木造アパートの建築に狩り出されていた。

私の任務はポワール（炊事係）だったから、せっせとコーリャンがゆの製造にとりかかっていると、隣りの鶏が境の塀をぐって越境してきた。

旨いスープでもつくろう、とこの鶏をつかまえると、運悪くカンボーイの声がした。

私は、とっさに件《くだん》の鶏をよく燃えているペーチカに放り込んだ。

鶏はしばらくバタバタしていたが、静かになった。ほどなく入って来たカンボーイは、不審そうにいろいろ点検していたが、なにも出て来ないので、なんとも言わず出ていった。

この時とばかり、私はペーチカの焚口を開けて見たが、鶏がいない。

逃げ足の早いやつだと思いながら煙突を調べると、鶏は煙突の中ほどで焼鳥になっていた。

アパートの屋根にのぼっていた仲間たちは、「どうりで煙が出なかった」と大笑いしたが、昼食は思ってもみない焼鳥料理となった。

盆と正月がいっしょにきたようで、大いに盛りあがったが、後始末がややこしい。

翌朝、作業場につくと、鶏の飼い主である隣りの女房が待っていた。

「鶏を盗まれた。ヤポン知らないか」と、そのうるさいこと。私は、

「ヤーニズナイユー（私は知らない）」

肩をすぼめ、両手を少し前に出す。このころになると、〃門前の小僧、習わぬ経を読む〃の諺どおり、おとぼけがすっかり身についていた。

ジェスチュアたっぷりの私に、望楼の上からカンボーイが笑いかけている。

彼は前日、私が鶏をつかまえる光景のすべてを目撃していたらしいが、カンボーイの任務

は私たち囚人の監視で、鶏の見張りではない。鶏が消えようが、盗まれようが、規則にないことだから「ヤーニズナイユー」である。彼らには関係ないのだ。

また後日、ヤギをつかまえて食べたことがあるが、そのときはいささか問題になった。ナチャニックカローナー（収容所長）の取り調べにのぞみ、私は例のポーズで「ヤーニズナイユー」をやった。すると、怒髪天をつき、真っ赤になった所長が、「ヤポンスキー、かくすとためにならん」と脅したが、それでも証拠のないかぎり、無罪放免であった。

ともあれ、この鶏の一件の話はまだつづく。

貧すれば鈍する、というが、私たち囚人はいつも腹をすかせているから、鶏に目がくらんでしまった。だが、やはり心は痛む。

このロシア女房も、私たちと同じように働かなければ食うことのできない、いわば同類である。

事件の成り行きから、言葉で詫びることはできないが、せめて心で詫びようと、作業が終了してから、作業場の木屑をあつめ、麻袋にびっしりつめて彼女に渡した。

シベリアは原生林にかこまれているのに、と思うかも知れないが、シベリア一の大都会であるハバロフスクでは、燃料が極端に不足している。

私たちが作業をおえると、女性や小供たちが作業場にやってきて、木屑をひろうのである。

さて、私が麻袋を彼女の家にはこぶと、急に親切になった私を不審そうに見ながら、「スパシーボ　スパシーボ」といって受けとった。

望楼のカンボーイは、またニヤニヤ笑いながら眺めている。私が隣家の女房に惚れたとでも思っているのかも知れない。彼らには、よくよくのことがなければ、他人に贈物をする習慣はないからである。

ソ連刑法五十八条

さて、私たちを軍事法廷へ輸送するトラックは、雪の中を走り、ときおり大きく揺れる。二人の将校はマリヤのくれた薄焼きを食べてしばらくすると、申し合わせたように居眠りをはじめた。

彼らは北支から、満州に転属になった歴戦の人だ。さすがである。いびきすらかきはじめたが、私は眠るどころではなかった。

話していれば気がまぎれるのに、相手が眠っていてはどうしようもない。

ソ連では犯罪者をつくるとき、かならず刑法五十八条を持ち出す。私の身辺でも幾人か、この条文に抵触したとしてラーゲリから連れ去られ、そしてふたたびラーゲリに姿を見せなかった。

現に、私もゲー・ペー・ウーから、五十八条により二十年の刑はまぬがれないと言われたし、実際にそうなるらしい。だが、さてその条文となると、きわめてはっきりしない。

だから、それまでに、わりと親しくしていたセルジャントや、ロシア人労働者から聞いた話を思い出し、まとめてみようと思った。しばしば私にもたれかかってくる少佐の身体を元にもどしながら、記憶に残る部分だけ綴ってみた。

一項　ソ同盟を弱体化せんとする行為は、すべて反革命とみなす。

(A)、祖国への裏切り、たとえば市民のスパイ行為、機密の漏洩、敵軍への投降、国外逃亡。

(B)、右の行為を軍人が犯した場合も同じ。

(C)、軍人の国外逃亡の場合、成年家族がその行為の準備や実行を助け、またはそれを知りながら届け出なかった場合。

二項　反革命の目的で反乱を起こし、およびソ連領土への武装徒党の侵入、中央、地方権力の奪取をはかること。

三項　外国、またはその代表者と通謀し、もしくは、ソ連と戦争、武力干渉、封鎖の状態にある外国を援助すること。

四項　国際ブルジョアジーにたいする援助の提供、あるいはブルジョアジーの影響下にある場合、直接、彼らによって組織された社会的グループに所属する場合。

五項　内容上、保護を必要とする国家機密を外国、反革命団体、個人に交付し、または交付の目的で集める行為。

六項　ソビエト権力の代表者または労働者、農民の革命的団体の活動家にたいするテロ行為。

七項　反革命罪を喚起するような宣伝、煽動。

八項　国家犯罪に向けられたすべての組織活動。

九項　反革命犯罪を知りながら届け出ない場合。

十項　反革命体制または内乱時の反革命政府内にあって責任ある地位、またはスパイの職にあった者。

十一項　反革命サボタージュ。

刑法五十八条に関し、ソ連人から聞いても、メモしておくことはできないから、記憶をたぐるより道はない。だから、多少の記憶ちがいや、脱落があるかも知れない。しかし、この法のめざすところについては、誤りも脱落もないと思う。

ともあれ、ソ連人の多くが刑法五十八条のいずれかの条文で獄舎につながれるので、新入りや外国人に対し、「お前も五十八条でやられたのか」とよく聞くそうだ。

くりかえすが、それほど国民に密着したこの法律は、囚人を矯正したり、一般人から隔離するものでなく、逆に囚人を作り出すもののようだった。

ソ連が執念をもやすシベリア開発には、膨大な人的資源を必要としているが、その人的資源を囚人に求めている、とシベリアで耳にしたが、それは真実のようだった。

だから、役人はあたえられたノルマとして多くの囚人をつくり、シベリアに送らなければならないわけだ。三千五百万人という囚人数も、納得しなければならないようである。ソ連にとってはそれほど大切な五十八条であったが、日本人捕虜にとっては、まったく迷惑な法律だ。

もっとも、日本人捕虜が批判的なことを言えば、かならず、「ソ連刑法は世界でもっとも優れている。したがって、全世界に通用する法律である」といわれた。

ソ連刑法五十八条にかんする記憶を呼びさまし、途切れとぎれのものをまとめ終わると、やはり、姉妹が思い出され、そして、私の追憶は、ソ連女性一般へとうつっていった。ソ連憲法第三十五条に、「ソ連邦における男女は平等の権利を持つ」とあるように、男女同権であるが、「働かざるもの食うべからず」の鉄則も、男女共通である。

日本のように女だから家事を担当、なんてことは許されない。将校の妻や娘も捕虜収容所へ働きにきていたし、炭鉱でも、工場でも、コルホーズなどでも見かけた。

服装は破れていなくてもよれよれ、チビた靴、化粧など望むべくもない。寒いせいか、ズボンの上にまたスカートを腰にはく。だから、遠目でも女性とわかるが、なんとも質素なものであった。

昭和二十二年、私はハラザ・ラーゲリに収容されていたが、所長は内務省軍隊でも非常にめずらしく、コサック出身の上級中尉であった。

彼が上級中尉でしかも所長を命じられたということは、政策的な部分があると、他のソルダートは噂していた。コサックは遊牧の民で、馬とともに草原を流れ歩く種族で、ソ連社会にとけこむのを嫌っていた。

このコサック出身の中尉も、表面はクレムリンに心服しているように装っていたが、内心をうかがい知ることはできない。

彼はヒゲ面、その顔の半分をおおうほどのヒゲがあるから救われているが、ほんとうはひどい醜男《ぶおとこ》であった。しかし、故郷のボルガ（東欧）には妻子もあり、そのうえ看護婦を現地妻にしていた。

その看護婦は相当な美人で、少し痩せぎみの色白、仲間の看護婦たちの噂によれば、昼の食事に家へ帰ると、なにはともあれまず抱き合うという。

見渡すかぎり荒涼たる平原と原生林。一年のうち八、九ヵ月は雪の降りしきる冬である。なんの娯楽も、隣人との交際もないから、自然にそうしたことが楽しみとなるのだろう。

まぼろしの兵団

暗くなってきた。軍事法廷に向かうトラックは原生林の間をぬけたところで停車した。灯が見える。ヒイ、フウ、ミー、全部で十三戸の集落であった。

ゲー・ペー・ウーがトラックから降り、村の中に姿を消した。

停車のさいの震動で、小佐たちが眠りからさめて、あたりを見まわしている。

「ひどいなあ。オレ、もうちょっとでケガするところだった。乱暴にもほどがある」

大尉がぼやいたから言うわけではないが、ひどい乱暴運転である。とくに発進、停止がメチャクチャだ。運転免許が法制化されているのだろうか。

これについては聞いたことがないが、ソ連にはフェルシェルという職制があり、看護婦の熟練者が医者の代診をするのだが、医者と看護婦の中間の職と解されている。運転手もそうなのかもしれない。

それはともかく、ゲー・ペー・ウーがいればしゃべってはまずいが、彼がいないうちに聞いてしまおうと思い、少佐たちに聞いてみた。

「自分は最初、シベリアでスパイをやれ、と言われて拒絶し、ゲー・ペー・ウーには日本でスパイをやれ、と言われましたが、お二人もスパイを強請されたとか……」

「うん、オレたちはシベリア内のスパイは強要されなかったが、日本におけるスパイ活動について、こってりやられた」

「スパイと言われて、私はのっけに拒絶しましたから、ほんとはなんにも知らないんです。彼らの言うスパイの内容は、どんなものですか？」

「おれたちもよくは知らんが……」と、二人がこもごも語ったところによると、つぎの通りとなる。

日本人捕虜たちに課せられたスパイ任務は、二種類であった。

㈠、在ソ抑留中に限られるスパイで、ソ連側できめた戦犯、反動の定義にあてはまる人々や、元警官、憲兵、特殊情報機関員などのいわゆる「前職者」の摘発をおこない、抑留者間のスパイ活動をする者。

㈡、日本にダモイ（帰還）のあかつきは、共産主義運動をおこない、あるいは日本政府や米軍に関する情報の入手につとめ、また思想的、政治的謀略工作をおこなうことを指令されるもの。

私は㈠、㈡の両方についてしつこく要求され、少佐ら二人は㈡のみ強請されたという。もしソ連側の要求をのむとすれば、つぎのような誓約書に署名し、誓約をまもらなければならないそうだ。

㈠の場合には、つぎのような誓約書をソ連当局に提出する。

「私はソビエト社会主義共和国連邦のために命じられたることは、何事であっても実行するものと誓います。

このことは絶対秘密に致します。日本に帰国後、この件については肉親はもちろん、いかに親しい人でも絶対に話しません。

もし誓約をやぶった場合は、ソビエト社会主義共和国連邦の法律によって、処罰されることを承知します。

また、つぎのような者を発見した場合、ただちに報告します。
(イ)、ソビエト社会主義共和国連邦の誹謗をなす者
(ロ)、逃亡をくわだて、またそれを準備する者
(ハ)、労働を忌避する者
(ニ)、天皇制護持にこだわる者
(ホ)、工場、機械等を損傷せんとする者
(ヘ)、憲兵、警官、特務機関員等の前職者
(ト)、ソビエト社会主義共和国連邦の秘密をスパイせんとする者」

ソ連当局のために働くことを誓約し、戦友を密告した者の数はざっと八千名におよぶ、という。

二人ともさすがに歴戦の人である。これだけの情報を収集し、記憶していた。予備士官学校を繰り上げ卒業したやっとこ見習士官の私は、過去四年間ただもうオロオロするだけで、命からがらであった。

(二)の任務につく者は、つぎのような誓約をさせられた。

「私は帰国後、日本の民主化のためにポツダム宣言の完全履行および新憲法の完全施行を監視するとともに、米国のことに関し、ソビエト社会主義共和国連邦の質問にたいして回答す

ることを誓います。

これは私本人の自由意志によるもので、強制されたりしたものではありません」

この誓約書には前記のように、日本の民主化のため、ポツダム宣言が完全に履行されているかどうかを監視しろ、とあるが、この大きな矛盾には驚かされた。

ポツダム宣言を無視し、関東軍将兵はもとより、軍事俘虜とはいえないはずの一般市民や婦女子までまじえた百万を越える日本人を、酷寒のシベリアその他のソ連領土内に拉致、抑留し、しかも長期にわたって帰国をゆるさず、強制労働にかりたて、思想改造を強要する。

そのうえ、戦犯、反動と称して多数の者を投獄、人質として外交交渉に利用しておきながら、ポツダム宣言を持ち出す。

ともあれ、私たちはスパイとなって日本に上陸するよう要求されても拒否したが、それとは反対に、この要求をのんだ者があったのだろうか。

私はそれが気にかかり、帰国後、新聞、その他の資料を調査して、その存在を知った。その数じつに五百名、驚くべき数字である。

これについては、本来ならば末尾に書くべきかも知れないが、スパイの問題が出たついでだから、ここに書くことにする。

私が収集した資料によると、ソ連から命じられた特殊任務をおびて帰国した者を、マスコミは幻兵団と名づけていたようである。

私が調べた資料の中に、実際、特殊任務をおびて日本に帰還した人の手記の抜粋が記載してあったのでかかげておく。

『——私たちの大隊は、鉄道建設作業に従事していた。栄養失調と厳寒、過酷なノルマのため、生命を失う者は全体の三割にも達していた。ノルマは私たちについてまわるけれど、鉄道工事にくらべると楽だった。それから間もなく、私は作業班長を命じられた。

入ソ一年を経過して、鉄道工事からコルホーズに替わった。

昭和二十二年三月下旬の未明、突然の出頭命令をうけ、ソ連将校事務所にいくと、大尉の階級章をつけた男と通訳が待っていた。

まず身上調査であるが、父親、兄弟、親戚の職業まで答えなければならず、じつに詳細な取り調べである。

このような調査はその後二回もあり、それも深夜か未明に、人目をはばかるようにして行なわれた。三回目にはつぎの事項について誓約するよう、なかば脅迫めいた要求があった。

①ラーゲリ内における軍国主義者の密告。

②日本帰還後において、ソ連代表部に情報を提供すること。

私は日本人である。祖国を売るような人非人ではない。お断わりすると答えたところ、

①ソ同盟の申し出を拒否するならば、重労働二十年の刑である。

②お前の班員三十六名は、ただちに伐採である。

③お前の班員の帰還は最後にする。

と脅迫された。しかし私は、黙って退去したところ、それから一週間後、私の班は鉄道工事に従事せよ、との達しがあった。

それから二週間のあいだ、前後四回も出頭を命じられたが、そのたびに拒否した。

しかし、厳しいノルマのため、つぎつぎに班員が倒れるので、ついにソ連の要請に応じて、つぎの署名をおこなった。

①「雪が降っている」と言って来る者に、つぎの情報を提供する。

Ⓐ細菌研究所の位置、内容、研究主任者の氏名。

Ⓑ軍需工場の位置、主任者の住所氏名。

②偽名を斎藤秀夫とする。

しかし、私が情報を提供しなかった場合はどうなるか。それが心にかかるので質問したところ、「それはお前の想像にまかせる」と言われた。私の住所だけでなく、親戚の住所まで言ってしまったから、その点がもっとも気がかりである。

また、重ねてつぎの事項について注意された。

Ⓐソ連大使館に近づくな。

Ⓑ舞鶴で米軍の調べがあっても、「なんにも知らない」と答えること。

しばらくして私の班は、鉄道工事の中止を命じられ、私は写真を写された。これではどうあがいても誓約を守らねばならぬ、と観念せざるを得なかった。

帰還命令があり、ナホトカに到着したら、誓約したときの通訳がやってきて、「誓約の実行を期待する」と念をおされた――』

昭和二十五年の一月、某紙が「幻兵団」についてスクープしたが、当時の特審（公安調査庁）はいちおう否定し、他の治安関係機関も漠然としか情報をつかめず、有り得るとしか認識を持たなかったようだ。

しかしその年、日の丸梯団が相《あい》ついで帰国したさい、偽名で帰国した者が相当数あらわれたり、死亡した戦友の名で帰国した者があったり、「幻兵団」と思われる者があとをたたなかったようだ。

さて、このようにしてソ連のスパイにされた人たちは、昭和二十三年の第一次帰還者といっしょに日本に帰国しはじめたが、彼らは帰還に先だち、「反動分子」のラーゲリに移された。そしてスパイとして、身分をかくしたまま帰還したのである。

さきに日の丸梯団と書いたが、これは「反動分子」が祖国日本の国旗である日の丸をかざして舞鶴に入港したもので、スパイたちは反動にまじり、あたかもソ連における反動分子であったよう装うのに成功したわけである。

スパイとして活動するための誓約には、付帯条件がついていたようで、「日本において共産政権樹立のため協力する」「戦争責任者であるところの天皇を倒すため闘う」とあったようだ。

このようなスローガンめいた条項の署名を迫られたが、これは日本人スパイにたいする証拠物件のためであったとみるべきだろう。それは、誓約した日本人がソ連のためのスパイ活動を行なわなかった場合、この付帯条項を公表すれば、その男が日本における信用を失うのは自明の理だからである。

日本人捕虜をスパイに仕立てるというソ連の思考の中には、彼らを長期にわたって利用することが含まれていたと見るべきではないか。五年から十五年、二十年も利用するということだった。これがもっとも安全で、確実な方法であろう。

日本に帰還した捕虜にたいする日本側の反諜報活動は、しだいに弱くなるはずで、そのときこそスパイは活発な活動ができると見込んだものとみるのが、もっとも妥当ではないか。

このスパイたちは、日本における生活態度をつぎのように規制されていたと、一部のスパイは告白したようだ。

(一) 不忠とみられる行動に参加しない。
(二) よい人である、という評判を得るよう努力する。
(三) ソ連にたいし、あたかも敵意をいだく者のようによそおう。
(四) 反共を表明する。

こうしてスパイに仕立てられ、昭和二十五年までに日本に帰還した者は五百名に達したと、今立鉄雄編著『日本新聞――日本人捕虜に対するソ連の政策』は伝えている。

いろいろ二人の将校と話し合っていたら、ゲー・ペー・ウーがもどって来た。トラックを降りてから、小一時間たっている。

彼は紙包みをもっており、その中から黒パンを出して運転手に渡してから、私たちにもくれた。

ゲー・ペー・ウーはなにも言わないけれど、一時間もかけて、やっと夕食を探してきたらしい。朝出発して、夕方には目的地へつく予定だったものが、雪のために遅れて、やむなく食料さがしに出たわけだ。

私たちは減食で、食事は朝夕の二回だけにさせられているから、夕方に到着すれば、ゲー・ペー・ウーが心配する必要もないが、このようすでは、いつ目的地に着くかわからない。飯を食わさなかったことが原因で死なれては、大変である。彼の任務は、生命のあるうちに目的地へ運ぶことだ。

たかが五人分の黒パンを手にいれるのに、なぜ一時間もかかるのか、といえば、あの集落の人たちも生活必需品はすべて配給制だから、いかにゲー・ペー・ウーといえども徴発はむずかしいのだ。

雪にとざされた冬の間は輸送のおくれもあるから、他人に情けをかけている余裕は、さらさらない。だから、ゲー・ペー・ウーは、いやがる村人からむしり取ってきたのではないか。そんな情景が見えるようだ。

石油くさくて、べっちゃりしていて、とてもパンなんていえる代物ではないが、それでも食べ物にありつけば、また寿命がのびた、と束の間でも安堵する。

根なし、明日なし、波間にただよう浮き草のような身の上である。

それを考えると、また奈落の底へ突き落とされたような感じだ。生気が抜けるのが、自分でもわかるのだ。

それにしても、あのとき、一つの決断が私の運命を変えてしまった。

後でのべるが、昭和二十年の八月、私は二組の戦友から逃亡しようと誘われたが、日本送還を信じて、この誘いを断わった。

だが、これはソ連の〝嘘と罠〟であった。てもなくはめられたのが悔やまれてならない。

緒戦からの経緯は、忘れようとしても忘れられるものではない。ソ連の嘘がなければ、部下をつれて逃亡することも可能であったはずなのだ。

第三章　真夏の悪夢

明日なき前途

ソ連のスターリン首相が、極東軍総司令官のワシレフスキー元帥に満州への突入を命じたのは、昭和二十年八月八日の夜だった。

翌九日の午前零時、百五十万人のソ連兵は、侵入をはじめた。飛行機三千五百機、戦車など五千五百両、火砲は二十六万門。ものすごい機動部隊である。

ソ連軍の第一極東方面軍は虎頭《フートウ》、興凱湖《ハンガ》、東寧《トンニン》周辺などから牡丹江、朝鮮国境方面へむかい、第二極東方面軍は北部国境から進入して、北東部国境の撫遠《フユアン》などから松花江ぞいにすすんだ。西部国境からはザバイカル方面軍が、はるばるゴビ砂漠をこえて、熱河省の赤峰《チーフォン》、満州里、海拉爾《ハイラル》などに進軍した。

しかるに、関東軍の兵力は七十五万、しかも兵の主力は召集のポンコツ部隊だった。敗色が日増しに濃くなった昭和十九年から二十年にかけての召集兵には、乙種どころか丙種、丁種などがまじっていた。

兵役検査では、甲種合格になったものだけが入隊し、その他は不合格とされていた。乙種には第一乙と第二乙があり、甲種につぐ体格だが、軍人としては、いまひとつというところだ。

丙種は身長、体重、内臓諸器官など、とても軍人はつとまらないもので、丁種は身体傷害者だった。にもかかわらず、丙、丁種など召集したのである。

飛行機や戦車、機関銃など、兵器にいたっては皆無にひとしく、小銃すら二人に一梃で、それも旧式の歩兵銃だった。弾丸も一梃に数十発ぐらい。銃剣は刀身が竹製、文字どおり〝竹光〟だった。これでは、日本軍得意の白兵戦も不可能である。

そして、こんな始末におえない関東軍の組織には、いまひとつお荷物があった。「関特演」である。関東軍特種演習と称して、それを口実に、後備、予備役、つまり兵役をすませて在郷軍人となっていたのを、昭和十六年に召集され、関東軍に配置された人たちだ。

彼らは、上等兵、兵長、伍長など、本来なら部隊の中核となるべき階級だが、きわめて頼りない。

演習のために召集されたのだから、演習がすめば除隊だと思っていたのに、彼らはそのままズルズルと部隊に止めおかれた。

その不満があるから居直ってしまい、てんで動かない。現役や下士候の兵長、伍長も、後輩だから遠慮して、さわらぬ神にたたりなし。だから、いつも距離をおいてつき合っている。

そんなわけで、彼ら「関特演」は演習も勤務もない。いつも内務班で、とぐろを巻き、新兵いじめのときだけ、現役の古参、下士候と組んで、ねちねちと現役の初年兵や四十すぎの召集兵をいたぶって楽しんでいた。

では、精鋭をほこった関東軍が、なぜ、こんな無惨な姿に変わり果てたのか。

日本とソ連の間には、つぎのような中立条約があり、日本としては、ソ連が早急に関東軍へ戦争を仕掛けることはあるまい、とタカをくっていたわけで、だから、将兵を南方戦線に移動し、武器のほとんどを、やはり南方へ輸送してしまったのだ。

こうした状況をソ連の諜報員は逐一、ゲー・ペー・ウーに通報していたのである。

日ソ中立条約は、昭和十六年四月十三日、モスクワで調印された。その内容は、日本とソ連両国のうち一方が第三国の軍事対象となる場合、他方は中立をまもることを約束し、かつ領土の相互不可侵を規定したものだ。

ここで、軍事対象となる——は、交戦準備または交戦と解すべきだろう。

昭和十六年の六月に独ソ戦が勃発すると、日本では日ソの関係を懸念し、先に書いた関東軍特種演習を七月に実施して、ソ連の牽制につとめた。

太平洋戦争中、両国は中立関係をたもったが、昭和二十年四月五日、ソ連は中立条約の廃棄を一方的に通告し、その一年後の失効をまたずに、ヤルタ協定にもとづいて八月八日、日本に宣戦を布告したのである。

ヤルタ協定というのは、昭和二十年二月四日から十一日まで、ソ連領クリミア半島のヤルタで開かれた会議で決定した協定をいうもので、ルーズベルト大統領、チャーチル首相、スターリン首相が会談した。

第二次大戦を遂行する作戦計画、ドイツの処理方針、国連関係で拒否権などの安保理議事手続き、参加国の調整、信任統治制度などをとりきめ、ヨーロッパ解放宣言に署名した。また、ソ連の対日参戦の条件として、外蒙古の現状維持や、南樺太のソ連への返還、大連港の国際化とソ連の優先的利益の承認、ソ連の旅順港租借権の回復、東海鉄道と南満州鉄道の中ソ共同経営、千島列島のソ連への引き渡しを約した。なお、協定内容のいくつかは秘密とされた。

＊

さて、昭和二十年の八月八日、奉天の予備士官学校で繰り上げ卒業式がおこなわれた。全満州の通信隊でおこなった幹部候補生試験にパスした者約三十名、それに特別下士官候補生約五十名であった。

幹部候補生は、中学校以上の学校を卒業した者のうち、志願して試験をパスした者を甲種幹部候補生として、予備士官学校の所定の教程を習得すれば見習士官とし、以後、将校に昇進する。乙種幹部候補生は原隊に残って、下士官となる。

特別下士官候補生というのは従来なかったが、召集兵が増加し、これを教育する下級幹部の増員をはかるためにもうけられた制度で、中学校以上の卒業者で幹部候補生に志願しなかった者などを、命令により有無をいわさず、教育隊に放り込んだものである。

ともあれ、私も、通信隊からこの予備士官学校に派遣され、ソ連の宣戦布告により繰り上げ卒業し、見習士官に任命された一人である。

かねて用意してあった軍刀を腰にさげたが、さまにならない。将校は上衣の下に軍刀の帯革をするが、見習士官は上衣の上である。軍服も将校服ではない。兵隊とおなじだが、たいていは新品である。

いずれにしても、繰り上げ卒業でうけたショックは大きかった。ドイツが敗れたころから、ある程度の予測はあったにしても、現実にソ連の参戦が近いという衝撃は強い。

卒業式が終わってからも、親しい者があつまって、それぞれの予測や不安を語り合っている。そんな人の輪がいくつもできた。

いままでもそうだったが、こんなとき、流言蜚語がかならずといっていいほど囁《ささや》かれる。どこからともなく情報が流れてきて、ほんとうらしく伝えられるのだ。

兵隊にはラジオも新聞もなく、ニュースソースのわからない怪しげな情報でも、比較するものがないから信じてしまう。

天皇は皇居を脱出して、長野県に疎開されたという囁きもすぐ信じ、だれも不審をいだかない。大本営も日本アルプスの地下壕にうつったといわれ、みんな追いつめられたような息苦しさを覚えるが、その噂を否定しない。

話題の中に日本の地名がでてくると、心の中に郷愁が燃える。というより、いつも心の中で故郷を思っているが、どうにもならないと抑えている。しかし、いったん故郷の話がでると、その抑えがきかなくなるのだ。

「福原見習士官殿……」

福原は私の姓である。見習士官殿といわれてくすぐったい気持だ。私に呼びかけたのは、特別下士官候補生の加藤だった。加藤は生まれも育ちも東京で、両親も兄弟も東京に住んでいる。

「東京は瓦礫の山だなんて言われていますが、ほんとうでしょうか？」

「さて、どうかな。オレだって知ってるわけないよ」

「ところで、見習士官殿の家は？」

「オレのお袋は田舎にいる。オレは東京だが、アパートだった。それも応召のとき、引き払ったからな……」

「それなら、わりと気が軽いですね」

「ところで、もしソ連と戦うようなことになったら、どうする？」

「と言いますと……」

「ソ連の戦車にどう立ち向かうかということだ」

「壕を掘って、爆雷を抱いて……」

「関東軍には、もう武器や弾薬はない。君も知っての通りだ。それでも、ソ連の戦車の下にもぐり込むか。なんにもならん、犬死にはよした方がいい」

「……………」

「オレが言おうとしていることは、なんだかわかるか？　絶対に生きろということだ」

「死ぬな、ということですね」

「その通り。戦争はそう長くはつづかん」

「やっぱり……」

「心当たりでもあるのか？」

「原隊にいるとき、山の中腹に穴を掘ったんですよ。そこへ食糧を貯蔵したんです。指揮官は、だれにも言っちゃいかん、と使役の兵隊に厳命しました」

「それがなにか不審でもあるのか？」

「近い将来、ソ連と交戦になるかも知れない。どうせ勝ち目はないから、将校は逃げるつもりだ。そのときの食糧にするんだ、という陰口を聞きました」

「そんな話をオレも聞いている。戦争にたいする理解が、オレたち召集兵と職業軍人とでは、ずいぶん違うようだ。召集兵は銃後の苦しい生活を知っているから、なんとかしなきゃいかん、親兄弟、ひいては日本国民全体がこれ以上苦しまない方向に、建てなおそうと考えている。

オレたちが楯となって祖国を守ろうという、あの戦陣訓のとおりに考え、戦おうとしているだろ。

ところが、彼らは、職業として軍人を選んだわけだ。職業として選んだからには、立身出世を考えるようにもなるし、身の安全も考える。だから、食糧を山とたくわえて、まさかのときに役立てようとする。どうしても自己中心になっているわけだ。

しかし、これは一般論であって、なかには真剣に日本を考え、行動している軍人もいることを忘れてはいかん。

それはそれとして、いまさっき言ったとおり、犬死にはするなよ。お前の生還を待っているだろ、親兄弟が……お前、彼女は？」

「……………」

加藤は頬を染めている。

「そうか。お前もやっぱり」

加藤は、法学部の学生だったという。彼が籍をおく大学の法学部は、高等文官試験の司法科合格者が全国でもっとも多く、毎年、百名を突破していた。加藤も検事志望だった。しかし、その雄図もむなしく、二年に進学したところで召集された。

しかし、軍隊で将来、メシを食うつもりはないから、幹部候補生の試験を辞退したが、こんどは部隊命令で特別下士官候補生として教育隊にぶち込まれてしまった。

この学問のかたまりのような男が、恋をしている。そして、その身を案じている。ささくれだった私の胸のうちに温かいものが流れた。

「そうか、彼女の家も東京だな」

「はい……」

「何事も運命だ。運が強ければ無事でいるさ。だから、お前も慎重に行動するんだ。自分の運を己れでぶちこわすようなことは、慎むんだぞ。生還しろよ」

式が終了し、「解散」の号令がかかって三十分もたっているのに、宿舎へ帰る者はいない。気の合った者が数人ずつ円陣をつくって、話し込んでいる。一人ぼっちになりたくないのだ。故郷に残してきた彼女や家族の話。なかには女房持ちの特別下士候をからかっている者もいる。

陽気にふるまってはいるが、しかし、淋しさはかくせない。騒げば騒ぐほど、空しさがのこる。女性の話も、しょせんは心の空しさをごまかす術《すべ》にすぎない。避けることのできない死にたいする恐怖をまぎらわそうとしているだけだ。私だって、例外ではない。恐怖が全身をかけまわっている。

それまで黙っていた小林が、話にわりこんできた。これも特別下士候である。

「見習士官殿。自分も……」

やっぱりこの男も、気持をまぎらわしたいのである。小林は山梨県の出身で、東京の大学にかよっていた。上京して二年目のこと、初恋の女性が小林の後を追うようにして上京した。彼女の生家は地所持ちで、他人の土地を歩かなくても隣村に行けると言われているほどだった。だから、女学校を出て二、三年もしたら、おなじような家柄の旧家へ嫁にやるつもりで両親はいたらしい。

ところが、親の意にそむいて彼女が家出同様にして飛び出したから、一時は大騒ぎになった。

両親は、彼女が東京の知人宅にいるのをつきとめて、つれもどそうとした。だが、彼女は言うことを聞かない。そこで、とうとう問いつめられて、小林とのことを話してしまったようだ。

東京でブラブラしているのは世間体もわるいからというので、彼女は私立の女子専門学校に入学し、小林が出征するときは二年に進級していた。

小林が最初に入隊したのは相模原の電信隊で、そこに五日ほどいたが、彼女は毎日、面会にきたという。

「そうだったのか。それじゃあ心配になるな」

「東京は空襲があったそうだから、心配なんです。山梨へ帰っていればいいが……」

「いまさっき加藤に言ったところだ。くどいようだが、身をつつしめよ。武器はない。食糧もない。ないないづくめで、戦争に勝てるか。軍は連戦連勝なんて景気のいいこと言ってるが、どうも怪しい。

満州から南方や内地に転属していった戦友たちは、輸送中にあらましやられたって話だ。大きな声じゃ言えないけど、先は長くないようだ。

関東軍の戦力は知ってのとおりさ。だが、幾日もつかわからないだけだろう。だから、犬死にはいかん。石にかじりついても生きてろよ」

「ハイ、見習士官殿」

あますぎた軍部

翌八月九日の未明、非常呼集がかかった。装具一式を持参せよとの命令である。

私たちが営庭に集合したときは、すでに部隊長は壇上に立っていた。

かねて覚悟していたとはいえ、兵はなにも知らされていない。現実の戦局はどうなっているのか、まるでわからないのである。そうした不安や動揺が部隊長にもわかったらしく、ソ連参戦の経過について説明をはじめた。

周囲のざわめきが激しくて、聞きとれない部分もあったが、その骨子をまとめると、つぎのようなものだった。

◇四月五日、ソ連は日ソ不可侵条約の延長を拒否した。
◇五月、アメリカはソ連に対日参戦を要請し、ソ連は対日参戦を承諾した。
◇六月、日本はソ連に不可侵条約の延長を要請。
◇七月、駐日ソ連大使館の婦女子が母国へ帰る。
◇七月二十六日、米、英、中の三国は、日本に無条件降伏を呼びかける「ポツダム宣言」を発表した。
◇右のように、事態が切迫したので在満邦人の召集をおこない、関東軍は体制のたてなお

しをはかった。しかし、大本営は、

㈠、ソ連の対日作戦は急進展し、八月中には武力発動の状態をほぼ完成し、九月はじめごろ、対日武力発動の公算が大である。

㈡、ポツダム会談は、実際には米、英、ソ、三国の首脳が会談したにもかかわらず、宣言にはソ連にかわって中国の名がつかわれていた。そうした問題点もあって、ポツダム会談は八月上旬、妥協によって終了した。また、ソ支会談も八月末までには妥結するとみられる。したがって、ソ連の対日行動はこの時期に最終決定をみるのであろう。

として、ソ連の参戦を九月と予定していたようである。

部隊長の説明は、なんとなく釈然としない内容である。

軍の情勢判断のあまさが、関東軍および在留邦人百五十五万人を、悲劇のどん底につき落としたのである。

それだけではない。日本の軍部が収集した情報は右のとおりであっても、関東軍の兵力と武器保有の現状からおして、八月九日でも充分に勝利の見込みがあるとソ連側が判断した結果、急遽、作戦を変更した結果であるならば、まだ諦めもつくが、そうではなかった。

のちになって私は知ったことだが、スターリンはトルーマン米大統領にたいし、つぎのように表明していたのである。

「ドイツが降伏した三ヵ月後に参戦する」

ドイツの降伏は五月八日だから、八月九日のソ連参戦は疑いもなくそれに符合する。スターリンの確約どおりであった。

この問題にこだわり過ぎるきらいはあるが、きわめて重要だと思われるので、鮮ソ満国境の守備にあたっていた落合憲兵軍曹の話を、以下に述べておきたい。

落合軍曹とは収容所でおなじバラックにいた関係で親しくなったもので、予備士官学校の繰り上げ卒業式前後とは時間的にいささか隔りがあるけれど、おなじ趣旨のものをまとめておきたいからである。

――八月九日午前零時四十分、鮮ソ満国境である豆満江の対岸、張鼓峰のソ連軍陣地から発射された第一弾は、北鮮線四会洪儀間の鉄橋をみごとに爆破し、ソ連軍の北鮮侵攻ははじまった。

初弾が命中するということは、ソ連軍がいかに攻撃の準備をおこたらなかったかという証拠であろう。

なぜ、ソ連が日ソ不可侵条約を破棄する日を予見できなかったか。このあまい判断、誤謬が張鼓峰、ノモンハン両事件をはじめ、いくたの国際紛争をひきおこしている。その中の一つ、張鼓峰事件について。

張鼓峰は朝鮮咸鏡北道慶興郡古城対岸の満州領にある海抜百四十九メートルの山で、この付近は豆満江と湖や沼にはさまれた狭い土地であった。農耕には適さず、経済的にはなんら価値はないが、軍事的には重要な地点である。

昭和十七年から終戦まで、私（落合）はこの対岸の慶興郡隠渓洞長堪山陣地にいたが、春になれば張鼓峰はつつじの花が咲き、それは美しい眺めであった。このうるわしい静かな山が四年前に、日ソ両軍がその帰属をめぐって死闘をくりかえしたとは想像できない。

張鼓峰事件のとき、慶興憲兵分隊は戦闘司令所となり、第十九師団長・尾高中将が全般の指揮をとった。そのために、対岸ソ連領ノルミ山の陣地からねらわれ、幾回となく砲撃をうけ、負傷者が出た。

私（落合）は分隊づめのとき、当時の戦闘日誌を書庫から持ち出して読んだが、日誌の書き出しは昭和十三年七月九日の砂草峰事件であった。

砂草峰は平凡な砂と枯草の台地で、ここにソ連軍数十名が越境し、陣地を構築したので、日本軍国境守備隊が出動して撃退した。それまでも越境事件は多く、一年間に百九十五件にものぼり、そのときも、またソ連が出て来た、くらいに受けとめていた。

そのときは二度、三度と小競り合いをくりかえすうち、ソ連軍は逐次に兵力を増強し、後方の張鼓峰を不法占領するにおよんだ。日本軍としては黙って見逃すことはできない。朝鮮軍第十九師団が応急派兵した。

ソ連軍に張鼓峰を占領されると、対岸の朝鮮軍の陣地は眼下に見えるばかりでなく、遠く雄基嶺を越えて、羅津港まで見渡せ、軍としては由々しき大事となるが、反面、日本軍がこの山を領有したところで、東は日本海、北は馬鞍山により視界をはばまれ、その向こうはポシエット湾と、戦略的には無価値にひとしい。

だから、日本軍としては張鼓峰を放置し、付近の住民をも後方に引き揚げさせてしまった。それが誤りであった。日本軍としては戦略的に直接には価値の少ないところでも、敵にとって重要であるということは、裏を返せば日本にとっても戦略的に重要であるはずだ。それを見落としていたのだ。

敵は虎視眈々、この機会をねらっていたのである。

それまでもソ満国境の紛争は、陸続きでしかも住人のいない土地で起きた。国境線がちょっと見には不鮮明な場所に、ソ連軍が無断侵入して紛争がはじまっている。

黒龍江、ウスリーなどの河川により国境線の設定、つまり国際法は下流にむかう航路の中央線をもって境とされ、日本はこの国際法を遵守したが、ソ連は河川は自国領だと主張し、国際法を無視した。

河川国境線をめぐる有名な事件として、カンチャーズ事件がある。昭和十二年、私（落合）は三江省湯原県にいたが、隣りは黒龍江省で、満州の北正面にあたる。カンチャーズとは、黒龍江にある島の名称である。この島は現地人の農漁夫が住んでいたが、六月十九日、とつぜんソ連軍二十名が上陸し、彼らに立ち退きを要求した。

日本軍上層部は、ソ連を刺激してはならない、と不拡大方針をとった。反撃がぜんぜんないので、図にのったソ連砲艇三隻が南水道に侵入し、わが陣地に砲撃をはじめた。

それまでなりをひそめていた日本軍も、応戦を決意し、ソ連軍に一斉砲火をあびせ、一隻を撃沈、他の一隻に損害をあたえた。撃沈したソ連軍砲艇の位置が、アムール河の中央線より満州側に寄っていたため、ソ連軍による国境侵犯の動かぬ証拠となった。

また、昭和十七年一月、朝鮮領隠渓洞長堪山陣地の下で日本の憲兵がソ連武装課者と大格闘し、憲兵がピストルで撃たれ、そのスパイはソ連領に逃走した。そのスパイは、博石洞から朝鮮に潜入したものである。——


このように、鮮ソ満国境にいた落合軍曹の体験しただけでも、驚くほどである。全ソ満国境では数えきれないほどの紛争があり、ソ連の国際法を無視する実状は、日本軍部も熟知していたはずだった。

ソ連にたいする刺激を避けるための、いわゆる不拡大方針が、いかにあまい見通しであったか。痛いほど私たちにはわかるのである。

戦況を知らぬ兵隊

ともあれ、ソ連参戦の経緯を説明した部隊長は、つづいて私たち見習士官および特別下士官候補生の編成と出動について、

「原隊へ復帰する予定であったが、ソ連軍の国境侵犯が開始されたので、急遽、二コ少隊を編成して、戦闘に参加する」と発表した。

そして、小隊長は教官、各分隊長は見習士官が任命された。どういう経緯か知らないが、

私は第一小隊第二分隊長を命じられ、部下十八名とともにトラックに乗り、東に向かうことになった。

市街を出て林をすぎると、見渡すかぎりとうもろこしの畑がつづいている。収穫した後とみえて、幹と黄色になった葉っぱだけである。

夕方まで走って、河岸の村に分宿した。

精鋭をほこる関東軍と思っていたのは昔のことで、トラックを降りてくるわが関東軍は、お世辞にも精鋭とは言えない。

まさに、戦力なきポンコツ部隊である。

各自が携行しているのは、旧式の歩兵銃だけだ。原隊から教育隊（予備士官学校、特別下士官教育隊）に転属するさいに携行した銃を、そのまま持ち出したわけで、私たち見習士官も兵隊なみに銃をかついでいる。なかには腰に軍刀、肩に銃の異様な見習士官もいる。任官を予期して軍刀を予備士官学校に入校するさい、持参した者たちだ。じつは私もその一人だが、一見、ちんどん屋ふうである。

実弾は三十発ずつ。これでは、ほんのわずかな戦闘で撃ち果たしてしまう。武器と名のつくものはこれっきりで、野砲もなければ、機関銃もない。もっとも、あっても操作できないから、無用の長物なのだ。

私たちは全員が通信兵だから、原隊でも予備士官学校でも小銃の操作を習っただけで、その他の兵器を手にしたこともなく、遠くで見た記憶がある程度だ。銃剣の中身は竹光だから、白兵戦も無理。水筒も竹筒である。

子供の〝戦争ごっこ〟さながらの装備だが、これも軍上層部の見通しのあまさが原因だ。武器弾薬のあらましを南方戦線に送り、ソ連の参戦までに関東軍の武器を補充すれば間に合うと、タカをくっていた天罰というべきか。

親のふりだした大量の手形が子供にまわってきたようなもので、兵隊としては迷惑このうえもない災難だった。

ついでながら、トラックに積んできた米もなぜか石油くさい。飯盒炊爨《すいさん》した飯は、石油のにおいが鼻をおそって、なんともやり切れない。口へ入れれば胃液までこみ上げてくる。ほとんど欠食状態、すきっ腹をかかえて納屋で横になった。

特別下士候の加藤も、小林も、私の分隊に編入されていた。

「やり切れんなあ。腹の虫がわめいてる。見習士官殿、腹がへりませんか」

「加藤、これくらいで弱音をはくな。これからうんと苦しいことがあるぞ」

私も部下の手前、えらそうなことを言うが、朝食に乾パン少々を支給されただけだ。昼食ぬきで、トラックは荒野を走りつづけていたのだ。私の腹の虫も、ずっと前からあばれている。

「明日もまたヘドの出る石油飯ですか？」

「まだ小隊長からなにも聞いていない。でも、なんとか方策を考えていると思うよ」

「しかし、こんな混乱では徴発もできないでしょう？」

「そうだな……」

私は言葉をにごすより方法がない。そんな曖昧な返事しかできなかった。ソ連軍の侵入で、村は浮き足だっている。それに私たちの小隊には、食糧と替えられるような金品もない。銃を突きつけて脅すような真似は、避けなければならない。

「ところで、これからの戦局、どうなるんでしょうね?」

「関東軍がソ連軍を支えられるのは、ほんのわずかな間だろう」

「そんな……」

「現実の姿を見ろよ。武器も食糧もない。それに、なんといっても召集兵ばかりだ。実戦の経験があるのは、支那戦線から転属してきた連中だけだ。どだい戦争なんかできる状態じゃないよ。明治三十七、八年の日露戦争とおなじに考えてちゃ困るよ」

「ソ連の機械化部隊はすごいそうですね」

「そうなんだ。ソ連戦車のすごさは、独ソ戦やノモンハンで実証ずみだ。オレたち、初年兵のとき原隊でタコツボも掘らされたが、あんなもの、ソ連戦車は屁とも思っていないさ。戦車が前進すれば、タコツボは埋まってしまう。ソ連は関東軍など、畑にころがっている南瓜か馬鈴薯ぐらいにしか思っちゃいない。あの魔物みたいなキャタピラで粉砕してしまうのさ」

「あまりおどかさんで下さい」

「おどかしてるんじゃない。実際に戦闘をすれば、そうなる。オレの原隊はソ満国境だったから、双眼鏡をのぞくと対岸の様子が手にとるように見えるんだ。敵サンの国境警備隊の訓練も幾度か見たよ。オレの言ってることは、誇張じゃない。だからだ。オレの言う意味わかるだろ」

「犬死にするなってことですか？」

「オレたちがどんなに頑張っても、〝蟷螂《とうろう》の斧〟だってことさ。死んじゃダメだ。生きてなくちゃいかん」

私はもっともらしく偉そうなことを言ってしまったが、それは立場上、そう言わざるを得なかっただけだ。

ドイツがソ連にやぶれた五月から、「ひょっとして関東軍も……」と心の動揺がはじまり、その恐れは繰り上げ卒業で決定的なものとなった。

日本と連合国は長く交戦状態にあったのに、ドイツの敗戦で日本の危機をはじめて知ったように書いたから、ずいぶん迂闊だと思われそうだが、それにはわけがある。

私の出征する以前、正確にいうと昭和十九年九月までだが、大本営の発表はすべて日本軍の連戦連勝であった。したがって、私たちの記憶にあるものは、調子のいい新聞報道だけである。

私の記憶にある記事は、「タラワ島上陸米兵潰滅」「追撃十五機屠る。ラングーン狙う敵機邀撃」あるいは、「雲南の敵陣滅裂。わが強襲に混乱状態」「ニューギニア米軍陣地爆撃」などと、敗色なんか微塵もうかがえないニュースばかりだった。

ラジオのニュースも大体こんな調子だった。だから国民は、日本が敗けるなどと夢にも思ったことはない。

かりにもし、日本の勝利を信じない者がいたとして、それをちょっとでも口にすれば、「非国民」と罵倒されて村八分。あげくは「国賊」のレッテル貼られて、ブタ箱入りである。そんな悲劇はいくらでもあった。

これでは、日本軍の「勝利」を信じるな、というほうが無理である。

これは、情報局の検閲制度があって、各新聞社の戦争記事に関しては印刷する以前に、つまり、生原稿で情報局の検閲をうけなければならなかったためである。特派員が戦況の実際を打電してきても、日本軍不利のニュアンスはすべてカットされ、見出しから本文の構成にまで容喙《ようかい》したものである。

それだけではない。学生の徴兵延期を廃止し、学徒出陣にきりかえて、神宮外苑競技場で出陣学徒の壮行大会を文部省が挙行したときですら、東條首相は、「進め悠久大義の道、敵米英学徒を圧倒せよ」と訓示したものである。

情報局がきびしい検閲をしていた事実を国民はまったく知らないから、戦況は日本に有利、を疑う者はなかった。したがって国民は、戦争に勝てば生活がらくになる、とそれだけを念じて苦しい生活に耐えていたのである。

国民がそういう状態なら、軍隊の内務班生活はもっとひどかった。新聞なし、ラジオなし。軍隊にいながら、まるで戦争がわからない。

ドイツの敗戦だって、予備士官学校にいるとき、たまたま白系ロシア人の娘から聞いただけで、学校ではだれもそれを口にしなかった。

軍人すら戦況について、現実の悲惨な状況も、ソ連参戦の動きも知らされていないのだから、満州における在留邦人の多くが、この時期のソ連軍の参戦をまったく予期していなかったとしても無理はない。

私たちがここまでトラックで行軍してくる間に出合った在留邦人は、「八日に、集落の上空に見なれない飛行機が五機ほど飛んできた。元航空兵だった人が、あれはソ連機だと言った。ソ連が満州に攻め込んだんですか……」と言ったし、また夕方ちかくに休憩した開拓団の人たちは、「八日の朝、ソ連機の機銃掃射をあびせられた。この村では全員ぶじだったが、もっと国境寄りの開拓団では、機銃掃射で死者三名、負傷者八名を出したそうだ」と口をそろえて言いながら、落ちつかない表情だった。

国境ちかくに住む在留邦人の多くは、早くも八日に機銃掃射され、あるいは突然、戦車が丘の上にあらわれたのを見て、はじめて事態が悪夢ではなく、なまなましい現実であることを知ったようだ。

しかし、首都の新京ではソ満国境から遠くはなれているにもかかわらず、ソ連軍の国境突破をいちはやく知った。国境の警備隊、警察署などから、時をうつさず関東軍総司令部に連絡が入ったためである。

また、九日払暁には東京から、モロトフ・ソ連外相が駐ソ日本大使に宣戦を布告した、というニュースも入っている。

関東軍総司令部はこれを受けて、ただちにラジオで、

「ソ連が参戦、地上および空から満州に侵入」と流したのである。

だから、国境近くに散らばる在留邦人、開拓団の人たちがニュースのキャッチが遅かったのにくらべれば、新京では早かったのだ。

したがって、避難もはやく、とくに、関東軍将校の家族は、いちはやく避難列車に乗ったようである。

将校といっても、召集の将校は〝単身赴任〟だから、ここでいう将校は、主として職業軍人である。職業軍人たちは、家族を内地から呼び寄せ、官舎に住み、当番兵をつかい、まさに殿様ぐらしだった。

部隊の往復は、自動車または乗馬。車の場合の運転手、乗馬の場合の馬丁は、もちろん部隊の兵隊である。

佐官級ともなれば、当番兵は二名の場合もあり、彼らが宿舎の内外の拭き掃除、炊事、洗濯、子供の通学の送り迎え、買い出し一切をとりしきる。

私も初年兵のとき、将校当番につき、そのアホらしさをしみじみ味わったものだ。

それはともかく、職業軍人たちは、ソ連の侵入にかんする情報を前からキャッチしていたらしく、十日の夜ごろから新京駅を出はじめた避難列車には、関東軍将校の家族が優先的に

乗車したようである。

まえまえから家財道具、とくに貴重品をまとめ、避難列車の手配を完了してあったものと想像される。

そうでなければ、混乱の中でいちはやく避難できるはずがない。

「列車は何本も出たが、すべて軍用列車だといって乗せてくれない。偉いさんの家族はいちばん先に逃げて、なにが関東軍だ」

軍にたいする怨嗟の声が公然とさけばれていた。だが、それにくらべ、一般在留邦人家庭の混乱は目をおおうばかりだった。

「だれもいない家。避難するために駅へ駆けだした空屋でも、ラジオは鳴りっぱなし。台所のコンロでは、ヤカンが湯気を立てている。ひどいものだった」

ソ連軍の侵入に在留邦人がいかにあわてふためいたかを如実に証明する風景だが、こんなときでもなお、男子には召集令状がとどき、〝凶器持参〟という命令書までついていたそうだ。

八月七日、八日あたりに投函したものが、九日、十日、十一日に到着したのである。郵便局もてんやわんやの状態だから、遅れて到着したものもあるはずだ。

「ソ連の不法侵攻にたいして抗議する前に、関東軍幹部の利己主義に怒りを感じた。見通しのあまさや、応戦の不手際は仕方ないとしても、在留邦人にたいする不誠実は許せない。天皇を背景に権力をふるった関東軍の見苦しい最後。これはどうにも我慢ならない」

こう怒りをぶちまける在留邦人もあった。

しかし、彼らの怒りはもっともなことだが、私たち応召兵が「関東軍」という総称でかたづけられる点には、大いに異議がある。「陛下の御為め」「日本の為め」と称し、鉄拳をふるう古年次兵と下士官。無知で粗暴、暴力団まがいの彼らをあやつる職業軍人。日曜、祭日を返上して、彼らのいじめに耐えてきた応召兵は被害者だ。

八月九日まで、私たちは一般在留邦人と接触する機会もなく、そして私たちには権力をふるう相手もなかったし、どだい、その権力も皆目なかったのである。

開拓団の光景

現地人集落の納屋などに分宿して、一夜が明けた。おたがい顔を見合わせての最初の言葉は、「腹へったなー」である。

集落の前を流れている川で洗顔、といっても、顔を洗う真似ごとみたいなものだ。なぜかみんなタオルを持っていないらしく、手ですくった水で顔をしめし、それで終わりだった。「各分隊一名ずつ使役を出せ」の命令で、使役に出た分隊員がさつま芋を受領してきた。わりと大ぶりだが、それも一本ずつ配給したらなくなった。

川で洗って生のままかじったが、空腹のせいか、旨かった。小隊長が見かねて村から集めたに違いないが、これから先が思いやられる。

緒戦から〝泥水すすり草をかみ〟では心細い。

「出発」の号令がかかり、また北東に向かって出発した。とうもろこしの畑が終わると、コーリャンと芋の畑がつづく。畑の中の泥道をどこまでも進んだ。泥道はさえぎるものがなくて、はるか地平線の彼方で消えている。

正午ごろ、広野の中に村落が見えた。開拓団であるが、十数坪の平屋建てが五十戸ほど並んでいた。洗濯物が干してある。物干し竿はもちろんのこと、植木にまで上衣やシャツが乾かしてあった。

それだけの宿舎と洗濯物からおして、相当数の住民がいるはずだが、なんの気配もない。

「今日は……」

「どなたかいませんか……」

道路に近い横一列の十戸ほどに、それぞれ声をかけている。私もドアをノックしながら呼んでみた。

「お留守ですか？」

返事がない。鍵もかかっている。

「軍人です。警備に来ました。開けて下さい」

ドアと柱の間にあるほんのわずかな透き間に耳をつけると、囁《ささや》くような話し声がする。それから少し間をおいて、

「ほんとに軍人さんですか？」

「そうであります。間違いありません」

それからまたボソボソ囁きが聞こえて、

「どちらの部隊ですか？」

比較的若い女性の声である。

「自分たちは、予備士官学校の者であります」

地方人の言葉だと信用されないかも知れない。私は軍隊用語を好きではないが、大きな声で上官に申告するように叫んでみた。

「自分は福原見習士官であります。自分の部隊は全員、見習士官か下士官であります。けっして怪しい者ではありません」

また相談しているらしい。ほかの連中もドアを境に話し合っている。そして、私のところのドアが最初に開いて、まだ三十歳前とみられる女性が顔を出した。

「ほんとの兵隊さんだった。よかったわ。もし兵隊さんでなければ、どうしようかと相談してたんですよ」

私たちが兵隊だから「安心だ」といい、八人ほどが上がりがまちに並んだ。女性と老人、子供ばかりだ。応待に出た女性をくわえると、九人である。

「ずいぶん大家族ですね。それに御主人はどうしました」

私がまた地方言葉にもどって言うと、

「ええ、それがなにから話していいか……」

その女性は、ちょっと間をおき、

「やっと落ちついたわ」と言い、はじめて笑顔を見せた。

「私のところは主人のお父さんと私だけ。ほかの方は今朝こられたんです。やはり開拓団の方で、ここよりもっと国境寄りなんですね。ソ連軍が侵入して来るというので、逃げてこられたんです」

「御主人はどこへ行ったんです。こんなとき……」

「七月のはじめに赤紙が来まして……」

「部隊はどこです？」

「牡丹江です」

「それで兵科は？」

「通信です」

牡丹江には通信隊があって、そこから予備士官学校へ派遣されていた近藤や藤田とは、私はとくべつ親しくしていた。二人ともおなじ新潟県人で、それに同じころ東京で勉強していたから、大学はちがっても仲間意識のようなものもあった。

今度の出発にのぞむ部隊編成で、彼ら二人は第二小隊に編入され、途中までいっしょだったが、昨日の夕方、別行動をとったため、彼らのその後はわからない。

指揮、命令をくだす司令部も部隊もいないから、私たちはまるで広い満州の荒野をさまよう〝はぐれ鳥〟である。近藤たちも私と同じように、あてもなく、トラックに揺られているだろう。

「あなた、ひょっとしたら東北の……」

「よくわかりましたね。わたし秋田の生まれです。それにしてもどうして……」

「ええ、同期生に東北出身が幾人もいましてね。アクセントと語尾でわかるんです」

彼女は小学校の高等科を出ると、上京して東京大田区の工場に勤めていたが、二年前、従兄といっしょになり、渡満したという。開拓団の仕事にもようやくなれてきたというとき、夫の出征である。この集落の若い男子は、そのとき、ことごとく赤紙がきたらしい。

「主人たちはどうしているでしょう。心配で心配で……」

彼女は涙ぐんでいる。

「在満応召の人たちは、ぼくらよりぐっといいですよ。満州を知っているから、なんとかしますよ。そのうちきっと逢えますよ」

「満州を知っているといっても、まだ二年ですもの。それに満州は広いでしょう。いまになると、後悔することばかりです。満州のことも開拓団も、ぜんぜん知らなかったものだから、つい宣伝に乗ってしまって……。主人が渡満すると言い出したとき、反対すればよかったんです。結婚したばかりでボーッとしていて、新婚旅行のようなうわついた気持で汽車に乗ってしまったんです……」

彼女がなにも知らなかった、という満州は、簡単にいえば、日本が中国東北部につくった「政権」である。

昭和六年、満州事変が起きると、日本軍は満州の独立をすすめ、その翌年、宣統帝溥儀《ふぎ》を執政として満州国成立を宣言し、九年から帝政をしいた。

総理、大臣には満州人がなり、官庁の要職には関東軍の指揮で日本人がついた。

満州の鉄道は南満州鉄道が委託経営し、日産コンツェルンもまた満州にうつり、満州重工業会社を設立して、満鉄傘下で重工業の総合的経営をはかった。

「五族協和」「肥沃な満州」の旗のもと満州開拓団がつくられ、二十七万人の開拓移民が送りこまれた。

「肥沃な満州、王道楽土」の宣伝につられて、彼女たちも満州に渡ったものだが、見ると聞くでは大違いだった。その悔しさを訴えたかったようだが、私たちが軍人だから遠慮してか、それ以上はなにも言わなかった。

前にも書いたが、私たちのような応召兵でも、関東軍の上層部といっしょくたに見られるのが、なんともやりきれない。

彼女のうしろにカーキ色、軍服まがいの服装をした少年が二人いる。

「あの人たちは……」と、私がその少年たちを指さすと、

「青少年義勇軍の人たちです」

彼女の言葉を引きとるように少年の一人が話しだした。

この少年隊の宿舎めがけて、八日の夜、飛行機からの機銃掃射があって、十名ほどが死亡、二十余名が負傷したそうだ。

少年たちはその夜、装具をトラックに積んで闇にまぎれて出発し、やっとこの開拓団にたどりついたという。同じ方向に走ったのはトラック二台、二十名だったが、どこかで他の一台とはぐれてしまい、ここに着いたときは十名だったらしい。

「これから、どうしたらいいでしょう?」

暗い表情の少年たちにそう言われても、いい答えができるはずはない。同じ〝はぐれ鳥〟である。

「自分たちも、いまのところいい方策は浮かばない。時がたてば……」

少年たちは二人とも茨城県の農家の次男坊で、渡満してまだ二ヵ月だというのに、悲しい境遇におかれたものである。

彼らのいた満蒙開拓青少年義勇軍という制度は、昭和十四年にはじめられたもので、小学校の高等科（尋常科六年の上に高等科の二年間があった）を卒業した数え年十六歳（早生まれは十五歳）から十九歳までの男子を募集したものだ。

彼らは茨城県の内原訓練所で、三ヵ月間の農業教育と軍事教練をへて、満州に送られ、現地訓練所で教育をうけたあと、十ヘクタールの耕地があたえられる。この少年たちは、現地の訓練所に入ってまもなくの惨事だった。

この制度はいまとちがって、会社や工場など就労の事業所がきわめて少ない時代だから、小作や貧農の次男、三男は疑いもなく、それに飛びついた。

だから、身を挺してたたかう青少年たちという意味で、「昭和白虎隊」といわれたものである。そして「われらは若き義勇軍」という歌までつくられた。

敗戦のころの在満日本人開拓団総計二十七万人のうち、青少年義勇軍は約六万五千人。彼らの入植地は二百ヵ所をこえたが、一面、ソ連にたいする「防波堤」の任務を負わされていた。そのため短期ではあるが、訓練所では軍事教練を正科としていたものである。

兵役をすませた団員は結婚を奨励され、内地から嫁入りする女性は「大陸の花嫁」といわれ、騒がれた。娯楽のない辺境の地で、しかも女っ気がないから、団員の心もすさんでくる。そうした若者の気持も、花嫁によって安らぎ、開拓の成果もあがる、という国策である。個人の自由や生活は二の次。この国策というスローガンに、全国民がおどらされた時代であった。

満州百年の大計として樹立されたこの国策も、ソ連の侵攻であえなく壊滅し、若夫婦から立てつづけに生まれた子供の多くが、悲しい孤児の道を歩むことになるのだ。これが「中国残留孤児」である。

また、訓練所にいた訓練生たちも、ずいぶん生命を失った。そして、生き残った者は、満州の収容所にあつめられて、軍人とおなじようにシベリアに送られ、主として炭鉱で強制労働につかされた。

あとでわかったことだが、義勇軍をふくむ満蒙開拓団員二十七万人のうち、戦死、自決一万一千人、病死六万七千人、消息不明一万一千人。合計八万九千人であった。

「あら、話に夢中になって、うっかりしてました。お茶でも入れましょう」

彼女が立ち去ると、七十歳をとうに過ぎたかと思われる老人が、入れかわるように私たちの前に出てきた。

そして話しだしたところによれば、八日の夜から九日の朝にかけて、飛行機の機銃掃射があった。暗いので照準がくるうためか、宿舎に命中せず死傷者は出なかったが、恐ろしくて九日の早朝、その開拓団を逃げ出したという。

その開拓団も、老人と女子供ばかり。頼る者がいないから、気が動転して、ほとんど着のみ着のままで飛び出したらしい。

「私たちの村の方は、雨がふって道がどろんこで、ほんとにまいりました。守備隊まで辿りついたが、カラッポでした。また歩き出したが疲れて隊伍をはなれる者もあるし、空には敵機が飛んでいるしで、まったく悲惨なものです。

この開拓団で休むことができて、助かりました。でも、これからどうしたらいいか、途方にくれてしまいます」

老人の涙が、深いシワを伝って流れた。

「こんな騒ぎで、なんにもないんです」と言いながら、この家の女性が、お茶と茹《ゆ》でたジャガイモを持ってきた。

「なんにもない」と彼女は何度もいったが、お茶とジャガイモで充分ありがたい。日本の緑茶と日本製の湯呑み。それに、湯気の立ちのぼるジャガイモに、塩をふりかけて食う。どこかで見たような光景だと思ったが、これは子供のときの思い出にそっくりだった。

おやつの時間になると、お袋が田んぼのくろで風呂敷包みをほどく。すると、ふかし芋がころげ出る。その芋からは、やっぱり湯気が出ていた。蒸籠《せいろ》から取り出したばかりで熱いから、ふうふう吹きながら口に入れた。

私の小学校のころは、農繁期になると「農休み」といって、五日ほど学校が休みになり、子供たちは学校へいくかわりに田畑へいって、農作業を手伝った。

そんな和やかな情景が、いつまでも日先でちらついた。

「洗濯物を取り込もう」

ここまで逃げてきたというさっきの老人の掛け声で、彼の仲間たちが庭の衣類を片づける。満艦飾の洗濯物におどろいたが、ほとんどが、老人たちのものだった。

逃亡の途中、どろんこ道で着ていた衣類も、背負ったり抱えたりしていた衣類も汚れてしまい、ここで洗濯した、という。

「兵隊さんたち、これからどうします」

この家の女性が私に聞いた。

「小隊長の考えを聞いていませんけど、まだなんにも行動計画はないと思います」

「だったら、ここで二、三日、逗留しませんか……」

「自分たちの小隊員は、全部で四十名。大変ですよ、食料が……」

「保有米も雑穀もあるから、だいじょうぶです。兵隊さんにその気があれば、団長さんと相談してきます」

「ありがとう。ちょっと待ってください。小隊長の気持を確かめてきます」

小隊長の青木中尉は、二軒おいた隣りの家で、やはりお茶を飲んでいた。そして、二、三日、逗留したらという話には、大賛成だった。

私の報告をうけて、その女性・美枝子さんは団長と相談し、わが小隊の駐屯が決定した。

小隊長に連絡するためこの家を出るとき、玄関脇の表札を見ると、大平庄平、良人、美枝子と書いてあった。最初が父親で、つぎが夫、三番目が彼女にちがいない。

日本人には想像もつかないほど広大な満州。その広い空の下をあてもなくさまよう〝はぐれ鳥〟は、しばし翼をやすめることになったのである。

国民にツケが

私たちは全員、それぞれの家の納屋で寝ることにした。女性たちは姐さんかぶりや前掛け、割烹着姿で、めしを炊いて、にぎりめしをつくる。

私が出征するころ、東京では在郷軍人が中心となって、若い女性の軍事教練がはじまっていた。

竹槍で銃剣術の真似ごとをするわけで、とても戦力にはならないが、やっている女性たちは白鉢巻に割烹着、もんぺ姿である。

「エイ、エイ」と掛け声かけて竹槍をくり出す光景は、それなりに凛々しくもあった。

かつて軍隊で、しごかれた経験をもつ在郷軍人はもちろん、女性たちも竹槍教練が国の守りになるとは思ってもみないが、戦争の不安をこんな行動でまぎらわしていたのではないか。それはともかく、この教練に参加できない年輩女性の任務は、炊き出しである。配給の乏しい米を持ちよってめしを炊き、握りめしをつくる。その人たちもやはり白鉢巻きに割烹着。この開拓団で私たちのために炊き出しをする女性たちを見ていると、そんな東京の炊き出し風景を思い出す。

繰り上げ卒業式以来、しばしば故郷や東京の思い出にひたるときがある。前夜などは、その思い出にどっぷりつかって眠ったようなものだ。故郷の夢ばかり見ていた。

これからどんな辛酸が待ちうけているかわからないけれど、いまはあのいまわしい軍隊生活の狭間《はざま》にできた、ほんのわずかなエアーポケットである。米粒ほどの安らぎがある。だから、思い出だけが追いかけてくるのだ。

その思い出の裏返しは、望郷だろうか。

そんな思いは、私だけのものではなく、加藤も小林もおなじだったらしい。二人は握りめしにかぶりつきながら、私のかたわらに座る。

「不思議ですねえ。この生活」と加藤がいえば、小林も、

「軍隊って、とんでもない世界ですね」

いまのところ、かりにも私は上官だから、遠慮してそれだけしか言わなかったが、私だっ

て、汚辱にみちた軍隊生活を一年も経験している。

小林の胸の中にたまっている怨み、つらみは痛いほどわかるのだ。

軍隊のもっとも汚れた部分は、初年兵いじめである。いじめの張本人は、現役の上等兵や下士候試験ずっこけの兵長あたりだ。

訓練なしの学科なし。ときたま気まぐれに参加する演習でも、特別勤務や使役など、頭をつかうものや労働をともなうことは、すべてパスである。

これでは精がたまるばかりだ。

だから、彼らは初年兵いじめを気力、体力のはけ口にしていた。

まったく屁のようなことを初年兵のミスにでっち上げ、「たるんでいる」「陛下に申し訳ない」「貴様のようなやつがいては、戦争に負ける」など、理屈にならぬ理屈をこねまわして、「整列ビンタ」や「各班まわり」の制裁である。

食器が汚れていたことと、「陛下に不忠」はどう関係あるんだ。言って聞かせよう、食器が少しばかり汚れていても、不忠になんかならんのだ――そう心の中で叫びつつ、私たちは上靴でぶん殴られる往復ビンタに耐えた。

あの各班まわりだって、知性や教養はみんななかなぐり捨てなければ、できる芸当ではない。

「〇〇二等兵、整頓が悪く古年次兵殿に注意されました。つつしんで申告いたします」

「××二等兵、声が小さいと兵長殿の注意をうけました。今後は大きな声を出すように努力いたします。お許しいただきたくあります」

各兵舎に十班あるとすれば、十回おなじ申告をくりかえし、十班をまわるのだ。

それがすんなり通ればいいが、各班の意地のわるい古年次兵が、手ぐすねひいて待ちかまえている。「もう一回」のダメ押しが、間違いなくあるのだ。各班まわりが終われば、身体はフラフラ、声はガラガラだ。

不惑をとうにすぎた分別ざかりの男が、ハタチそこその青二才にこづきまわされるのは、屈辱以外の何物でもない。

召集兵のなかには、官庁や一般企業の部長、課長、市町村における名士なども多かった。現に、私と同期の見習士官も、専門学校、大学卒業者もいて、それぞれ社会的な地位があった。

予備士官学校には新旧の序列はなかったが、きびしい訓練があった。戦局の悪化につれて短期間で士官を養成しようというねらいだから、訓練はきびしい。日曜をのぞくウイークデーの訓練は、夜を日についだ。

だから、思い出にひたる時間はない。

私にも不愉快な事件があった。どしゃぶりの雨の日の行軍演習――朝八時から夜八時までの十二時間である。休んだのは昼食の十分間だけで、帰営したときはしゃべるのも億劫だった。

解散の直前になって、教官がタオルをひらひらさせながら、

「落とした者はないか？」という。所持品を調べるのもめんどうだから、調べもせずに、

「ありません」と口々に答えた。そのとたん、それまで静かだった教官がわめき出した。

「福原候補生、前へ」

私が教官の前に出ると、

「福原候補生、装具の点検」

雑嚢を調べたらタオルがない。さあ大変。ふってわいたような災難である。

タオルは昼食のとき、汗をふくため雑嚢から出したが、それ一回だけだ。民家の軒下で雨を避けながら立ったまま食事をし、呼集であわてて飛び出したから、きっと、あそこへ忘れてきたのだ。

後悔してもどうにもならないが、教官の往復ビンタはこたえた。

教官は陸士出身の中尉で、年齢は私とそんなにちがわない。いかにも陸士で鍛え上げた、という印象の頑丈な身体だ。

ヒョロヒョロの丙種合格、重い物は箸よりほかに……というほどではないが、ふん張りのきかない私は、その中尉にぶん殴られてスッ飛んだ。

たかがタオル一本じゃないか。天下の一大事みたいに騒ぐな。それに、十分だけで呼集がかかり、あわてたためだ――私は腹の中でさんざん毒づいたが、悔しくてその夜は眠れなかった。

そんなわけで、考えたり思い出したりするぜいたくな時間は、一刻もなかった。

「こうして銀シャリの握りめし食べていると、内地を思い出しますね。見習士官殿」と加藤がいえば、小林が配給の話を持ち出した。

「自分が出征するころ、内地では外食券食堂の雑炊に、ハシが立つとか立たんとか騒いでいましたが、見習士官殿は配給制のこと、知っていますか?」

「知ってるさ。オレは学生だったから、一般家庭ほどじゃないにしても、東條さんには苦しめられたな。生活物資を切符制にしたが、まだ贅沢してないか、無駄はないかと、ゴミ箱のぞいて歩いた、と新聞に出ていたっけ。

〝贅沢は国民の敵だ〟をスローガンにして節約を奨励し、戦力の充実をはかったはずだが、入隊したらこのざまだ。食料なし、武器なし、職業軍人がやる気なしでは、ソ連の思うつぼだ。待ってました、とばかり攻めこんだわけだ。

生活必需品の最初の配給制は、忘れもしない昭和十五年の五月だった。新聞に大見出しで出たから、いまでもはっきり憶えているぞ。

まず、こんな書き出しだったな。贅沢品、不急品、規格外の商品に、製造制限または禁止の断呼たる痛棒が下されると同時に、切符制が実現。マッチと砂糖について六月一日から実施されることになり、生活はいちだんと緊張の色彩をくわえることになった」

「よくそれだけ覚えていましたね。自分なんか配給制で辛い思いばかりが先に立って、日時や品目なんか、さっぱりおぼえていません」

加藤や小林、そのほか分隊員に感心され、私は知っていることをみんなしゃべってしまった。

「砂糖とマッチの配給は、切符制にしたんだ。切符制は物資のストックがないと、配給店に切符を提出しても、現物がないなんてこともあるので、商工省ではいろいろと手をうち、砂糖一年分、マッチ二万トンのストックができたので、配給にふみきったんだ。

その配給量だが、砂糖は一人あたり月に半斤、マッチ一人あたり一日に五本だ。砂糖はどうってこともないが、マッチは困ったな。タバコを吸う者は、一日五本じゃ、どうにもならない。世帯持ちはやりくりできても、一人暮らしは本当にまいったな」

「米の配給はいつからでしたっけ」

彼らは追い討ちをかけるように、米の配給までおぼえているか、というのである。

「多少あいまいなところもあるが、米の配給は、たしか十六年の春だったな。なにしろ、オレは田舎育ちで大食漢だから、発表のときはほんとにドキッとしたぞ。学生食堂のドンブリめしじゃ心細くて、かけそばをおかずにして、めし食ってたんだから驚くわな。わかるだろ。

これも通帳制だから、ゴマかしはできない。一歳から五歳までが八勺。六歳から十歳までが一合四勺。十一歳から六十歳までが二合三勺。六十一歳以上が二合二勺だった。

大人一日の適量は、だいたい三合だ。それが二合三勺にされたんだ。

いま言ったとおり、大めし食いだから辛かったぞ。子供も辛かったろう。学校へ行くようになれば、大人と同じくらい食べるのに一合四勺だ。適量の半分じゃ、腹が減ったろうな。年輩の者だってそうだ。

六十一歳になったから食べる物を遠慮しろって言われても、そう簡単に減らせるもんじゃない」

「肉体労働者はどうでしたっけ？」

「増産だ、国策だ、と軍部が旗をふっていたから、労働者には増加配給だったようだな。オレの記憶によれば、労働の程度で乙種と丙種に分かれていたな。乙種は男子が二合八勺、女子が二合五勺だったと思う。

丙種は男が四合、女が三合。これは、おそらく軍需工場の労働者じゃないかな。新聞にはなんにも書いてなかったが、軍部は身内をかわいがるのが得意だからな。

最初はこの程度だったが、だんだん厳しくなって、米や砂糖だけでなくて、必需品全部に配給制がしかれ、ついにタバコにまでおよんだのは知ってのとおりだ。

配給だけじゃ、いかにも量が少なくてさみしいから、雑炊やすいとんにしたわけで、お前らもさんざんな目にあったろう。雑炊やすいとんに入れる野菜も少ないから、野草をつんで入れたって話だ。都会生活者は摘み草もできないから、青い物がない。必然的にビタミン不足になる。苦労したな。

昭和十九年に入ったら、金物や貴金属まで供出させられた。お寺の鐘やナベ、釜は軍需工場におくられて武器、弾薬になったって話だ。だが、わからないのは貴金属だ。ダイヤや翡《ひ》翠《すい》、金の指輪……」

「ほんとですね。ダイヤは鉄砲玉になりませんよね」

「偉い人たちがネコババしたんでしょうか。それにしても正直ですね。出さなければいいのに……」

「それがダメなんだ。事前に、隣組を通じて調査があるんだ。国勢調査のような書類に書きこんで、提出しなければならない。だから何某はダイヤ一、何某は金指輪二個保有と、お上は熟知しているわけだ。そのうえで供出命令があるから、ごまかせない」

「調査書の記入をごまかせばいいんだ」

「そんなことをして、発覚すれば大変だ。ブタ箱に放りこまれるさ。それに、ごまかそうなんて気はサラサラない」

「それにしてもおかしいですね。お寺の鐘やナベ、釜まで供出させたにしては……。どうして自分たち、竹光を腰にぶら下げているんでしょうね」

「国民はだれも知らない。知ってるのは偉い人だけだ」

「自分たちは見習士官殿より少し若いので、ただすきっ腹は辛いな、と思っただけで、こまかい経緯は知らなかったんです。勉強になりました。

しかし、めしを炊く釜まで供出するほど銃後の国民は耐乏生活をしているのに、関東軍の将校は、あんな贅沢がなぜ許されたんでしょうね。将校当番にいって、オレ驚いちゃった」

数日前までは、こんな話は冗談にも許されなかった。もし古年次兵の耳にでも入ったら、班長に筒抜け。

その結果は火を見るよりあきらかだ。重営倉にぶちこまれ、あげくは軍法会議、運がわるければ銃殺である。

私たちは、いつのまにか芝生に寝転んで空を見ていた。白い雲が東へ流れてゆく。軍隊に長居は御免、と、幹部候補生を志願しなかったのに、むりやり今度は下士候にさせられた加藤や小林のうらみ、つらみはつづいている。

私はそれを聞き流しながら、それら軍部のやりかたが、徳川時代のそれに似ていると思った。

徳川時代の年貢は、当初四対六だった。四がお上への年貢、残り六割が農民のものになった。それが五対五、つまりお上と農民が同額。そして六対四、七対三となった。年貢が七割、したがって農民の手に残るのはたったの三割である。

それだけではない。きびしい生活の掟もさだめた。武士をのぞく農工商は、平常、米を食うべからず、雑穀を用うることというのである。麦、粟、大豆、そばなどに限られていた。

住居にしても、天井や濡れ縁はつくるべからず、畳の使用も厳禁で、筵《むしろ》にかぎられていた。

台所や窓、畑の片隅や川べりに生えている草にまで税を課した。

だから、農民や商人は窓のない家をつくったり、何軒もの共同炊事場をつくって、税対策としたらしい。

それでも、農民や商人が、お上にたいして無言の抵抗ができただけ、徳川時代のほうが、まだましだったかも知れないような気がした。

ゴミ捨て場をのぞいて歩く東條さんや、糧秣をくすねて山にかくす職業軍人が、殿様や悪代官に思えてきた。そして、〝神風〟を信ずるなど、昔とちっとも変わっていないと思うのであった。

第四章　広野の彷徨

迫りくる戦車

私たちは開拓団に三日ほど逗留した。民間人だけでは心細いから、といい、村人たちはいつまでも行動をともにしてもらいたいような様子を言外にほのめかしたが、いかに〝はぐれ鳥〟でも、まだ軍籍にある身だ。わけもなく翼をやすめていることはできない。

別れを惜しみながら、開拓団を後にした。相変わらず、とうもろこしとコーリャンの畑がつづく。

出発の前日いっぱい大雨が降ったため、道はどろんこでときどきトラックから降りて、後押しをするほどだった。

開拓団から二キロほど離れたとき、約五百メートルの森かげから、戦車らしきものが現われた。私は先頭のトラックから、二番目のトラックにいる小隊長のもとに駆けつけて、「敵戦車らしきものを発見」と報告した。

小隊長の双眼鏡をのぞくと、怪しげな車はたしかに敵戦車だった。ハンマーと鎌を組み合わせたマークが見える。

私は国境警備についているとき、敵の戦車を双眼鏡で見たことはあるが、はるか彼方のことで、あまりにも距離があって、豆粒みたいなものだった。だが、いま眼前に見る戦車の威容は、なんとも迫力がありすぎる。

関東軍のそれにくらべると図体も大きいし、ものすごい馬力だ。森のはずれの急な崖をおりて、また坂を登る。それが無理して降りたり登ったりではなくて、しごく自然のように見えるのだ。速さも変わらず、平均している。

戦車は坂をのぼりつめて道路に出た。それは私たちの進んでいる道路である。だから、戦車がその道路を前進すれば、私たちが宿泊した開拓団に出てしまう。

また一両あらわれて、さきの戦車とおなじように崖を降り、坂をのぼる。その後ろにマンドリンを抱えたソ連兵が三十名ほどついていた。

私たちは道路から二十メートルほど離れ、道路に向かうようにして横一列に散開し、彼らの行動を監視する。

毛髪の赤いやつ、黒いやつ、ノッポにチビ。風体もりりしいというには、ほど遠い。それらの印象をひっくるめて言えば、寄せ集めのガラクタ集団である。

だが、彼らが私たちの横一列と併行したときわかったことだが、彼らのツラ構えが尋常ではない。強い圧力に抵抗し、それを撥《は》ね返そうとするような、ものすごい気力を感じさせた。

日本軍の場合は、初年兵教育の三ヵ月が終わるころにはそれぞれの個性などふっとんで、みな一様に精神作用喪失の状態だ。催眠術にかかったようで、夢現《ゆめうつつ》の集団であった。予備士官学校と特別下士候教育隊の卒業式を終わり、作戦なき戦闘に出陣したときをさかいに、少しずつ変化をみせ、それぞれの個性や知性が蘇りはじめたとはいえ、まだまだ本物ではない。後遺症はずっしり残っている。

私は分隊員の顔を見ながら、「ふんどしを締めてかからなければ、みんなやられてしまう」と思った。

さて、ソ連軍戦車のキャタピラは、確実にあの開拓団の方向に向かっている。開拓団に逃げこんできた人たちの話によれば、ソ連軍の凌辱、虐殺はものすごく、飢えた野獣さながらだそうである。

いまのうちに食い止めなければ……と思い、小隊長に進言すると、小隊長は「方向転換」を命じ、ふたたびソ連軍と併行させた。弾丸は各自十発ずつ、照準は適切に、無駄弾のないよう注意した。

分隊員を見ると、幾人も軍袴がぬれている。股間から軍袴の内側が、膝までぐっしょりだ。膝から下は巻脚絆でかくれているが、おそらく軍靴の中まで濡れているのではないか。加藤は異状ないが、小林は盛大に汚していた。股間の方だけでなくて、尻の方まで地図がひろがっている。

みんな中学卒業以上だから、学校の軍事教練で鍛えられていて射撃は馴れているが、実戦はじめてだ。生命のやりとりとなれば、どんなやつでも緊張する。

私もつとめて心の動揺をかくしているが、ほんとは恐ろしい。暑いとき、かき氷を食べるとキューンと頭が痛くなるけれど、まるであのときのように、痛みが胸から頭へとはしる。

中学、高校、大学の十一年、それに軍隊の一年をくわえれば、なんと十二年も銃になじみ、実弾射撃の命中率は高かった。しかし、そんな実績や誇りは屁みたいなもので、実戦ではなんの役にも立たない。撃鉄にかけた指がふるえてくる。

各自の発射弾を十発というのは、その後、敵と遭遇した場合を予想してのことだ。支給された弾丸は、各自に三十発である。並の戦闘なら補充はつくが、なにしろ原隊をはなれた〝はぐれ鳥〟である。弾丸の補給は望めない。

「撃て」の号令で、最初の弾丸総計四十発が発射された。それで、敵の半数が倒れた。

残る敵はあわてて方向を変え、マンドリンを腰にかまえたとき、第二弾が発射された。それで敵はあらかた倒れたが、二名はどうやら無傷で、マンドリンをぶっ放す。照準もなにもあったものではないが、数十発もつづけざまに飛び出すから恐ろしい。

またたく間に友軍がバタバタ倒れだした。小隊長もやられたらしい。敵が弾丸を撃ちはたし、装填しているとき、すかさず一斉射撃でその二人も倒した。

背後の銃声に気づいたらしく、百メートルほど前を進んでいた戦車がとまり、ゴーグルを目にかけた戦車兵二人が走ってくる。

彼らは五十メートルほど走って急に停止し、惨状を見て棒立ちになっている。二人で顔を見合わせ、唇が動いて、それからへっぴり腰で戦車にもどりはじめた。すでに弾丸十発をみんな撃ちはたしたらしく、だれも戦車兵を撃とうとしない。私も命令の十発は使いはたしてしまっていたから、とっさに腰の軍刀をぬいて、ソ連兵の後を追った。私の靴音に気づいたらしく、一人が振り返る。ようやく追いすがり。すかさず一人は腹を、もう一人は戦車のステップに片足をかけたところで胴をはらった。

加藤が駆けてきた。

「見習士官殿」と言ってから、少し間をおいて、

「よかった」

そこで彼は大きく息をはいた。

「見習士官殿、無鉄砲じゃないですか。一人で飛び出すなんて……」

はじめての実戦で気が動転して、加藤にいわれるまでもなく、軽率な行動をしてしまった。敵の戦車兵が素手だったからよかったものの、二人ともピストルでも持っていたら、いまごろ確実にあの世である。かき氷を食べたときのような痛みが、また頭をおそう。

友軍の犠牲者は、小隊長以下十六名だった。あの小林もマンドリンの弾丸が胸部に命中し、絶命していた。さきほど見たときより、ズボンがもっと濡れている。かわいそうなことをした。

敵の戦車をしらべると、スコップが四梃あった。これでとうもろこし畑の片隅の草がはえている場所を掘って、戦友の死体をうめ、近くの林で白樺の皮をはがしてきて、墓の上で焼

いた。

白樺の煙がまっすぐ天に昇ってゆく。今日は内地の宵盆にあたる。私がまだ子供のころ、お盆になると母は白樺の皮をお墓で燃やした。それは、母の生まれ故郷の習慣だそうだ。

「迷わず日本に帰るんだぞ……」

私はそう念じつつ立ち上がると、加藤が作業衣を持ってきた。

「これと着がえて下さい」

生まれてはじめての戦闘で、気持が動転していて、それほど気にもならなかったが、軍服がべっとり返り血をあびている。

それを見て私は、ソ連兵もすでに返り血を浴びていたことを思い出した。

「撃て」の号令がかかったときは、彼我の距離およそ十メートルで、敵の全貌を明確に把握した。

そのとき、数名の軍衣に赤い斑点があるのを、この目ではっきりと見た。ここへ来るまでに開拓団をおそい、略奪暴行のかぎりを尽くしたあげく、虐殺におよんだものだろう。

私たちがここで阻止しなければ、私たちが休んだあの開拓団の百数十名が、生命を落とすところだった。

ところで、いかに敵といえども、死体を道路に遺棄することはできない。

せめて埋葬の真似事でもしようと、畑の片隅にある低地にはこび、土でおおって草花を供えた。

低地にはこぶとき、軍衣がめくれたためにわかったことだが、そのほとんどのソ連兵が、手首に数字の入れ墨があり、なかには足首に鉄製の輪をはめている者もあった。後で知ったのだが、満州をおそったソ連兵の多くは、囚人兵だったという。

さて、これからの行動だが、小隊長が戦死したから、私が指揮をとらなければならない。小隊長は出発にあたって、迷わずトラックの進行方向を指示したところをみると、上層部からなんらかの指示をうけていたものと考えられる。

しかし、その小隊長が受領した命令を、私たちは説明されていないから、方針のたてようがない。

来た方角へひきかえせば、奉天あるいは奉天の近くへは行けるはずだ。そこであらためて方針をたてようと、私はトラックの進路を変えた。

それまで五台のトラックに分乗していたが、三台にして他の二台に積んであったガソリンのドラム缶を移した。

出発して間もなく、どろんこ道にエンコしているトラックに出合った。

車の中から人が二人とび出してきた。頭は坊主刈り、服装も男の作業服で、カーキ色の上衣にズボン、長靴も男子用である。

しかし、どこか妙だ。

顔も手も黒く汚れているが、男にしては、チグハグだ。車から降りて歩くとき、心なしか内股だった。私は停車を命じ、車から降りて、

「どうしたんです」と言いながらも、二人の姿をまじまじ見据えていた。私の不審そうな表情で気がついたらしく、手で頭をなでながら、

「おかしいでしょう。わたしたちは、ほんとうは女なんです」

「なんでそんな……」

「ソ連兵は、女とみれば手を出すんですって。言うことを聞かなければ、すぐ銃殺するというので、男に変装したんですが、こう簡単にわかってしまうようでは、どうにもなりませんね」

声から察すると、まだ三十代のようだが、顔にススや泥を塗りつけているので、年齢はわからない。

ソ連兵の襲撃があって、彼女たちはトラックでここまで逃げてきたが、ガソリンがきれて途方にくれていた、という。

ソ満国境寄りに住んでいたが、ソ連軍が侵入してきたというので、在留邦人は一団となって逃げ出したそうだ。

撫順か奉天まで辿りつけば、日本人も多いことだから、団結して日本に帰る方策を考えられるだろうと、夜を日についでトラックを走らせたという。

立ち往生した現在の地点から、東へ約五十キロの場所に開拓団があって、彼女たちはそこで一夜を明かしたが、その明け方、ソ連軍の総攻撃がはじまったらしい。

彼女たちの話は、以下のように、凄惨をきわめていた。

——大きな音がするので、飛び出してみると、戦車が三台、開拓団に向かって来るんです。迫撃砲っていうそうですが、ドカン、ドカンと砲弾が撃ち込まれ、人間も家畜もふっとんで、もう地獄でした。

若い男性はほとんど召集されて、年寄りと女子供でしょう。銃や竹槍を渡されて、土塀のところで応戦しようとしたんですが、手も足も出ません。

頭がガアーンと鳴って、倒れたんです。気がついたら、泥の中にうつ伏せになっていました。頭から血が流れていました。幸いかすり傷で、たいしたこともないようなので起き上がろうとしたら、雲つくような大男に腕つかまれて起こされ、小屋に放り込まれました。

十人ほどいましたが、みんな血まみれで、瀕死の重傷です。わたしは気絶していて知らなかったけど、土塀ぎわの何軒かにみんな放り込まれたそうです。ほとんどの者がケガをしていて、逃げ出せる状態ではなかったんですね。

そうこうするうち、いちばん端の家に火をつけられたんです。ご承知のように、開拓団の家って肩を寄せ合うように建っていますから、火の移りが早くて、またたく間でした。

「助けてくれ」「熱いよう」「お母ちゃん」

あれを阿鼻叫喚と言うんでしょうね。わたしは耳を手でふさぎました。

少しでも身体の自由のきく者は、はってでも逃げようとするんですが、待ちかまえているソ連兵が、マンドリンで撃つんです。

わたしの放りこまれた小屋は機材置場で、宿舎から少しはなれていたため、火の移りが遅れていました。

手と足を撃たれた瀕死のおじさんが車のキイを出して、わたしに握らせるんです。

「オレはもうダメだ。小屋のわきにトラックがあるから、逃げろ」

そのおじさんは五十五、六歳でしょうね。白髪が大部ありましたから。召集をのがれたために、開拓団の中心になって、女性や子供を統率していたようです。

身体が動く者五人が、そっと小屋から抜け出しました。その小屋には裏に窓があって、そこから逃げたら、すぐ目の前にトラックがありました。

わたしは習いたてですが、とにかく運転ができるのでハンドルに飛びつき、この方が助手席、ほかの三人は荷台に乗りました。

エンジンの音でソ連兵にわかってしまい、裏門を出たところで、荷台の三人はとうとう撃たれてしまいました。

バラバラと雨が降るようにマンドリンの弾丸が飛んできて、車に刺さるんです。

もう夢中で逃げました。アクセルを力いっぱい踏んでいました。それでもとにかく、わたしたち二人はぶじに逃げきることができました。

開拓団が見えなくなったところで、荷台の気の毒な三人を降ろし、林にはこんで草をうんとかぶせて来ました。穴を掘る道具がないので、仕方なかったんです。——

彼女たちは二人とも、長野県木曾谷の出身で、開拓団へ嫁入りして三年になるそうだ。ご主人はこの春、赤紙がきて孫呉の部隊へいっしょに入隊したという。

そんなこともあって、彼女たちは助け合って、種蒔きやら施肥、除草をなんとかこなし、収穫を目前にして、この惨事である。

「わたしたち、二人とも子供がなかったのが、不幸中の幸いでした」と言いながらも、口惜しさはかくせない。目をしばたたいている。

「とにかく、撫順か奉天、日本人のいる場所に出たいんです。木曾へ帰りたい」

この二人を、放り出すことはできない。いっそ、一緒に……と思ったが、私たちは食料もまるでない。

それに、私たち関東軍と行動をともにすれば、敵の標的になりやすい。いまは薄情に見えるかも知れないが、生存の確率が高いほうを選ぶのが、ほんとの思いやりというものである。

そう気がついたから、

「これから車は絶対に必要です」と言い、ドラム缶をトラックから降ろさせ、ガソリンのきれた車を満タンにして、ドラム缶をその車に積んでやった。

「この先に知っている開拓団があります。案内します。さあ、元気を出して、トラックに乗って下さい」

私自身も、滅入りそうな気分を引き立たせなければならない。

だから、途方もなく大きな声で叫んだ。

「出発。道が悪いから気をつけろ」

「ハイ、わかりました」

二人の分隊長の声も大きかった。彼らも私と同じ思いのようだった。

まもなく、厄介になったあの開拓団の前で、彼女たちと別れた。

「さようなら、元気で……」「さようなら、ありがとうございました」

彼女たちは、手をふって別れを惜しんでいる。数百メートル行ってから停車して振りかえると、まだ立っている。豆粒ほどにしか見えない。二人はそれまでじっと見送っていたのである。

軍隊は、兵の〝心〟を奪ってしまうところだ。私は、喜びも、哀しみも、忘れていた。だが、その豆粒を見ていると、涙がとめどなく溢れて、どうしようもなくなった。

隊員たちにさとられないようにそっとぬぐって、アクセルを踏みこみ北へ向かった。その道をどこまでも行けば、奉天にゆきつくだろう。

太陽が西にかたむき、腹の虫がさわぎ出した。畑にとびこんで、とうもろこしをもぎ取り、ハンドルを片手で握りながら、とうもろこしをかじる。

田舎育ちでも、とうもろこしの生は食べた憶えがなかったが、プチュと出てくる汁が甘くて、けっこう腹ふさぎにはなるものだ。二本も平らげた。

忘れえぬ厚情

いけども行けども、荒野である。集落も見つからない。とうもろこしも一度だから食えたが、二度、三度となればゲップが出るだろう。

あせりながら走っていると、はるか彼方に灯がいくつか見えた。そこに着いてみると、開拓団ではなさそうだ。建物が現地人の家屋のようだ。

近寄って戸の隙間からのぞくと、食事中だった。彼らの中にも、日本の統治を圧政とみて、不平不満の分子も多いと聞いている。うっかり助力をもとめれば、暴力ざたにもなりかねない。

腹が減っても、ここは一番、辛抱にかぎる、と大急ぎで退散した。

トラックに乗ると、ほんの一キロほどで、また灯が見えた。たった三軒である。これだけなら、どう転んでも生命を奪われるような危険はあるまい。

とっつきの家の戸を小さくたたいてみた。

「今晩は。こんな時間にすみません。ちょっとお願いがあるんですが……」

もちろん、返事はない。また戸をたたいた。

「関東軍の見習士官です。けっして乱暴な真似はいたしません」

ここも現地人の集落のようだから、日本人同士のような話しぶりでは通じまい。ゆっくり、ゆっくりしゃべると、戸が少し開いた。

「どうも済みませんね」

私は、ほほ笑んでみた。今度は広く開いて、女性があらわれた。ランプの光に背を向けているので、はっきりはわからないが、五十歳前後の満州女性である。

「じつは、食べ物がなくて困っています。助けていただけませんか」

彼女は、

「わたし、あなた信じます。どうぞ」と言って、家に入れと手招きした。

「いえ、じつは部下がたくさんいるんです」

「どこにいるんですか?」

「あの小屋の向こうの車の中です」

大勢でどやどや押しかけては、まとまる話も流れてしまうかも知れない。そんな危険を予想して、小屋の陰にかくれるように命じてきたのである。

「何人ですか?」

「私を入れて二十四人です」

「そんなに……」と言って絶句してしまった。

「ですから、米を三升ほど分けてくれませんか。米は持っていますが、石油くさくて食えないのです。ドラム缶からガソリンを抜くとき、米の麻袋にこぼれたらしいんです。そして、明日の朝まで小屋の軒下を貸してください」

その女性はしばらく考えていたが、

「さっきもいいましたが、わたしの信頼、裏切らないでください。釜はあるか?」

「ありません」

私の返事を聞くと、彼女は先に立って小屋へ案内した。大きな釜があった。家畜の餌を炊く釜らしい。外にあった薪もつかえといい、井戸もおしえてくれた。

井戸のそばにあった桶で米を洗い、三升ほどの米を一度に入れた。

「暖かいなあ。一時はどうなることやら、ほんと気をもんだ。見習士官殿、ご苦労さまでした」

「やっとメシにありつける」

「このまま野たれ死にかと思ったよ」

八月中旬でも、満州の夜はひんやりする。みんな釜のまわりに集まって、タバコに火をつけた。タバコも残り少ない。気をつけて喫わなければならない。

めしが炊きあがるころ、満州女性が塩をくれた。おかずがないから、塩むすびをつくれという。満州に握りめしはないはずだが、開拓団の人たちからでも教わったのではないか。

温かい食事で、数日来の緊張もほぐれて、ぐっすり眠りに落ちた。

私が尿意をもよおして、起き上がろうとしたら、不寝番が飛び込んできた。

「大変です。敵に囲まれたのであります」

みんな地方言葉になってしまったが、事件になると、軍隊用語がとびだす。不寝番があわてふためき、軍隊用語にもどったあたり、まちがいなく大事件の突発である。

裏側の小窓からのぞくと、月明かりに人影が浮かびあがった。ヒイ、フウ、ミイ……十数人が小屋に向かい、銃らしきものを構えている。

私は外に出て表にまわってみると、やはり十数人が、足をふん張るようにして立っていた。表側の一団は月の光を正面からうけているので、はっきりわかるが、ソ連兵ではなくて、満州人であった。

彼らは銃口を私にむけ、抵抗すれば発砲するぞという一触即発の雰囲気だ。銃は関東軍の旧式歩兵銃らしい。

日ソ両軍の戦闘で日本軍が全滅し、ソ連軍が移動したあと、戦場から彼らはひろってきたのではないか。

「おまえたちは日本軍か？」

さて、どうしたものか。

モタモタして、銃をぶっ放されたら一大事だ。小屋の中にいるものたちは、応戦もできようが、丸腰で表へ出た私はなぶり殺しは必定である。

そのとき、この家の女性がはだしで飛び出してきた。おそらく、彼女は寝ずにいたのではないか。「あなたを信じます」といって、情けのかぎりを尽くしてくれたけれど、泥まみれの敗残兵が二十四名も、おなじ屋敷内にいるのだから、眠れるはずもない。

そうしたところへ居丈高な叫び声がしたので、容易ならざる事態と知り、靴をはくのももどかしく、駆けつけてくれたらしい。

彼女と首領らしい男が話した結果、彼らが押し寄せ、私たちをとりかこんだ真相がわかった。

その人たちは私たちが、この家にくる前に立ち寄った集落に住んでいるという。その前日、ソ連兵が二十名ほどでその集落をおそい、めぼしい物をすべて奪い去った。さいわい死傷者はなかったものの、さしあたりの暮らしに支障をきたすほどの荒らされようだった。

私たちは、あの集落をのぞいたとき、さとられまいとして、ずいぶん気を配ったつもりだったが、やはり見られていたのである。彼らの集落のまとめ役が、私たちの後をつけたらしい。

もし略奪したソ連兵なら寝込みをおそい、みな殺しにして、昨日の報復をしよう、という計画だったが、出てきた私が間違いなく日本人だったから、自分の集落へ帰るという。

ともあれ、押しかけてきた彼らの集落がソ連兵におそわれたころ、私たちがいまいるこの家も、やはりソ連兵におそわれたという。この家では、家族は柳河という町へ用事でいっており、まだ帰ってきていないが、そのとき、彼女が小屋にかくれていると、無人の家にソ連兵が上がりこんで、食卓の上においてあった腕時計と、柱時計を持ち去っていたそうだ。

「もしかして、ソ連兵に……」と、まだ帰らぬ家族を案じて、彼女は顔をくもらせた。

ソ連の侵攻は満州人まで巻き添えにしているのだ。ほんとうに言葉もない。

そんなことに思いがいたると、私は押しかけてきた彼らが気の毒におもえて、ガソリンを贈ることにした。残りは二缶。これだけでトラック三台がどこまで行けるか心配だが、ガソリンがなくなったら歩けばいいとばかり、そう決めた。

歩けばいい、といっても、あの広大な原野である。ソ連兵がウジャウジャしている満州で、すき腹をかかえてトボトボ歩くほど、危険なことはない。

それでも、そのときは、そうしたかったのである。

部下たちにドラム缶をトラックから降ろさせると、彼らは幾度も頭をさげ、丸太を天秤棒のかわりにして、四人がかりでかついでいった。

そんな騒ぎがあってからは、もう眠れない。焚火にあたる者、うずくまっている者、それぞれ、いまの事件を話題にしていると、戸がわずかに開いて、この家の女性が私を呼んでいた。

「のみなさい」と言って、一升入りほどの瓶をさし出す。わりと透明な液が八分目ほど入っていた。フタをとると、強烈なアルコールの匂いが鼻をつく。

舌でためしてみると、酒らしい。家族の飲み料を私たちにまわしてくれたのだ。

日本人を敵視している満州人もいるようだから、用心しなければいけないが、彼女には信用されているのだから、こちらも信じなければ罰があたる。私は一口飲んでから、

「せっかくの好意だ。味わって飲もう」と言いながら、隣りのやつに渡すと、

「うまいなあ、何日ぶりだろう」

これがみんなの本音だ。入隊以来、軍歌ではないが休みなしで、「月月火水木金金」だった。

ほんの少しだが、息をつけたのは、予備士官学校でくれた休日だけである。それに、酒の

配給は皆無だった。

酒が好きな者は、苦しかったに違いない。だから、「うまいなあ」と言ったのは、お世辞でもなんでもない。本当にうまかったわけだ。

そうこうするうちに、夜が明けた。名残りおしいが、出発しなければならない。

それぞれ、ごそごそと準備をしていたら、この家の女性が現われ、麻袋をさし出した。それには米が入っていた。

「ありがとう。ありがとう」

彼女はなんにも言わず、ほほえんでいる。

「おーい、分隊長あつまれ。恵みの米だ。昨夜とおなじ要領で炊爨《すいさん》」

めしを炊き、麻袋に添えてあった塩をまぶして、握りめしをつくった。

食事が終わって、私は別れの挨拶にいき、腕時計をはずして彼女に贈ろうとした。

だが、彼女は受け取らない。むりやり彼女の左手をひきよせ、時計のバンドを締めながら、

「ありがとう。あなたのことは死ぬまで忘れない。ほんとに、ありがとう。ゆうべの人たちにもよろしく言ってください。日本へ帰ってからも、あなたのことをいつも思い出すでしょう。さよなら。元気で……」

今度は右手をにぎると、強くにぎり返してきた。喜びなのか、哀しみなのか。自分でもわからない感情がこみ上げてきて、どうしようもない。

彼女はトラックのところまで見送りにきて、なにも言わず立っている。

「さようなら」「ありがとう」「あんなうまい酒、はじめてだったよ」「元気でね」

みんな思い思いだが、精いっぱい、お礼の言葉を口にする。武骨な言い方だが、感謝の心がこもっていた。

私はあの時計に感謝の思いをこめたつもりだが、まだ足りないような気がした。

親切な女性に尽きぬ名残りをおしみながら、私たちは西南の方角をめざして、やみくもにトラックを飛ばした。

数キロ、あるいは数十キロ走って、やっと小さな集落が一つあるくらいだ。広すぎて、なんとも頼りない風景である。

太陽が中天にさしかかり、また食事の心配をしなければならなくなった。とうもろこしでも探すつもりで停車を命じると、なぜか全員が道路脇の草原に腰をおろし、動こうとしない。

停車したらわれ先に、とうもろこし畑にとびこむと思っていたら、案に相違して、至極のんびり構えている。まだ腹をすかしていないのかも知れない。

そういう状態なのに、隊長の私が物欲しそうに畑をうろつくわけにもゆかない。

これは困った。私は内心、大いにうろたえていると、加藤が笑いながらかたわらにくる。

「見習士官殿の昼食であります」

軍隊用語でもっともらしく差し出したのは、わりと大きな握りめしだった。この場合、握りめしは、金よりもなによりも、この世でもっともありがたい贈り物だが、なんとも解せない。

たまにある集落にも、店などありはしない。なんとも殺風景で、握りめしを恵んでくれるような奇特な人とも会っていないのだ。

私はその白い物体をまじまじと見つめながら、聞いてみた。

「加藤、お前いつから手品師になったんだ」

「見習士官殿には黙っていましたが、ほんとは自分、アマチュアの手品つかいであります」

「なんだか気味が悪いな。握りめしらしいが、これ食べてコロリなんていうのは、オレは嫌だぜ。日本に帰りつくまで死ぬことはできん」

「いまのは冗談です。死ぬはずはありません。ある女性の気持がしこたまこもっています。元気がうんと出る握りめしです」

それだけでは、わかったような、わからないような不思議な現象だが、彼の説明で、また私の心も目もうるんできた。

今朝、あの女性のくれた米は、一食分よりぐんと多かったそうだ。だから、昼食分として一個ずつ、各自が持って行軍したという。

話がそこまで進行して、ひょいと隊員を見ると、それぞれ大きなやつにかぶりついていた。彼女はなにも言わなかったけれど、朝食だけでなくて、昼食にも心を配ってくれていたわけである。みんな草原で嬉しそうにめしを食べている。

食をもとめて

昼食を終え、ハンドルを握ってほんのわずかすると、原っぱの真ん中にしては、わりと大きな集落が見えてきた。二百戸ぐらいあるようだ。

その集落から二百メートルくらい手前に、三十戸ほどの住宅群があった。ちょうど内地の市営住宅のようで、十四、五坪の家が、おなじ間隔をたもちながら建っている。屋根も壁も日本式の建築だから、満鉄の社宅かも知れない。近くに線路が走っているので、あの集落に駅舎があるのだろう。

この住宅群をとりかこんで土塀があり、門を入ったトバクチに、集会所のような建物が建っている。

コーリャン畑のかげにかくれながら様子をうかがっていると、社宅風の家から出てきた人たちが、その建物の前に集まった。

およそ二十人ほどで、女性が主だが男性も数人まじっている。

やはり満鉄の職員で、その日は非番にあたった人たちではないか。

一般在留邦人も開拓団員も、老人をのぞいて、根こそぎ動員されたが、満鉄は除外されたようだ。だから、成年男子の地方人は満鉄の職員くらいなものである。

私は、加藤をともなって集会所の前へいってみた。加藤はいつのまにか、カーキ色の作業服をきている。二人とも作業衣だから、怪しまれる気づかいはないだろう。

「何かあるんですか？」

私は、集まっている人たちの中で、いちばん若いと思われる男性に聞いてみた。中年男子や女性は、とかく詮索ずきが多いから、敬遠したのである。

「陛下がラジオを通じて、お話があるそうです」という。なるほど、廊下のガラス障子を開けはらって、古ぼけたラジオが置いてある。

一体なんだろう。天皇がラジオを通じて国民に語りかけるなど、前例のないことだ。

「なんだろう。どうしてだろう」

「見当もつきません」

加藤にも、そして誰にもわからないだろう。それがわかっていながら、加藤に話しかけたのは、わずかな空白でも耐えられなかったからだ。

アナウンサーが、放送の合間、合間に、天皇の話があることを伝えている。

しばらくして、ラジオの音がやんだ。そして間もなく、ガリガリという音がした。レコードを切りながら走る針の音だ。ついで、人間の声がした。天皇の声らしい。

びっくりするほどトーンが高く、話はひどく明瞭さを欠き、不思議なアクセントであった。御所ことばの発音だろうか。

ポンコツラジオで、そのうえ空中状態がわるいらしく、高いトーンのところだけが聞こえて、意味はまったくわからない。

「堪え難きを堪え、忍び難きを忍び……」というところだけが、かろうじてわかるのみだった。

天皇の放送は、たった数分で終わった。集まった宿舎の人たちは、なんとも釈然としない表情である。しばらく顔を見合わせていたが、そのうち話し合いがはじまった。

「陛下の話わかったか？」

「いや、さっぱりわからん」

「あんたはどうだ」

「諸君がわからんのに、オレだけわかるはずがないだろ」「それもそうだが、一人ぐらいわかったやつは、いないかな」

「ガーガーがひどくて、さっぱりわからなかったが、ときどき聞こえた声も意味はわからなかった」

「おそらく天皇は、堪え難きを堪え、忍び難きを忍び、一致団結して外敵にあたれ、という励ましのお言葉をくださったんだ。

米、英などのほか、ソ連の参戦があって、いまが勝敗の分岐点、まさに正念場だから国民の総力を結集せよ、と仰せられているんだ。みなさん頑張ろうじゃないか」

「そうだ、そうだ」

これらは男性の話であるが、女性たちもひとかたまりになって、ヒソヒソ話である。

「男の人たち、あんな威勢のいいこと言ってますけど、あれでいいのかしら」

「国境の方からどんどんソ連兵が入ってきてるでしょう。ここはまだ無事だけど、明日にも攻めてくるかも知れないわ」

「ソ連兵は、マダム、ダワイって叫びながら入って来るそうよ」

「マダム、ダワイって何ですの？」

「簡単にいえば、女をよこせ、ですって。強姦してから殺す場合もあるって話ですよ。だから、女性も頭の毛を刈って、顔にススをぬって、男に変装してるところもあるそうよ」

「飛行場に同郷の奥さんがいるので、きのう会いに行って見たら、もう飛行場関係者はだれもいないのよ。飛行機だって一機もありゃしない。

まさか、家族を飛行機にのせて内地に帰ったんじゃないとは思うんですがね。人間、困れば、どんなことでもしますからね……。

ところで、そこの宿舎がガラ空きになったものだから、今度は看護婦たちが入ってるのよ。三十人ぐらいいましたね。それがなんと、みんな坊主刈り、お化粧なしで、男みたいな格好をしてるの。

聞いたら、ソ連兵よけですって。彼らは女とみれば、幾人も寄ってたかって、かわるがわる乱暴したあげく、殺すそうよ」

「私たちも、なんとか対策をたてるべきね」

「みんなで相談して、頭を刈りましょう。家財道具も最少限、必要な物だけまとめといた方がいいかもね」

「うちの主人がきのう、チラッと言ってたけど、満鉄本社の偉いさんたち、家族を引き揚げさせたそうよ。新京発の列車の何本かを、満鉄家族列車にして、一般は後まわしで運んでるって。もし、それが本当なら、ずいぶん勝手な話だわ」

「私も飛行場で丸坊主の人たちから聞いたけど、関東軍の偉い人たちも、家族を引き揚げさせているそうよ。丸坊主の人たち、陸軍病院の看護婦だっていうから、間違いないと思うの。きのう聞いてきてすぐ話そうと思ったけど、きのうはまだこの宿舎、静かだったから、私が混乱の火元になるのはどうかと思って、黙っていたの。しかし、知らない間に、ひどいことになってたのよ……」

諸説ふんぷんだが、女性の方が地についているらしい。男の場合、会社の方針にしばられているから、個人的な思考や行動はつつしんでいる。建て前がここでも優先していたようだ。

「なんだか悪い予感がしてきました」

加藤は顔色がさえない。

「オレたちの力では、どうにもならん。身体に気をつけて一日、一日を大切に生きるよりほかに、道はないよ。いまから参っては、この先どうにもならんぞ。元気を出せよ」

「そうでしたね。見習士官殿。運を天にまかせて、元気を出しますか」

「いまのところ、オレの心配は夕めしをどうするかだ。加藤、いい知恵はないか？」

「いい知恵といっても特別ないんですが、米を手に入れるとしたら、代償が必要ですね」

「うん。そうなんだ。金なら現金でも通帳でも、ちゃんと持っているが、こんなどさくさのとき、相手にされないかも知れない。貴重品ならなんとかなるかも知れないが、時計は今朝方……」

「そうでしたね。見てましたよ。あの女性、うれしそうでした。いつまでも大切にするでしょう」

そういうと、加藤は一息ついてから、

「よっしゃ。自分の時計と米を替えてきましょう。いまはそれしか方法がない」

「お前の時計か。しかし、お前は小隊の責任者ではない。時計を犠牲にしては……」

「その心配なら御無用です。こんな生活が、この先まだ幾日つづくかわかりません。そうなったら、順ぐりに貴重品を提供することにしましょう」

「そうか、すまんな。ところで代償はできた。こんどは交渉の段どりだ」

「言い出しっぺだから、自分が工面します。しばらくここで待っていてください」

加藤はそう言うやいなや、満鉄の社員宿舎らしい建物の方へ小走りにいそいだ。

二、三軒の門口で彼の姿がチラチラしていたが、まもなく紙袋を二つさげてもどってきた。

「買い出しみたいですね。見習士官殿は、内地の買い出しを知っていますか。自分の家では、お袋がよく千葉の田舎へいってました。知人が農家だったので、そこで工面してもらったようです。

それでも供出があるので、そうそう他人の面倒を見れないので、親戚や知り合いの家へ、案内してくれたらしいです。

そんなときは、衣類なんか持って行きました。お金では食料を分けてもらえないんです」

そういう彼の表情は、意外にかたかった。母親の愛情と苦労を思い出したのではなかろうか。

「オレは下宿生活をしていたから、買い出しの実情は、直接には知らない。ところでお前、よく見つけてきたな。ご苦労さん」

「とつぜん飛びこんで行ったから、すごく驚いてました。最初の家の奥さんは、田舎なまりがないので、もしや東京の人ではないかと思って聞いてみると、そうだと言うんです。主人は満鉄で、彼女は三年前に嫁入りしてきたそうです。

こんなことになるのなら、なにも満州まで来るんじゃなかったってこぼしていました。気の毒ですね。自分は世田谷、彼女は江戸川だそうで、離れてはいるが同じ東京だから、うれしくて……」

「で、肝心なものは……」

私がそういうと彼は、一方の紙袋をあけて私に見せた。真っ白い米がだいぶ入っている。

「その奥さんは、こんな情勢だから米ビツを空っぽにしても、いつ買えるかわからないからというので、三升ほど分けてくれ、それから親しい家へ二軒ほど自分をつれて行って、頼んでくれました。すると、一升ずつ分けてくれました。

あの奥さんの分と合わせて五升です。二回分はまかなえるでしょう」

「充分だ。さしづめ功労章ってところだな」

もう一つの紙袋は、だいぶ濡れている。

「これ、何だと思います」

「わかるわけがない。もったいぶらずに早く言えよ」

「糠味噌漬けです。満州では糠味噌漬けは、あんまりやっていないので、町の米屋へわざわざいって、糠をわけてもらって漬けたそうです。自分から、こっちへ来てはじめてですから、楽しみです」

大の男が、糠味噌漬けを食うのを楽しみにするというのは、いかにもミミッチイようだが、いまや食べるのだけが張りのような生活だから、笑えない。

袋をのぞいてみると、糠味噌ごとキューリやナスが入っている。だから袋が濡れたわけだ。

私たち二人は意外な戦果に、足どりも軽くトラックにもどった。隊員たちは首を長くして待っている。

「どうしたんです」

「なにか変事でも起きたんじゃないかと、心配していました」

「捜索隊を編成しようって協議してました」

彼らは口々にそんな意味のことを言い、ほっとした表情だった。

「心配かけてすまなかった。その代わりと言ってはなんだが、お土産があるからな」

私たちは紙袋を両手で持って、高く上げた。

「いいか、米と漬物だ。漬物は糠味噌だ。ひさしぶりに故郷のお袋をしのんでくれ」

「糠味噌のお新香か——」

「自分のお袋は、糠味噌を漬けるのが上手でね」

明朝まですきっ腹をかかえなくてもすむ、と聞いて、急にみんなが明るくなった。

その勢いをはずみに、トラックに乗りこんで、ふたたび西南の方向へ走り出した。真っ赤で、大きな太陽が地平線に沈むころ森があって、そこで露営することにした。背嚢にくくりつけた飯盒やナベで飯をたく。軍人とナベは、なんとも奇妙なとりあわせだが、この日のために拾い集めたものだ。

前にもちょっと書いたが、軍隊の乏しい配給で暮らしていると、役に立ちそうなものを発見すれば、かならず拾うようになるが、戦争がはじまってお先真っ暗ないま、その習性が極端になってきた。

道端でもゴミ箱でも、形あるものならなんでも背嚢にくくりつける。そんな背嚢を背に、頼りない足どりの兵を見ると、浮浪者さながらだった。

日本人は生来、収集癖や浮浪者的な性癖があるのではないかと考えてしまう。

それはともかく、飯盒炊爨《はんごうすいさん》で炊きあがった銀シャリに糠味噌。まったく日本的な献立の〝豪華〟な夕飯を終え、持てるかぎりのボロ衣を背嚢から引っ張り出して、木の下で露営となった。

腹はいっぱい、理想的な露営のはずだったが、顔が妙に冷たくて目がさめると、大木の枝からは冷たいものがポタポタ落ちている。

幹をつたって流れる雨は、洪水のようだ。着ているボロ衣はぐっしょり重い。

ひどい疲れで、ぐっすり寝込んでしまったが、よほど前からどしゃ降りだったらしい。なんとも気色が悪い。

トラックへ駆け寄ったが、運転席、助手席と、その後ろの空間は、どう押し合い、へし合っても、収納能力は五人だ。

三台で十五人だから、入りきれずにあまった者は、車の下にもぐり込んだ。

満鉄宿舎で食料をわけてもらい、俗にいえばツイているはずで、「はじめよければ終わりよし」になると思っていたが、人生は思いどおりには運ばない。

ガタガタ震えながら夜明けを迎えたが、枯木が濡れていて飯を炊けないから、やむなく欠食のまま行軍することにした。

満州の道路は、踏みかためてないからどろんこである。しかも、大通りだとソ連兵に発見される恐れもあり、農道をえらんで走るから、なおさらである。

しかし、昨夜の雨は嘘のようだ。

雲ひとつない夏の空で、太陽の強烈な輝きは地獄でホトケである。

ほんとうにありがたい。ぐしょ濡れの装具や、寝具がわりのボロ布をトラックの荷台にひろげ、飛ばないようところどころに石の重しをした。

これなら、夕方までには乾くだろう。

昼近くなって、とうもろこし畑にもぐり込んだ。朝昼兼用の食事はとうもろこしにして、浮いた米は夕食にまわそうという計画である。

そのころとしては恵まれた環境で青年期を過ごした者たちだ。中学校以上の教育をうけられる者は、ごくかぎられた裕福な家の子弟だった。

したがって、経済的な苦労を知らない集団である。その彼らが、生のとうもろこしで一食分の米をうかせようというのだから、なんとも哀れだった。

第五章　落日の満州

懐かしの地もまた

太陽が西にかたむき、地平線が茜色にそまった。トラックが進むにつれ、その茜色の中に、大きな街が浮かび上がってきた。

奉天かも知れない。

もし奉天だとすれば、やみくもに近づけない。ソ連兵が侵入していれば危険だ。

その街の二キロほど手前で停車し、トラックをとうもろこし畑の陰にかくして、小隊に休憩を命じた。そして私は加藤とともに、偵察に出かけた。

私は軍刀、加藤は銃を麻袋につつんで偽装し、あたかも荷物のようにして肩にかついだ。

とうもろこし畑の間をわずかに前進すると林があって、南に五百メートルほど迂回すると、小屋が建っていた。屋根も、壁も、とうもろこしの幹や枝でふいた粗末なものだから、農夫の休憩小屋かも知れない。

高くつみあげた枯枝のかげにかくれて様子をうかがっていると、言い争うような声がして、静かになり、少し間をおいて、扉がわりの蓆を頭でかき分けるようにして、男が出てきた。

ひさしがなくて丸い帽子をやや斜めにかぶり、焦げ茶色の上衣に帯革。ソ連兵だった。例のマンドリンを壁にたてかけ、軍袴を上げている。

それまでに見たソ連兵は、申し合わせたように深刻なツラ構えだったが、このソ連兵はひどく陽気な感じである。

ゆっくり服装を点検して、ソ連兵がマンドリンをかかえて街に向かって歩きだすと、こんどは女性が蓆から顔を出し、周囲を見まわしてから、蓆を巻き上げるようにして外に出てきた。

年齢は四十歳前後、日本女性である。

服装をなおし、髪のみだれに手をやって、それから着物の袖を顔にあてた。

蓆を分けて外をうかがったときから、涙が頬をつたわっていた。それで小屋の中でなにが起こったか、だれにでも想像できる。あの血なまぐさい惨劇のはずだ。

私の血が怒りで身体じゅうを駆けめぐっている。

あのソ連兵をこのまま野放しにしたら、また同じ惨劇をくりかえすだろう。なにしろ、想像を絶するシベリアの苛酷な気象状況と、権力に抑圧された日々を送っていた彼らは、その哀しさやうっぷんを、男と女のまじわりで晴らしていた。

彼らの性にかんする思想も節度もケタはずれで、日本人には想像もつかないが、彼らは女性を犯すということが、罪悪だとは思っていない。女性も男性にせまる場合があるというから、女性もやはり性に関して、解放されているわけだ。ソ連兵におそわれて、日本女性が拒否するのは、単なる恥じらいぐらいにしか、受け取っていないのではないか。だから、これから先が心配である。

満州に侵入したソ連軍は百五十万。あのソ連兵は百五十万分の一だから、あいつを懲らしめても九牛の一毛。全体から見たら、とるにたりないささやかなものだが、あいつの魔手だけは封じることができるはずだ。数十人、数百人の女性の運命をくるわせないですむかも知れない。

そう思い、私は麻袋から軍刀をとり出し、腰のベルトにさしてソ連兵の後を追った。

「どこへ行くんです」

私の後ろから加藤が声をかける。

「あいつ、このまま放置するわけにはいかん」

「でも、あいつはマンドリンを持っています。危険です、見習士官殿」

いままでにも私は再三、みずから危地にとびこむような行動をとっているので、ひどく無鉄砲な男と思い込んでいるようだ。もっとも、そう思われても仕方なく、軽率のそしりは免れない。それでも、私は思いつめているから、

「危険は承知だ。見逃すことはできないだろう」

三百メートルほど走って、あのソ連兵を発見した。大木にかくれながら接近する。加藤も

いつのまにか、麻袋から銃を出してかかえている。

「もし、オレがやられるようなことになったら撃て。それまでは発砲するな」

そう言いおいてから、私はソ連兵の背後に迫った。

「スルーシャイチュ（もしもし）」

ソ連兵が振り返ったところで、私は踏みこんで軍刀を力いっぱい振りおろした。

それでも、彼の背後に忍び寄ったとき、「殺すんじゃない」と、だれかが叫んでいるような気がして、とっさに軍刀を握りなおし、峰打ちにしたから、たいしたケガはしていない。ひたいが切れて血が流れているが、気絶しているだけだ。時間がたったら、気がつくだろう。

「このままでいいですか？」

加藤が近寄ってきていう。

「よくないな。手伝ってくれ」

二人で両手両足を持って、林の中に移動した。

「おや、こいつ入れ墨をしてますよ」

ソ連兵の袖がややめくれたとき、左手首より少し奥に、数字が五つ並んで見えた。

「うん。囚人兵らしいな」

思えば、彼らも気の毒な連中だ。反体制かなにかの罪名をでっち上げられて、シベリア監獄にぶち込まれて重労働をしたのだろう。刑期など、あっても、そんなものはないにひとしく、一生シベリアから脱出できないそうだ。だから、娑婆にいる間にうんと女性を、などという了見になったのではないか。

それにしても、あの被害者の女性は、あの小屋から数百メートル離れた集落の住民にちがいない。一人で外出したところをあのソ連兵に見つかり、小屋に連れ込まれたものだろう。いずれにしてもあの女性は、子供はもちろん、主人もいるはずだ。応召になっていれば、いまのところ問題は起こらないが、もしそうでなければ……。

戦争というものは、予想もしない巻き添えの被害者をつくってしまう。恐ろしいことだ。

加藤も私と同じようなことを考えていたらしく、

「さっきのご婦人、かわいそうですね」とつぶやいた。

「うん、満州のいたるところで、同じような悲劇が起きているだろうな。しかし、考えようによっては、このソ連兵もかわいそうな人間かも知れないぞ。ところで、えらく時間をくったな。急ごう」

私たちは、しばらく偵察をつづけて街が奉天であることを確認し、いそいで、トラックのところへ駆け出した。

あのソ連兵は三十分か四十分で気がつくだろうが、とうぶん頭は痛むはずだ。それに神経でも痛めていれば、しばらくは女性をどうのこうのという欲望は起きないだろう、という思いと、直接の被害者でもないのに、あいつを傷つけたという後ろめたさみたいなものが、私の心の中には、同居していた。そんな複雑な心境でトラックに到着した。

「どうしたんですか。心配していました」

「ひょっとしたら、ソ連兵に遭遇したんじゃないかって、心配してました」

「もうちょっと待って、それでも帰らなかったら、斥候を出そうって相談していたんです」

小隊員は私たち二人をとりかこんで、みんな思い思いの言葉をしゃべり出す。

「静かにしてくれ。じつはちょっとした事故があって、時間をくってしまった。心配かけてすまなかった。事故の内容については、追って説明する。前方の都会は奉天であることを確認した。まず予備士官学校にいき、学校関係者が残っていたら、それに合流する。

もし、だれもいなければ、今後の方針はその時点で考える。予備士官学校は奉天の東南の街はずれだから、北東に進路をとれば到着するはずである。すみやかに乗車」

夕闇がせまってきた。都会の近くで行動を起こすのは、格好の時刻である。予備士官学校の南側にある森を迂回して、三十分たらずで懐かしい校舎に到着した。だが、どこにも人影はない。

「見たとおりである。説明の要はないが、ともあれ今夜はここに泊まる。校舎はまさかのとき、標的になる恐れがあるから、校舎東側の銃器庫で仮眠する。

それから、保有米は少しあるが、今後のための備蓄にするので、炊事場と倉庫で食糧をさがすことにする。第一分隊は炊事場、第二分隊は倉庫を捜索し、二十分後、銃器庫に集合。以上。作戦開始」

教官がいるかも知れない――と、私は一縷の望みをいだいていたが、それははかない夢であった。どうしようもないほど落ち込んでゆく己れの心をふるいたたせるため、無理して軍隊用語で命令を下した。

二十分後、各自がなにがしかの食料を持って集合した。

「ひどいもんだ。ろくなものはありゃしない」

「教官たち、糧秣を持ってドロンしたのかね」

「倉庫はからっぽ。なにも残ってない。頭にきたなあ。飼料用のコーリャンを持ってきた。炊事場はどうだった？」

「どこも同じだよ。米ビツをひっくり返したり、味噌樽こそげて、やっとこれだけだ」

「オレは違うと思うよ。将校たちは、かねてこの日のあることを予想して、しこたま食糧をたくわえていたっていう話だぜ。だから、ケチな炊事場荒らしなんかしないよ。学校荒らしの犯人は、ソ連兵にちがいない」

諸説ふんぷんである。将校たちが持ち去ったものなら警戒の必要はないが、ソ連軍の襲撃なら、再度の来襲もありうるわけだ。

銃器庫に、兵器の類がいくらかでも残っていればと思ったが、それもはかない思い込みだった。各自が携行している弾丸二十発が、唯一のたよりである。

「みな聞け。今夜はこの銃器庫で仮眠する。寝具の類は内務班で探してくること。それは夕食後でよろしい。

つぎに食事の準備であるが、この銃器庫の中で行なう。窓から明かりが洩れないよう充分に注意すること。水と薪の所在は、お前たちが承知しているはずである。以上」

命令をつたえ終わると、加藤がやってきた。

「見習士官殿。自分はさっき内務班をのぞいてきたが、毛布の類は見当たりませんでした。やはり、ソ連軍が持ち去ったんでしょうか。なんだか、気味わるいですね。なんでもかんでも、かっぱらっちゃうようで」

「国民性ってやつは、各国ちがうからな。日本人の神経で外国のことを考えても、見当ちがいが多いようだ。それより、目下の急務は夕食だな。ああ、腹が減った」

そうこうするうち、飯の準備ができた。部隊のときとちがって、いまはもう自分のことはすべて自分がする。他人の手はかりない。

したがって、他人の世話もやかないシステムになっているが、私は雑用が多いから、第一分隊のだれかが食事の世話をしてくれる。

飯盒のフタにコーリャンと白米のまぜ飯に、生味噌がそえてあった。はじめて口にするコーリャン飯だが、一見、赤飯ふうで、味も想像していたよりはマシである。

ただの生味噌だけれども、これもひさしぶりの植物性蛋白質で、力がつくぞ、と思ったせいか、味もまんざらではなかった。

食事が終わって食器を片づけると、飯田見習士官がかたわらに来て、タバコを三本さし出した。

「どうです。やりませんか」

やりませんか、などという暢気なことをいっているどころではない。私はニコチン欠乏症でいらいらして、どうしようもなかったところだ。

しかし、みんなの手前、自分だけタバコに火をつけて、ハナから煙を出すわけにもいかない。さて、どうしたものか。大いに悩んでいると、

「おーい、みんな、タバコを吸ってもいいぞ、小隊長にもやったからな。安心して吸え」

「どうしたんだ、飯田見習士官」

「昼間、小隊長が偵察に出た間に手に入れたんですよ」

彼の話によると、私と加藤が留守をしている間に、二分隊の三人が近在を歩きまわったところ、三十数戸の集落があって、そこで小さな雑貨屋を見つけたのだそうだ。

さっそく、駄菓子とタバコを買おうとしたが、現地人の主人が容易に首をタテに振らない。いま、一度に売ってしまえば、卸屋の来るまで品切れで過ごさねばならない。村の者が困るので、まとめて売ることはできない、と断わられた。

それでも、やっと拝むようにして駄菓子を少しと、タバコを一人二箱、あわせて六箱を手に入れたという。

駄菓子はその場で食べてしまったが、タバコは一本ずつ吸っただけで持ち帰った、というわけだ。

それはともかく、明日のために一本の半分ほど吸って火を消したが、例のいらいら虫が姿を消して、すっかり御機嫌になった。

「飯田、ありがとう。その候補生にもお礼を言っといてくれ」

「ハイ、わかりました」

おなじ見習士官だから対等な言葉でいいわけだが、いまは私が小隊長、彼が分隊長となっているため、ちょっと階級的な言葉づかいになっている。

全員がいっしょにタバコを吸ったから、狭い建物に煙がこもって、ちょうど職場の休憩時間のようだ。敗色濃い戦場のいらだちを、しばし忘れたような雰囲気である。毛布集めの兵隊が帰ってきた。

「やっぱり満足な毛布はなかった。残っているのは、ボロボロばかりだ」

「満足なやつだって、オレたちの汗や油でよごれているものを、将校たちは持っていかないよ。満州人かソ連兵が荒らしたんだ」

「満州人は毛布なら充分に持っているぞ。かっぱらったのはソ連兵さ。毛布を持って攻め込んではこないもの。現地徴発ってやつだ」

満州人はボロ毛布など集めない、と言ったのは、在満召集の候補生である。

彼の話によると、満州の冬は零下三十度、ときに四十度まで下がることがある。酷寒の地だから、冬の準備だけは万全だ。どんなに貧しい家でも、オンドルとフトン類は充分に準備してあるそうだ。

だから、シラミの棲み家みたいなボロ毛布など、見向きもしないと彼はいう。

それはともかく、明日はこれからの方針をたてなければならない。

自分一人なら、たとえ這ってでも日本に帰れる。乞食をしたって、なんとかなる。だがしかし、みんながいる。軽率な真似はできない。

破れ毛布を身体にかけて寝ようとしたら、飯田と加藤がかたわらに寄ってきた。

「予備士官学校にはだれもいないし、これからどうしますか？」

「うん、これからじっくり考えようと思っていたんだ。友軍はいない。食料、弾丸はまるでなし。これでは軍隊ではなくて、乞食部隊だ。戦況はまるでわからないけれど、いいはずはない。

明日、奉天市街へなんとか近づいて、関東軍を探すことにしよう。もし発見できなければ、在満召集の兵と相談して、まず満州の地理を知り、日本へ帰れる段どりをさがさなければならない。

もうすぐ、あの恐ろしい冬がおそってくる。それまでに帰国の見通しをたてたいものだ」

「戦況がどうなっているか。それがてんで判らないというのは、まったく頼りないですね。暗がりで探し物をするような按配で、いま自分たちが闘っているのが、まったく無意味のような気がしてならないんです」

「このぶんでは、〝神風〟も吹かんようだな。なにも判っていないから、具体的な方針の打ち出しようもない。だから、抽象的な表現になってしまうが、大切なことは、この状況に流されないように、己れの心をしっかり把握し、己れの行動を監視することだと思うよ」

うるわしき人

加藤も飯田も、自分の寝場所にもどって、破れ毛布にもぐり込んだ。目をとじると、エミリーの顔が瞼に浮かんできた。彼女の家は、この場所から日とハナの先である。森にそって北へ二キロほど行き、交差点を東に一キロほど歩けば彼女の家だ。戦場に出されてからというものは、予期せぬ出来事ばかりで、すっかり彼女のことは意識の片隅に閉じ込められていた。

私が予備士官学校に入って最初の日曜日、郊外を歩いていた。初年兵教育の数ヵ月というもの、自分の時間は就寝のときだけだから、ゆっくり満州の風景を味わうなどという余裕はなかった。

奉天にきて、やっと自分だけの時間にありついたというわけだ。視界の果てで地球と空とがひとつに溶けあうあの地平線がめずらしくて、いつまでもそれを追っていた。

いくら追いかけても、追いつくわけではない。それがわかっていながら、東へ、東へと追いかけていた。

無意識のうちに日本の方角に向かっていたのかも知れない。

それはともかく、とうもろこしやコーリャン畑の農道を歩いていると、突然、とうもろこし畑の中から大きな犬が飛び出してきて、

「ストイ　ストイ（ストップ）」の声が聞こえ、若い娘が現われた。

「スドラスチェ」と言い、彼女は私を見つめてから、

「コンニチワ」と言いなおした。

ロシア娘だった。満州に住むのは白系ロシア人が多いというから、彼女もそうだろう。それまでロシア娘に会ったことがなかったから、図体が大きいと、ただなんとなく想像していたが、その娘は私より少し背丈が高いだけだった。

肥ってもいなかった。

日本を出発して以来、若い女性にあまりお目にかからなかったせいもあるだろうが、限りなく美しく、可憐に見えた。

長い冬がすぎて春がきて、その春もたけなわだから、彼女は白いワンピースを着ていて、身体の線が緑の風景の中にくっきりと浮かび上がっていた。

殺伐とした状況に馴らされてしまった私には、なんともまぶしい眺めだった。

「散歩ですか？」

日本語で話しかけてきた。発音はもちろんあやしいけれど、理解はできる。

「そうです」

「兵隊さんですね？」

「そうです。軍人です。そこの予備士官学校の生徒です」

私は学校のある方を指さした。かすかだが、森の麓にある校舎が見えた。

「あの士官学校ですね。わたし、知ってます。ときどき行きます」と言いながら、犬の頭をたたいた。犬の散歩で学校の方へも行くらしい。

「あなた、お名前は？」

「自分の名前？　福原」

「ふくはら、ね」

「きみは？」

「エミリー、二十二歳」

「お父さんとお母さんは？」

「アチェーツとマーチですか？」

お父さんは奉天で商売をしているそうだ。お母さんはいないらしい。どうしていないのかは、立ち入ったことだから、聞くのをやめた。

「わたし、これから家に帰るが、いっしょに行きませんか？」と、彼女は誘ってくれた。ソ連人なら油断はできないけれど、白系のようだから、警戒する必要はない。

満州にくるまでは、私は白系ロシア人についての知識はほとんどもっていなかったが、原隊で在満召集の兵隊から満州における白系ロシア人の話を聞いて、ある程度の知識をえた。そして前日、予備士官学校の蔵書で白系ロシア人について読んだばかりだった。だから、記憶に新しい。

白系ロシア人は、一九一七年のロシア革命前後に反革命にくみした旧貴族、大地主、ブルジョアジーとその関係者で、亡命したロシア人である。その多くが満州に亡命しているという。

赤旗が革命のシンボルであるのにたいし、白は反革命のシンボルとして用いられたことから、反革命のロシア人を白系ロシア人と呼ぶようになったという。満州では、日本人は白系露人と呼んでいたが、正しくは白系ロシア人である。

ロシア革命にやぶれて、故郷も、財産も、そして生活のすべてを奪われた人たちだから、ロシア人つまりソ連国民に怨みを抱いており、日本人にはきわめて友好的だ、と聞いている。そんなわけで、ソ連の囚人兵とはちがうから、彼女の仲間たちにひどい目にあうことはあるまい。

そのとき、確信めいたものがあって、彼女について行ったが、じつは少々の不安はあっても、同行したかも知れない。なにしろ、私は知っているかぎりの賛辞をおくってもいいと思うほどの女性であったからである。

二十分ほどで彼女の家についた。奉天の街並みから二キロほどはなれた畑の中に、数十軒の集落があって、そのトバクチの家だった。

四部屋の平屋建てだが、父子二人だけでは広すぎるくらいだ。

彼女は自分の部屋に案内して、コーヒーやパンをご馳走してくれた。

お父さんの商売は休日が書き入れどきだから、日曜日はいつも店へいく。だから、これから日曜日のたびに遊びにこい、と彼女は言う。

テーブルの上の置時計を横目でにらみながら、

「もう帰らなければ」と思い、

「門限に遅れたら、重営倉」と悩みながらも、腰が上がらず、門限ぎりぎりに帰校した。

それからというもの、日曜日が待ちどおしくて、うきうきと過ごし、その日になると掃除や洗濯もそこそこに、彼女の家を目がけて駆け出した。

私の生活態度がまるで変わってしまい、同期生のなかには、

「福原のやつ、このごろ変だぞ」と噂するやつもいるほどで、親しいものは私に面と向かって、

「福原、このごろ日曜のたびに外出するが、女でもできたんじゃないか。気をつけろよ。非国民なんて言われはじめたら、それこそ事だぞ。注意しろよ」といい、ほんとうにしていた。

満州では地方人（民間人）と接触する機会がなかったから、非国民という表現がつかわれているか、どうか知らないが、内地では軍部の命令に従わない者は、非国民と呼ばれた。防空訓練に出なかったから非国民、米の供出が政府の要求どおりにできなかったから非国民、隣組の集会を欠席したから非国民、学生が喫茶店へ入ったから非国民。ありとあらゆる国民生活が、軍の方針でがんじがらめにされていた。

軍の方針や規則が、なるほどと納得できるものならあきらめもしようが、およそ常識をこえた無茶なものが多かった。

それでも、非国民と言われるだけなら我慢もできるが、村八分にされてしまう。場所によっては、警官の「ちょっとこい」があって、ブタ箱入りとなる。ともあれ、武家

政治よりひどい暗黒の時代であった。

人には添うて見よ、馬には乗って見よ、という古諺がある。親しくしてみなければ、その人の本性はわからないという意味だが、彼女の場合、これがぴったりだった。

彼女に魅せられたのは、その容姿とムードだったが、会うたびに温かい思いやりが私の心にしみた。

休憩時間や夜間、気がつくと、私は彼女の家の方角をじっと見つめている。そんなことがしばしばあった。

無理もない。

そのころの日本では、学生にたいしては、その生活全般にわたって警察の監督がきびしく、喫茶店にすら自由に出入りできなかった。

一般の社会人なら女房、子供のいそうな年齢の大学生でも、喫茶店や酒場に入っただけで、ブタ箱に放り込まれた例が数えきれないほどあった。

異性とつきあうなど、もってのほかで、若い二人づれは文句なしにやられた。

国家の非常時に異性が同行するなどの行為は、きわめて淫らであり、憎んであまりある非国民だから、すみやかに矯正し、陛下の御楯として御奉公させなければならないという。まったく一方的な思想と行動だった。

若いアベックと非国民がなぜ関係あるのか。すごく短絡的な理論で釈然としないが、質問でもすれば留置場は間違いなしだった。そのあげく、大学へねじ込まれることも覚悟しなければならない。

そうすれば、まず最初に、軍事教練の点数にひびいてくる。軍事教練の良否は、卒業と、軍隊における幹部候補生の志願資格に影響するから恐ろしい。

これは、私自身が身をもって経験したことだから間違いない。

大学の三年に進級したばかりの春先だった。横浜に用事があって、私は京浜東北線に乗ったところ、東京駅で出征兵士の見送りが幾組かあって、車内にも悲壮感がただよっていたせいか、隣席の女性が、

「戦争はまだつづくでしょうか？」と話しかけてきた。

聞けば、その女性の夫も召集令状がきて、南方に出征して一年になるという。

「戦線が拡大されているそうで、心配です。主人は丙種合格でしたから、まさか召集は来ないだろう、と安心してましたのに……」

その女性は目をうるませていた。一人住まいは淋しいから、夫が帰還するまで横浜の実家へ帰っているが、その日はちょうど夫の給料日で、丸の内の会社へ給料をもらいにいった帰りだという。

企業によって格差はあるけれど、出征軍人の留守家族に従来の給料の五割あるいは四割ほどを、支給するところが多かった。淋しいのか不安なのか、彼女は身辺の出来事をたえ間な

く語っていた。

私のたずねる家と彼女の実家が、偶然おなじ方向だったため、桜木町駅でおりると、

「私が案内してあげましょう」ということになり、肩を並べて歩き出した。すると、制服警官がぬっと前に立ちはだかり、

「ちょっと来い」

駅前交番に連行されて、まるで容疑者あつかいの取り調べをうけた。

本籍、現住所、出身中学、高校、在学している大学の状況、徴兵延期中かあるいは兵役検査終了後か、大学の専攻とその成績、軍事教練の出席状況、野外演習参加についてなどを詳細にきかれた。

内容は〝大きなお世話〟と言いたくなるようなことばかりだが、それがともかくすんで一安心と思ったら、こんどは、

「学生の分際で学業を放り出し、女をつれて横浜くんだりまで遊びにくるとは、なんたる非国民。陛下に申し訳ないと思わんか。

いま、われわれの同胞は祖国をまもるため、戦場でいさぎよく玉砕しているのだ。陛下もまた、われら国民のため日夜、心を悩ませておられるのじゃ」

中年の警察官は、己れの説教に酔っているらしく、なおも拍車がかかり、

「起立」

何をさせるつもりなのか、そんな号令をかけた。私と彼女は狐につままれたような按配で、

しぶしぶ起立すると、

「宮城に向かって最敬礼。いままでの心得ちがいをよく陛下にお詫びするんだ。わかったか」

私たち二人はやむなく最敬礼した。頭が地べたにとどくほど腰を折った。

「どうだ。わかったか」

「ハイ、わかりました」

「わからなければ、今夜一晩がかりで、そのまがった根性を叩きなおしてやる」

「いえ。本当にわかりました。今後、二度と過ちをおかさないよう努力します」

そこで今度は彼女の取り調べである。電車で隣り合わせただけで、けっして怪しい関係ではない。出征軍人の妻である。と言うと、それがきいたらしく、彼女の実家へ電話して、身許を確認してから放免された。

出征軍人の家族はいろんな場合、信用されて特別なとりあつかいを受けていたからよかったものの、すんでのことで留置場に放り込まれるところだった。

しかし、私はこれで終わったわけではなかった。

卒業式の日、同期生といっしょに卒業証書と学位証書を渡せないから、明日とりに来るようにと学生課長の説明があった。

理由についての説明をしぶっていたが、私が執拗にくいさがると、成績は上位でなんの心配もいらない、という。ならば「なぜ」と、再度ねばると、例の桜木町の事件がわざわいしているとのことだった。

交番から警視庁に報告があって、警視庁から配属将校に連絡された、という。大学としては学生の自由をそこまで奪いたくはないが、当局の命令だから、やむなく形式的にそのような措置をとったらしい。

また、当時は吉原をはじめとして、遊郭などがいたるところにあったが、学生の身ではこれも出入り厳禁だった。背広で潜入しても、なぜか張り込みの刑事に発見されてしまう。通報をうけた大学当局では、その学生の退学、あるいは幹部候補生出願資格を付与しないなどの処分をとることは必至だった。それが恐ろしくて、なかなか遊里にも近寄れなかったのである。

ともあれ、彼女の外側から少し距離をおいて眺め、「いい子だな」と思っていたのが、しだいに愛情に変わっていった。

私は入営直前に読んだ『日暮硯』という本の中に、〝肌を合わせる〟というめずらしい文章があったのを思い出した。〝心を合わせる〟ではなくて、〝肌を合わせる〟であった。

徳川中期、信州松代藩は、幕府の雄藩去勢政策と、越後地震の余波、再度にわたる千曲川の氾濫、藩財政を食いものにする勝手係など、いくつもの悪因がかさなり、「半知御借」と「歩引き」で、藩士の知行は半分あるいは三分の一にけずられ、餓死する者が出るほどになっていた。

足軽はいわば同盟罷業を決行し、いっぽう領民は、年貢の「先納」「先々納」「御用金」の徴収などによって生活苦にあえぎ、一揆が勃発した。

そこで、ボロボロになってしまった松代藩を再建するため、末席家老の恩田杢民親が勘略奉行（財政再建のための最高責任者）に抜擢された。

彼は再建五年計画をたて、その目標より二年もはやく松代藩のたてなおしに成功した。

その秘訣であるが、彼は領主をはじめ家老、諸役人、一般藩士や二十万の領民に、「私と肌を合わせてほしい」と要請した。

そして、藩政運営にあたっては、権力的施政を排除し、すべて彼らと相談のうえ、民主的に実行して成功をおさめたものである。

その『日暮硯』を読んだときから、「肌を合わせる」という意味が、漠然としかわからなかったが、いまはよくわかるような気がした。

砲撃のあとで

彼女はいま、私が寝ている銃器庫から、さして遠くない場所に住んでいる。一目でいいから会いたい。

しかし、夜が明けたら友軍をさがして合流しなければならない。だから、私に単独行動の自由はないのだ。

さて、どうしたものか。

とつおいつ思い悩んでいたら、ドカン、ドカンと無気味な着弾音が聞こえてきた。

森に面したほうの扉から出て見ると、着弾音は営庭からで、白い土煙が、星の淡い光でかすかに見える。

発射地点の方角はわからないが、元の予備士官学校が目標であるのは間違いないようだ。無人であるべき場所に照準を合わせているからには、私たちが到着し、仮眠していることを承知して攻撃しているわけである。

だが、そんな経緯を詮索している暇はない。

「全員、森に待避する。弾丸は各自二十発しかないはずだから、慎重に行動せよ。分隊長は分隊員の掌握につとめること」

私の号令につづいて、

「第一分隊、森に待避」「第二分隊、前へ」

全員が森の中に入ったころから、砲撃が急にはげしくなった。

最初のころは一分間に一発ぐらいであったものが、三十秒、二十秒と間隔がしだいにみじかくなり、校舎にも命中している。

じっと息をひそめているうち、敵弾は森の中にまでのびて、最初のやつが大木に命中し、バリバリとものすごい音がして二つに裂けた。

「森の西方まで駆け足」

西に向かって森のなかを駆けさる隊員たちの姿を確認してから、私も装具を背負って駆け出そうとした。

そのトタンに、後頭部にひどい衝撃をうけて、私はダウンしてしまった。

どれくらいの時間だったろうか、気がついてみると、頭の鉢がわれるように痛い。頭をなでてみたが、どうやら原型はとどめているようだ。

しかし、後頭部がべっとり濡れている。暗くてその色は確認できないので、鼻先にぬれた指を持ってきてみると、血の匂いであった。

私の倒れているかたわらに、なにかある。さわって見ると、太股ほどの枝だった。

私をぶっ倒し、ケガをさせた犯人だが、砲撃でふっとんで私の頭を直撃したものらしい。

敵の砲撃がつづいているのか、あるいは停止したのか。私は頭の中がガンガンわめいていて、外界の音響をいっさい受けつけない。

いずれにしても、危険な場所を脱出しようと思うと、急に彼女の顔が瞼に浮かんだ。

そうだ、彼女のところにいこう――立ち上がって、西に向かって歩きはじめたが、また倒れてしまった。

首から下に被害はないようだから、おそらく神経をやられたのだろう。私は素人考えでそんな判断を下すと、手と足をつかって這うことにした。

戦闘のさいに、匍匐《ほふく》前進という体形があった。

それは、敵に発見されないため、草や物陰にかくれながら這って歩くわけだが、この場合、あくまで前進、また前進である。

皇軍つまり日本軍隊には、いかなる場合でも退却しないという軍規があった。

敵に後ろを見せてはならぬ。敵陣に斬り込んでちるか、いさぎよく自刃するか。そのうちの一つを選ぶべきであるというのが戦陣訓であり、私もそう考えていた。ところが、そんな心がけが、逃げようなどという方向に一変してしまったのは、彼女の存在である。

もっとも、そのときはそんなややこしい経緯が頭に浮かんだわけではない。割れて飛び散ってしまうかと思うほど痛んでいる頭に、そんなことは浮かばない。後で考えた理屈である。

顔にあたたかい感触があって、目がさめた。エミリーがいた。

「だいじょうぶ？」

「さあ、自分にはわからない。頭がいたい」

森の中で最初に気がついたときより、痛みはうすらいで音も聞こえるが、まだズキズキする。

頭に手をやると、髪の毛がすっぽりかくれるほど包帯がしてあった。

「動かないから、死んでいるんじゃないかと思った。びっくりした。鼻に手をあてたら息をしていた」

森の中で思考も記憶も切れてしまったから、私がどうなっているのかわからないが、彼女の許にいるのは確かである。

「けど、重かったなあ。こんなに重いとは思わなかった」

「なにが重いんだ」

「福原、あなたよ」

「どうしてわかった」

「けさ、犬をつれて散歩してたの。そうしたら、あの森のところに、人間がたおれていたのよ。雨にぬれてたわ」

「雨がふったの？」

「そう、わたし目がさめたとき、まだふっていた。雨がやんですぐ散歩にでたの。それで、その人、下をむいてるから、上むけてみたら、福原だったんだ」

「それで……」

「いくら名前をよんでも、目をあかないから、わたしの背中にのせたの。それが、どうしてもうまくできない。そばの農夫をつれてきて、わたしの背中にのせ、犬をひっぱる縄をほどいて、わたしといっしょに結んでもらって歩いたの。重かった」

「いま、森のところっていったな」

「そうよ、森のいちばん西側のでたところ。道のそばよ」

「あそこからだと、ここまでどのくらいの距離？」

「そうね。はかったことないけど、一・五キロはあると思う」

あの森は東の端から西のはずれまで、約五百メートルである。

それを這って、とにかく歩いたわけだが、なんにも憶えていないところからおして、無意識だったようだ。

　とにかく彼女のところへ行こう、と思い、西に向かって這いだしたところまでは憶えているが、そのあとはさっぱりだ。

　だから、森の中の五百メートルを抜け出す所要時間も、森のはずれで雨にうたれて失神状態で寝ていた時間もわからない。

「いま、何時」

「もうじきお昼になるわ」

　ここに運ばれてからでも、四、五時間は意識不明だったわけだ。

「カラヴァクルウジェーニエ？」

「それ、日本語の目眩《めまい》っていうことば？」

「そう」

　彼女は目眩という日本語を知らなかったらしい。

「うん、そうだな。頭のしんがズキズキするが、目眩ってほどではない」

「バリニーッツアは？」

「病院へ行こうって。それはやめるよ。ソ連兵に見つかったらたいへんだ」

「じゃあ、やめよう。そのかわり、わたし一生懸命にみてやるからね」

「ありがとう。ときに、お父さんは？」

「店にいって、いまいない。けさ、福原をよくみてやれといってた。だから、いつまでもここにいていいわ」

「自分がたおれていたあたりに、ほかの兵隊たちはいなかった?」

「だれもいなかったよ」

全員退却の号令をかけて、みんなが駆け出すのを確かめてから、いちばん最後に出発しようとして、大木の枝にぶちのめされて倒れたわけだから、彼らはそのまま一目散に森を駆け抜けたとすれば、私の事故をしらずに逃げのび、私のいないのに気づいて、いまごろ探しているかも知れない。

だが、当の私がこんな状態では、どうにもならない。彼らの武運長久を祈るだけだ。

「お父さん、おどろいていたろう。へんな男をかつぎこんで」

「うん。頭のきずのほか、怪我してないようだから、死んだりしない。だけど気の毒だといった」

作業服姿でボロ衣なんかしこたま背負いこんで、一般在留邦人らしいが、しかし軍刀を腰にさした得体の知れない男を娘がつれてきたとなれば、混乱期だけに父親はおどろいたはずだ。

私は体重が軽い方だけれど、意識不明でダラリとしているから、背負うのにはうんと重く感じるはずだし、雨にぬれた装具だって十キロ前後はあるだろう。こんなに重いと思わなかった、と彼女は言ったが、一・五キロの道のりはらくではなかったようだ。

「独ソ戦で勝利したのは、女性のおかげだ」と、スターリンですらロシア女性の強さを絶賛した話が満州まで流れてきていたが、可憐な彼女を眺めていると、不思議な気がしてならない。

「ちょっとまって……」と言ってから彼女は出ていき、まもなくパンとスープにコーヒーを持ってきた。

ケガをして意識不明になっていても、腹は結構すくもので、さっきから腹の虫が鳴っていた。だから、あわててパンにかぶりつくと、

「急ぐことないわ。ゆっくり食べましょう」

まるで子供みたいに言われてしまった。

「あれからどうしてるか、心配していた。奉天市内でもこのへんでも、ソルダート（ソ連兵）がうろうろしてるからね」

「八月九日、ソ連軍がせめこんで戦争がはじまったから、日本軍も、それに巻きこまれてしまった。

けれど、鉄砲のたまも機関銃も、食べ物もまるでないので、苦戦した。

ゆうべは予備士官学校にたどりついて寝ていたら、ソ連軍の砲撃がはじまり、隊員たちはにげたけれど、自分は大きい木の枝が落ちてきて、頭にあたったんだ。きみが助けてくれなければ、いまごろ……」

そう言って上を指さすと、彼女は肩をつぼめ、両手を少し前に出した。嬉しいこと、哀しいこと、なにか変わったことがあると、かならずこの独特のポーズでそれを表現する。

私もそれにつられて同じポーズをとると、彼女はふき出した。よほどぎこちなかったようだ。

「おかわり……」

彼女は日本娘のようなことを言って、スープを持ってきた。

ここしばらくは物を食べていなかったから、彼女の豚肉と馬鈴薯のスープは旨かった。

それだけではない。身体が急にしゃんとしたような気がする。

頭が痛むのと混乱とで、うっかりしていたが、私はそれまで着ていたのとは違う下着をつけていた。

作業衣から下着類まで、全部、洗って室内に張ったロープへ吊るしてあった。

八月九日からずっと着のみ着のままで、ひどく汚れてもいたし、ぐっしょり濡れていたというから、彼女が洗ってくれたのである。

外で乾燥させれば、ソルダートに発見されてしまうからという配慮にちがいない。

それにしても、汚れた下着まで洗濯してもらったことがわかり、自然に顔がほてってくる。

いま私の着ている衣類は父親のもののようで、少し大きかった。

「きみのところは、いつから満州に住んでいるの？」

「もう二十八年になるらしい。おじいさんとお父さんが、この奉天にきてお店をはじめたんだ。おじいさんはそれから六年のちに亡くなったそうよ。お父さんは奉天で結婚して、わたしが生まれた」

「お母さんは？」

「わたしがまだ赤ん坊のとき、病気で亡くなったっていうわ。それだけしか、わたし、しらない。

お母さんのこと、いろいろ聞くと、お父さん、いやな顔するもの」

彼女たち父子について、白系ロシア人に違いないと前に書いたが、私の予想どおり、白系であった。

「まだ頭いたいか？」

「だんだんよくなってはいるが、まだ痛いよ」

彼女は小さな箱の中から錠剤を三粒だして、自分の口を開いて見せた。

その錠剤をのめ、というのだ。

つぎは後頭部の治療である。

「もう血もとまっている。すぐなおるよ。心配ない」

彼女は包帯をわりと器用に巻きかえてから、医者みたいなことを言った。

それから二十分ほどで、頭の痛みはうすれてきた。さっきの丸薬は鎮痛剤らしい。まもなく私は眠ってしまったらしく、目がさめたら外は暗かった。

略奪と暴行の巷

エミリーがドアを開け、その後ろから中年の男が入ってきた。

彼女の父親であった。中肉中背で温和な容貌、いままで見たソ連兵のように、野卑でふてぶてしいところなど微塵もない。彼女のお父さんだ、という色眼鏡で見るせいだろうか。

「ひどいめにあったね。けさ娘から聞いた。ここにいつまでいてもいいから、しっかり身体をなおすんだ。

私はいそがしいから何もしてやれないが、この娘にみてもらえ。またいいことだってあるさ。気を落とすなよ」

「ありがとう。お嬢さんのおかげで、命びろいしました。ほんとにありがとう」

「人間は助けあって生きてゆくべきだ。たとえ人種がちがっても。私の口からそれを言うのは、はばかるべきかもしれないが、今回ソ連がとった軍事行動はゆるせない。

日本の非戦闘員、それに満州人まで手にかけ、物資をうばっている。人の道をやぶって平気だ」

「奉天市内のようすは？」

「奉天の街に入ってきたソルダートは、放浪者のようなみすぼらしい格好だが、かれらの自動小銃は上等なんだ。日本人はあれをマンドリンといってたな。

そのマンドリンをもったソルダートがわるさするので、夕方から朝まで交通禁止、外出禁止になるんだが、よっぱらいのソルダートが、手当たりしだい、家屋のドアをたたいて、〝マダム、ダワイ〟〝ビストリ、ダワイ〟ってさけぶんだ。女を出せってわけだ。

それに従わないと乱暴し、殺人をおかす。

そんなことをやめさせる立場にある将校たちもよっぱらって、〝マダム、ダワイ〟だから、どうしようもない。ソルダートが表から入ってきたら、裏口か、勝手口からにげ、二軒長屋の場合は、隣りとのさかいの壁に穴をあけておき、この穴を利用して隣りに逃げるとか、知恵くらべみたいなことをしてるよ」

彼女の父親の日本語は、完璧に近い。商売で在留邦人と接触する機会が多いせいだろう。軍隊には地方なまりの者が多かったが、彼らより、この父親の方がよくわかる日本語を駆使する。

「そんなにひどいですか？」

「マダム、ダワイだけじゃないんだ。四、五人かたまってやってきて、〝トケイ、ダワイ〟〝ナガグツ、ダワイ〟〝セビロ、ダワイ〟と、果てしがないんだ。あいつら満州にあるものを、みんな持って行くつもりらしい。なかには台所にすててある芋の皮や、トマトの食べかけまでたいらげるんだ。彼らの多くは数字の入れ墨があるようだから、囚人ソルダートだな。刑務所はひどい暮らしなんだろうな。

しかし、日本人もおおいに反省しなければならないことが沢山する。駅から避難列車がでるので、夜どおし列車をまっていても、乗せないんだそうだ。列車は何本でてもすべて軍用列車だ、といって、関東軍の将校の家族がゆうゆうと乗るんだそうだ。

満鉄のえらいさんも、自分たちの家族をまっさきに引き揚げさせたらしい。大使館関係者の家族も優先乗車だったっていうぞ。

もっと許せないのは、日本人のくせに、日本人をうるやつです。日本人のなかに、共産主義に共鳴したようによそおって、スパイになった、にわか共産主義者がうまれたんだな。日の丸の旗などもっていると、〝反動分子〟といって、ソ連側にしらせるんだそうだ。そしてその被害者を、自分たちでかってに裁判して、どこかへつれて行ってしまうらしい。裁判所がやる裁判ではなく、民間人が民主的にやる裁判だから、〝民主裁判〟あるいは〝人民裁判〟っていうそうだ。

名前なんかどうでもいいが、自分たちの都合しだいで仲間をうって、罰してはいけないな。いままでの権力主義よりもっときたない思想と行動だ。

日本人は弱きを助け、強いものに抵抗する、りっぱな人種ときいていたが、まるで反対で、がっかりしたよ。

福原、きみは大丈夫のようだな。娘から、いままでのいきさつは聞いた」

「日本で言うのもてれくさいですが、自分は大丈夫です。みなさんに助けていただいて、大きなこといえませんが、裏切りはしません」

「ここで静養しながら世の中が静かになるのを待つんだ。力になるよ」

そう言って、親父さんは部屋を出ていった。

「とうぶん外に出ないほうがいいと思う。この部屋でやすんでいればいい。欲しいものがあったら、買ってくるから遠慮しないで言うのよ」

彼女たち父子は、私がだれかに見られるのを極度に警戒しているようだ。父親の話もそうだが、彼女のつぎの話も警告をたっぷり含んだものである。

彼女の知人に日本人がいるそうだが、その家では鉄条網を張り、窓には角材をうって入れないようにしてあるが、ある夜、奥さんが裏口を開けてゴミを棄てようとしたら、待ちかまえていたように、パッと三人のソルダートが入ってきて、

「トケイ、ダワイ」

それまでに主人のも、子供のもダワイされたから、奥さんが自分のをはずして渡したが、それでも、

「トケイ　ダワイ」

もう二個よこせ、ということらしいが、ない袖はふれない。

「カンチャイ、ネート」

うろおぼえのロシア語でそう言うと、パンパンと撃ってきた。その家は煉瓦づくりだったから、弾丸がはね返って身体をかすめ、耳がガーンとして大変な修羅場となった。

主人が奥から飛び出してくると、今度はその主人をとらえ、将校らしい男がピストルをこめかみにつきつけ、

「トケイ　ダワイ」

また、ひとつ憶えで時計をよこせだった。ほかの言葉を知らないのか、と言いたくなるの

をじっとこらえて、

「君たちの仲間がたくさん来て、なんでも持って行ってしまったから、もうない」と言っても、絶対に承知しない。

だから、やむなくライターを投げ出すと、かんちがいしたらしく、いきなりピストルを発射したそうだ。弾丸が頭すれすれに飛んで、「ここで犬死にか」と、生きたここちもなくなったとか。

彼らは二十分も、ああでもない、こうでもないと、ライターをひねくり回していたが、火が出て、ようやくタバコに火をつけるものとわかって、それはもう大喜びだった。

それまでの見幕をどこかへ忘れたように、コロッと変わって、

「ヤポン　ハラショウ　オーチンハラショウ」と、お世辞を連発する。

日本と日本人が、こんなに立派だとは知らなかった。世界最高の文化をほこるソ同盟国民ですら、かくもすぐれた文明の利器は知らない。したがって、世界のどこを訪ねても、こんな上等なものにはお目にかかれないだろう。スパシーボ、スパシーボと、かさねて礼をいい、

「パジャルスタ（どうぞ）」と、幾枚も紙幣を出したそうだ。

彼らが出ていって間もなく、パンパンと音がして、筋向かいの奥さんが道路に出てきて、

「主人が撃たれました。みなさん来て下さい」と大声で叫ぶ。しかし、出れば殺される、とわかっているから、だれも出ていかない。

暗くなってから隣り近所で協力して、その主人を近くの空地へ埋めたが、いよいよ恐ろし

いことが迫ってきたわけで、みんな震えていたそうだ。

それからだんだん犠牲者がふえて、郊外の空地へ運ぶようになったという。

この話をきいて落ち込んでしまった私を励ますように、彼女は、

「心配することないよ。ソルダートが引き揚げたら、奉天は平和になるよ。それまで、この家でじっとしていることね」と言う。

それにしても、ひどい混乱の中で、加藤や飯田、それに小隊のものたちは無事だろうか。私だけは、彼女たち父子の庇護で、生命の危機にさらされていない。その点、いささか後ろめたい気分である。

そのつぎの夜、彼女の父親が帰って来て、身の毛もよだつような話をした。

彼はその日、郊外へ商用でいくため、街はずれの鉄道線路のところを通った。

ちょうど北の方から引き揚げ列車がついたところで、しばらく見ていると、列車の中から数人の女性をソルダートが引っ張り出し、列車の下で暴行した。

しかし、引揚者たちはしらんふりで、だれも助けにこなかった。

あのマンドリンが恐ろしいのはわかっているけれど、人の心の頼りなさを見せつけられたようで、寒々としたという。

ソ連兵が凌辱のかぎりをつくすという現実を見たり、噂をきいて、日本の女性たちは毛髪を五分刈りにして、顔にススなどを塗り、男装した。

はじめはそれでソルダートの目もごまかせたが、時がたつにつれ、見やぶられるようになり、丸坊主なのに「マダム　ダワイ」で犯されるようになってしまっていた。

列車の凌辱事件は親父さんが目撃した事件であるが、彼が聞いた話は、もっとすごかった。話した主人公は、ソ連の侵入から三日目に、王爺廊付近の集落を脱出した。女性と子供、それに老人ばかり二千名ほどが、白城子にむかって行進中、ソ連の戦車隊に遭遇した。

その戦車がなんとものすごい代物で、機関車のように大きい。そんな気味わるい怪物が十五、六両も土煙をあげて驀進《ばくしん》し、戦車の上にのり出したソ連兵が、例のマンドリンを撃ちはじめる。

二千人の中に戦車がわりこんで、倒れた人々をキャタピラが巻き込んでゆく。人間の姿なんか、一瞬にしてこわれてしまう。

兵隊がわざわざ戦車から降りてきて、マンドリンを撃ちまくる。

そんな混乱の中でも、女性は戦車の中につれこまれ、獣欲の犠牲になったあげく、裸のまま外に放り出される。その女性をまた戦車が踏みつぶす。

自分の首を刺す人。手榴弾で自殺する者。毒物をあおる人。所持する銃でおたがい撃ちあう者。まさに、この世の地獄であった。

それでも生き残った人たちは逃げて、草原の窪地にかくれた。

その窪地がいっぱいになったとき、彼らは草原から一斉射撃にうつり、そのまま死体の山ができたという。

つぎの日、昼食がすんでウトウトしていたら、彼女が剃刀とハサミを持って立っている。寝ているときにグサリなんてことは、彼女の場合、絶対にないが、刃物を見ると落ちつかない。

戦意を放棄してしまっていたから、銃も刃物も兇器はご免、という心境だった。

「とこやさん、やりましょう」

彼女は器用に私のヒゲを刈りはじめた。軍歴一年でやっと見習士官の私が、ヒゲを伸ばしていること自体、大いに不思議だ。自分でそう思うくらいだから、他人の目にはどう映っていただろうか。

初年兵のとき、一ヵ月ほど国境の警備についたことがある。その警備隊は山の頂上にあって、町へ出るのには片道十キロほど歩かなければならない。

三十名ほどの小さな警備隊だから、床屋の出身者もいなかったし、のんびり町へ降りる暇もなく、頭もヒゲも伸ばし放題だった。だから原隊に帰ったときは、山賊さながらだった。

それ以後、理髪日には、とくに頼んでヒゲは剃らず、ハサミで短く刈り込んでもらった。

しかし私は、たかが召集の二等兵である。ヒゲなど立てられる立場ではない。

たちまち中隊でツマはじきにされ、古年次兵の標的になった。

しかし、彼らも中隊長には遠慮があって、おおっぴらに〝いじめ〟はできない仕組みになっていた。その中隊長は大尉だが、召集で満州へきたばかりで、年齢は五十歳ちかいようだった。

その中隊長がどうしたわけか、特別に私に目をかけてくれ、

「お前は軍隊でなくても、お国の役に立つ。軍隊より職業を通じた方が、御奉公の実があがる。だから、身体を大切にして、ぶじ復員することだ」といい、教練は免除、朝の飯あげ終了時まで寝ていられることになった。

連隊という組織の中で、大尉という階級は絶大な権力を持っているので、だれも反対を唱えることはできない。

「こんな初年兵は見たことない」

古年次兵はそういうが、それ以上の〝いじめ〟は不可能だ。言うなれば、私は「治外法権」を取得したような按配であった。

ヒゲについても中隊長は、

「初年兵がヒゲを伸ばした前例はないと思う。お前がなんとしてもヒゲを残したいならば、いつも短く刈り込んでおけ」と言った。

予備士官学校へ行ってからも、ハサミでマメに手入れをして、めだたないように心がけていたが、剃りはしなかった。

しかし、ソ連軍が侵攻してきて、戦野を放浪するようになって、ヒゲの手入れを怠った、というより、そんなことはまるで忘れていた。

たかがヒゲぐらいに、なぜそんなにこだわったたか。後になって思い返してみると、そんな

にムキになるほどのことかどうかわからないが、多少のわけはあった。

警備隊にいて、国境の山の上からソ連領と、そこにうごめくソ連兵を眺めて暮らした日々と、その間に伸びたヒゲに愛着が生まれていた。

それともうひとつ、私の父親は私が高校在学中に病死したが、二六庵常盤と号し、俳句の田舎宗匠だったし、将棋も師範格だった。いうならば、地方の文化人というところか。その父親が、

「オレは二十六歳のときからヒゲを立てた」と妙な自慢をしたことがあった。

だから、私は山のなかで山賊のような面構えになったとき、

「親父と同じ二十六歳でヒゲが伸びた。それもなにかの因縁だ。それを剃り落としては親父の加護がなくなるかも知れない。どんなことがあっても、剃るもんか」と、一途に思い込んでいた。

それに、後になって考えた理屈だが、下士官、古年次兵などの権力者が、召集兵を虫けらのようにしごくから、人間性無視の思想に抵抗していたのではないか。

あの強固な権力機構は、召集の二等兵がいくら抵抗しても、それこそみじめな茶番だが、軍隊組織に馴染みのうすい私としては、必死な思いであった。

そんなわけで、彼女と会った最初のとき、

「剃らずに短く刈り込んでいる」と話してあったから、その日も私を寝かしたままハサミで刈り、顔も器用に剃ってくれた。

混乱の中のエアポケットである。その中で甘ずっぱいような時が流れて、五日目の朝、遠くの方でマイクが叫んでいる。

それが近づくにつれて、内容がわかってきた。日本語である。叫んでいるのは日本人らしい。

「無条件降伏から相当の時日が経過しているにもかかわらず、将校は各地で抵抗をくりかえしている。無駄な抵抗である。

すみやかに武器をすてて、収容所に出頭せよ。

引揚船は港に待機している。諸君をぶじに祖国に帰還させる用意がある。かさねて言う。すみやかに武器を放棄して出頭せよ。

また、一般民家にかくれている将兵に告ぐ。諸君もすみやかに、収容所に集合するよう勧告する。祖国の父母兄弟は、諸君の帰国を待っている。

なお、ソ同盟の暖かい配慮にもかかわらず、出頭しない場合は、本人はもちろん、かくまった者も厳重処罰の方針であるから、充分に考慮するよう勧告しておく」

アナウンスの要旨は右のようであったが、私にとっては驚天動地、まさに寝耳に水、である。

私はみさかいもなく大きな声で、彼女を呼んだ。

「どうしたの？」

「どこの国が降参したの……」

「ヤポンでしょう」

「へえ、それいつなの」

「知らなかったの。十五日よ」

八月十五日といえば、ラジオを聞いた日である。あれは天皇の詔勅にはちがいないが、電波の関係でガーガーいう雑音が多く、それに天皇の御所言葉というのか、アクセントが国民とはひどくちがい、高音の部分で、「耐え難きを耐え、忍び難きを忍び……」の一節が、どうにかわかっただけだ。

集まった人たちも、「なにがなんだか、さっぱりわからない。しっかり今後とも頑張れってことでしょう」と言った。

私も、「困難な時局ではあるが、耐えがたきことにも耐え、忍びがたき困難にも打ちかち、勝利に向かって前進しよう」と、天皇みずから国民に呼びかけたものと判断し、終戦の詔勅などとは夢にも思わなかった。

今日のアナウンスによれば、将兵がまだ各地で転戦中というが、彼らも私と同じで、終戦を知らず、食うや食わずで荒野をさまよっているに違いない。

加藤をはじめ、隊員たちもまた丸腰同然で、あのマンドリンにおびえているのではないか。それというのも、関東軍上層部のだらしなさだ。

ソ連軍の侵攻であわてふためいてしまい、家族の引き揚げばかりに夢中になって、軍務はほったらかし、ために連絡網はズタズタで、各部隊とも独自の戦闘を展開してしまったせいだ。

そのあげく、終戦の詔勅すら知らずに戦闘し、多くの将兵が生命を失っている。

私一人がいきり立っても、どうにもならないが、つい彼女に八つ当たりする。

「それを知ってて、なぜ教えない？」

「だって、福原、知ってると、思ったもの。天皇が放送したんだ」

「オレ、森や原っぱで戦争してたんだ。天皇はそこまで知らせにこないよ」

「でもね、福原はあわてることはないよ。ここにいればいい」

「兵隊をかくまったものを罰するって、さっきのばかな日本人がいってたぞ。きみたちが罰せられたら大変だ」

「ここがダメなら、もっと田舎のほうへ行きましょう。街から遠くはなれれば、見つからない」

「きみはお父さんもいるし、そんなことはできないさ」

「お父さんはまだ元気。大丈夫だよ」

彼女の父親が聞いた話を前に書いたが、その中で狡猾な日本人が、にわか仕立ての共産主義者になって、ソ連のためスパイ活動をしているということだったが、そんな恥ずべき日本人が、やはり暗躍しているようだ。

さっきの宣伝カーで、得意げに叫んでいたやつは、たしかに日本人だった。調子のいいことを並べて、ソ連側に売り込んだものだろう。

日本内地で逮捕された共産主義者が、転向をちかって釈放されたが、職がなくて多くは満州に流れてきたというから、大方、そうしたやつに違いない。

「平和なところで、福原といっしょに暮らす。そうしましょう」

「さっきも言うとおり、見つかったらそれこそ大変だ」

「外に出なければいいさ。見つからないよ」

「どうやって食べていくか。それが心配なんだよ」

「静かになって、ソルダートが引き揚げたら、福原が、お父さんといっしょに仕事をすればいいよ。心配ない」

おてんとさまと米のめしはついて回るというけれど、私は彼女のように大陸的おおらかさがないので、不安が先にたつ。

それから、なんといっても、彼女たち父子に迷惑のかかることだけは避けなければならない。

彼女たち父子だって、祖国を追われた白系ロシア人で、弱い立場だ。

「ヤポンに行きたければ、たまに行けばいいさ。わたしもいっしょに行くよ。前からいちど行きたいと思っていた。東京、富士山も見たいな」

その夜、彼女の父親が帰っての話によると、新京は首都であるし、電波の状況がよくて天皇の放送を聞いたため、終戦がわかっていたが、各地の状況はひどいものだったらしい。彼女の父親の知人は、七月の在満邦人「根こそぎ動員」で、吉林の部隊にいたそうだ。八月の九日、木銃を持って演習をやらされ、ヘトヘトになって、営庭で休んでいた。風雲急を告げているというのに、木銃などなんの役にも立たないが、兵隊に持たせる銃はなかったのである。

ともあれ、彼がひっくり返って空を見あげていると、突然、ドカーンと大きな音がした。そのときはソ連の砲撃だなどと、夢にも思わなかった。

それが吉林省のダムが爆撃された音だった、ということも、ソ連の侵入も、八月十四、五日になってやっと知らされた。

十六日に召集解除になり、破壊された列車を乗りついで十八日、新京近くの駅で下車したが、略奪がはじまっていた。

軍と政府の倉庫の前に列をつくり、ソ連兵たちがつぎつぎに物資をかつぎ出していたという。

こう話してから、彼女のお父さんも、

「遠慮することはない。弱いものは助けあって、生きてゆかなければならない。娘から相談されたが、彼女の意見に賛成だ」と言ってくれた。

しかし、いくら隠れていても、なにかの拍子でソルダートに発見されたら、取り返しがつかなくなる。

　森のはずれで倒れていたとき、彼女に救われなければ、助からなかったわけだ。

　それなのに、罪科《つみとが》のない彼女たちを、道づれには金輪際できない。

「やっぱり収容所へいくよ。いろいろありがとう。生きていたら、きっと会いにくる」

「えっ」と言っただけで、彼女は茫然と立ちつくしてしまった。

　それでも、しばらくして彼女は、

「自由になったら、きっと来るんだよ。待っている……」といって出ていった。

　小一時間たって、御馳走が運びこまれた。

「御馳走をつくったよ」と言うだけあって、いつもの食事のほか、ステーキやら鮭の料理やら、戦争がはじまってからは内地でもお目にかからなかったメニューだ。心尽くしの手料理である。

　お父さんも私のいる部屋で、ともにウオッカのグラスを傾けた。

「自由の身になったら、すぐここへ来るんだよ。道を忘れるな」

　父子の熱い情に、私の目はうるむ。

　その翌朝、彼女は私の頭の包帯をとき、血で毛髪がかたまった部分をアルコールで洗ってくれ、ヒゲの手入れも忘れなかった。

「頭の傷はだいじょうぶ。治っているからね。打ったところはまだ痛い？」

「もうすっかり治った。どこも痛くない」

「福原にお願いがあるの」

「なんでも言ってくれ」

「あれに名前をほっていって」

彼女はそう言って、道路と敷地との境に立っている材木を指さした。

高さは私の背丈よりやや低目、太さは十五センチほどの角材で、郵便受けが道路側にくりつけてある。

その裏、つまり家に面した方に、福原と刻んでほしい、という注文であった。

「福原を、家族だと思っているから、ここに名前がいるのよ」

「オレ、大工のまねなんかできるかな」

「ヘタでもいい。名前があればいい」

「お言葉にあまえてやってみるか」

最後の文句はむずかしいから、彼女が理解したかどうかわからないが、彼女からナイフを受けとって、〝彫刻〟をはじめた。

材質がおもったより柔らかく、五センチ四方の福と原を三十分ほどで彫り上げた。

材木を削ったり彫ったりする作業は、小学校でやっただけだが、精神を集中したせいか、思ったよりみごとな出来ばえであった。

「家の中から見えるからね。いつも見てるよ」

「福原」の二文字を見ながら、彼女はそう言ったが、材木の裏側に彫った意味がこれでわかった。

道路側にすれば通行人、とくにソルダートに見つかってはまずいからだ、と私は思っていた。もちろんそれもあるだろうが、家や庭から見るためには、是非ともあの位置が必要だったわけだ。

昼食が終わって着がえにかかる。

「もうじき寒くなる。これ着ていくといい。わたしが着ていたものだが、かまわないよね」

彼女が差し出したのは、ラクダのシャツにズボン下だった。

軍隊流に言うなら、「襦袢、袴下」である。

冬になると、満州では女性もズボンをはくから、ズボン下も男物と同じで、くるぶしまである長い代物だ。シャツはボタンの位置が男物の反対側にあるが、表に出るわけではないから、どうってことはない。もう秋がはじまって、朝夕はめっきり寒くなっている。

防寒衣料は最高の頂き物だ。

その襦袢、袴下と、彼女が洗ってくれた作業衣を着てから、背嚢のポケットをまさぐり、私は万年筆とお守りを出した。

お守りは出征のとき、お袋と放送局の同僚がくれたから二つあって、そのうちの一つだ。

それに軍刀をそえて、彼女に差し出した。

みっともないが、涙が流れて仕方ない。

軍隊という非情な権力機構のなかで、喜びとか哀しみとかいう感情が、すっかりかれ果ててしまっていたが、このときは無性に嬉しくて、哀しくて、どうしようもないほど感情が高ぶっていた。

「きっとここに帰って来る」

そう心に誓ったけれど、ほんとうはこの先どんな運命が待ちかまえているかわからない。一寸先は闇である。

二度とふたたびこの家のドアを叩けるか、どうか。それにしても、死んではならない。生きていたら、夢でも会えるだろう。

「オレは石にかじりついてでも、生きているからな」

私は心の中で叫んだ。

背嚢を背負って表に出ると、エンジンの音がして、道路に乗用車がとまり、ドアが開いた。運転席にいるのは、エミリーだった。

彼女の説明によると、前日、投降を呼びかけていたソ連軍の収容所は、北へ六キロもあって、病みあがりの身体では無理だという。

そのうえ、途中でソルダートにでも遭遇すれば、どんなことになるかわからない。だから、今日はお父さんから車を借りておいた、という。

通勤と商用の車だから、お父さんは今朝は駅まで歩き、列車に乗ったそうだ。

ともあれ、私は乗用車に乗りこんで、収容所へと向かった。

第六章　哀しき虜囚

鉄条網の中の再会

到着した収容所は、旧関東軍の兵舎らしく、平屋が二棟並んでいた。

在満邦人を根こそぎ動員するために、急造したものらしく、いかにも粗末で、寒々とした風景だった。

周囲には鉄条網が張りめぐらされ、マンドリンを抱えたソルダートが幾人も巡回し、監視塔の上にもマンドリンをかまえた警戒兵が立っている。

なんとも冷たい空気が張りつめていて、私の心も凍えてしまいそうだ。

バラックの入口にある衛兵所らしき場所にいたソルダートを、ここまで車で送ってきてくれたエミリーが呼んで、なにやら小声で話している。

二人ともいつもとおなじ調子なのだろうが、私には早過ぎてわからない。しかし彼女が、「バリェーズユ」「カラヴァクルウジェーニェ」「ピエールヴァ　ポーマシチ」「アフタマビーリ」と言っているのだけはわかった。

おそらく、「この男は病気で、めまいが激しい。だから早く出頭できなかったのだ。いちおう私が応急手当をしたが、歩くと危険だから、私が自動車で運んできた」とでも説明しているのではないか。

二人のソルダートは、話しながらも私の方を見るので、私は病人らしく、立っているのも大儀そうな素振りをして見せた。

話が終わったらしく、彼女は右手を出して握手し、左手でなにやら小さな紙包みを出した。するとソルダートは素早く、それらをひったくるようにして、自分のポケットに突っ込み、

「ハラショーポニマイ」

よろしい、わかった、というわけだ。彼女は私にむかって、

「よく頼んだからね。カゼをひかないように気をつけるのよ」といい、車に乗った。

ソルダートは私に向かって、手前の建物を指さし、

「ビストリ」と言っただけで、身体検査らしいものはまるでしなかった。

後で知ったことだが、この衛兵所が地獄の一丁目、それこそ目につくものは、根こそぎ奪われたそうだ。時計、万年筆はいうにおよばず、薬品、ライター、マッチ、果てははいている靴下まで脱がせたらしい。

私だけがフリーパスだったのは、彼女がソルダートと別れぎわに、小さな紙包みを渡したが、あれはきっと袖の下だったのだろう。〝地獄の沙汰も金しだい〟は、世界共通語のよう

だ。

さて、バラックに入ると、通路をはさんで両側に、壁と直角に二段ベッドがいくつも並んでいる。空きベッドを探していたら、

「福原見習士官殿」と言いながら、数名がかけより、私をとりまいた。

加藤と、それに小隊の連中だった。

「見習士官殿、どうしたんです。あれっきり見えなくなって……」

「うん、砲撃でやられた枝が落ちてきて、そいつがまた太いのなんの。オレの太股ぐらいだった。そいつが頭に落ちてきてダウンしたんだ。

それでも、少し正気にかえって這いはじめたが、また意識不明になってしまった。なにも憶えていないが、また這って森のはずれまで出たんだな。道路ぎわにぶっ倒れていたそうだ」

「倒れていたそうだ、なんて他人ごとみたいなこと言いますね。それからどうしました?」

「失神状態だったから、自分でもわからんのだ。それをある女性に助けられて、とにかく生きかえって、ご覧のとおりさ」

「それにしても、なんだか見違えるように、さっぱりしてますね。見習士官殿。その経緯、話してください」

「その話は追ってするとして、それより、お前たちはあれからどうした」

「あの森を抜け出て一キロほどとうもろこし畑を歩いたところで、敵に包囲されました。

敵は三、四十名で、自分たちをぐるっと取り巻いているんですよ。それに、なんといったってあのマンドリンでしょう。これが最後と観念したんですが、なんとマンドリンを撃って来ないんです。あのとき、オレたちは頭に血がのぼっていてわからなかったが、みんな作業衣だし、銃も持っていませんから、きっと開拓かなんかの逃亡者だと思ったんでしょうね」

「銃はどうしたんだ？」

私は詰問口調でいったが、私だってえらそうなことは言えない。あの森の中に放り出してしまった。

「見習士官殿の〝敵襲〟の声で、すっかりあわてて、帯剣をつけるの忘れました。

銃は森の中を逃げるとき、邪魔くさいんで捨てました。どうせ弾丸もわずかだし、あんなガラクタ持っていても、仕方がありませんから……」

「捕まってからどうした？」

「そのまま、ここに連行されました。仕事はさせられないから、毎日ブラブラしています。しかし、食事には参ってます。コーリャンめしが茶碗にすりきり一杯で、おかずもなんにもないから、すき腹をかかえています。タバコの切れてるのも辛いですね」

彼らは衛兵所でひどい目にあったらしい。

時計、万年筆、鉛筆、ライター、そのほか持ってる物はなんでも、預金通帳まで奪われたが、印鑑は見ただけで捨ててしまったという。預金通帳と印鑑の密接なる関係は、わかっていないらしい。

目につく物はなんでも奪ったくせに、いまでも三日に一度は身体と、所持品の検査を行ない、それこそ〝鵜の目、鷹の目〟、鋭い目つきでちょっとでも珍しい物があれば、強奪するそうだ。

「見習士官殿も気をつけたほうがいいですよ。なにしろ彼らは……」

一人が両手を合わせる真似をした。手錠をかけられた囚人兵という表現である。

夕食になって、すりきりめしが配られた。白いものに黒い斑点がまじっていて、一見、赤飯ふうだが、そこが曲者《くせもの》だ。

悪名高いコーリャンめしだった。

荒野を放浪しているときならいざ知らず、どうにもなじまない。

しかし、これからを思えば、贅沢はいえない。

ようやく飲みこみ、寝る仕度をするつもりで背嚢をあけると、パンが転げ出た。手づくりらしい。タテ、ヨコ十五センチくらい、厚さも十五センチはありそうだ。

つぎに、二十本入りのタバコが二箱も出てきた。加藤を呼んで、一人一本ずつ、タバコを渡した。

隣りの棟にいる小隊員には、明朝、渡すように話していたら、同じ棟の者が集まってきた。

気前よくパンも等分して、彼らにやる。

「なんで、そんな御馳走……」

しばらくは声も出ないようだった。戦いにやぶれたヨレヨレの兵隊には、お目にかかれない代物である。

「うん、ちょっとな……」

「そんな。簡単に言わないで下さいよ」

簡単もなにも、自分だっていま、背嚢をあけてはじめて見つけ、驚いているところだ。

加藤がにやにや笑いながら、

「これで全部わかりました。さっきある女性に助けられたと言われましたね。その女性ですね。見習士官殿」と、いやに念を押す言い方をした。

「妙な想像をされては困る。半死半生の自分を、ただ哀れに思った女性としか言いようがないね」

「それじゃ見習士官殿、あれからどこにいたんです」

加藤もほかの連中も口をそろえて、私のここ数日間の行動を追求する。是が非でもしゃべらせようというつもりなのだ。

見習士官殿と従来どおりの呼び方はしているが、すでにほんとうは階級差なんかとりはらって、仲間のような気持になっているらしい。

それにしても、ひとの行動が気になるようでは、よほど退屈しているのだ。

「なぜ見習士官殿だけ、そうもてるんです。女が見て腰をぬかすほどいい男だってわけでもないのに……」

下士候の柴田が口を出す。

「もてるってほどでもないさ」

「ほら、やっぱり。その女性ですね。話して下さいよ。みんな聞きたがっているんですから」

「仕方ない、話すか」

だが、冗談めかして、真実をいくらかでもぼかしたいという気持である。

「森のはずれで気絶しているところを、女性に助けられたのは話したな。それで、その女性が一・五キロの道を自宅まで背負って行ってくれた。それから今日まで、看病してくれ、ここまで自動車で送ってくれた。以上」

「福原二等兵。申告が不充分である。もとへ」

見習士官が、いつのまにか二等兵に降格されてしまったが、どうしても彼らは聞きたいらしい。

私は根まけしてしまい、とうとうしゃべらされてしまった。そして、彼らは私の話をサカナに、いつまでもしゃべっていた。

「いつまで話していてもきりがない。もう寝よう」と、私が言うと、みんなようやく自分の寝場所へ引き揚げていった。

さて、寝るために、背嚢の底の方につめ込んであったボロ布を取り出そうと手を入れたら、木綿とはまったくちがう感触だった。引っ張り出してみると、なんと純毛の毛布だった。

満州は寒い国だから、寝具については慎重で、日本とは比較にならないほどいいものにくるまって寝る。背嚢に入っていた毛布は、フカフカと弾力があって、しかもダブルだった。シラミのいそうな汚ないボロは姿を消し、比較的程度のいい布だけが残っている。ボロの代わりに毛布を入れてくれたのは、いうまでもなく彼女である。

その毛布にくるまり、夢うつつのうちに夜が明けた。

あわてて起きるほどの用事があるわけでもないし、ぼんやりと天井を見ていたら、小隊の全員がそろってやって来た。

「あれ、ほんとうにありがたくありました。ここだけの話ですが、ほかの人たちに気の毒ですから、便所で吸いました。生き返ったような気分であります」

ほかの棟にいる者たちは、口々にそんな意味のことを言う。

加藤たちは私のベッドににじり寄り、毛布にさわって、言葉もなく茫然としている。世にも不思議、という表情である。

「きたない手で汚すなよ」

「どうなっているんです、これ」

「見習士官殿。ゆうべは黙ってましたね」

「黙ってるもなにも、お前たちが帰ってから背嚢をあけたら出てきたのさ。オレだって驚いてるんだ」

「だれなんです、贈り主？」

「驚いているオレに、わかるわけがないだろう」

「例の女性でしょう」

「背嚢に入れるところを見ていたわけではないから、なんとも言えん」

羨望と揶揄《やゆ》の雑言がつづく。それに終止符を打つように加藤が、

「見習士官殿は運がいいんだよ。ずっとそうだった。だから……」

と言いかけると、衛兵所のカンボーイ（警戒兵）がバラックに入ってきて、

「フクハラ」と呼んだ。

きのうとおなじ兵隊である。

私が入口にいくと、外を指さしながら、カントラと言った。

きのうの午後、この収容所にきたばかりだから、知人はいない。関東軍将兵ならバラックへ訪ねてくればいいわけだ。

はて、なんだろう。

胸の鼓動が激しくなってくる。

門の近くにプレハブで無人の小さなカントラ（事務所）があって、女性が立っている。エミリーだった。厚手のセーターを着て、ズボンをはいている。

カンボーイは、

「ドヴェ　ミスウートイ」

私の知らないロシア語である。

「なんて、言ったの？」

「面会は二分間だっていうの。でも心配しないでいい」

「パンやタバコ、それに毛布。ほんとうにありがとう。パンとタバコは、部下にもやった。みんな喜んでいた。ほんとにありがとう」

「ゆうべは眠れた？」

「うん、毛布が温かくて、よく眠れた」

さっきのカンボーイがやって来る。彼女は走ってかたわらに行き、カンボーイのポケットになにやら忍ばせると、回れ右して衛兵所へ入った。

現金なものである。きのうと同様、ドアの陰にかくれて、袖の下をうけとったようだ。

戻ってきた彼女は、パンとタバコを持ってきた。手に持った紙包みをわたしながら、

「パンとタバコを持ってきた。もう帰らなければ……」

「ここまでどうやって来たの？」

「お父さんに車をかりてきた。お父さん、十時までに店にいけばいいから乗っていけって、貸してくれたの」

そういうと、彼女は駆けだしていった。

収容所の向かい側にある立木の下に、見おぼえのある車が停まっていた。

隊員たちは、バラックの入口に待っていたが、ドアをあけても衛兵所の陰になっているから、さっきの一部始終は見ていない。

「心配してました。ソ連側の呼び出しですか？」

「かくまってくれた白系ロシア人の件ですか？」

みんなこの身を心配してくれているのに、当の私がしごく明るいから、彼らは狐に鼻をつままれたような按配である。

「取り調べじゃなかったんですね」

「心配かけてすまなかった。じつは、調べではない。オレもまだ見ていないが、お土産だ」

ベッドの上で紙袋を開くと、きのうと同じほどのパンとタバコが出てきた。袋の底で小さな金属らしいものが手にふれたので、みなにわからないようにそっと見ると、ハサミだった。ヒゲを刈るように、との心遣いである。

ソ連軍の侵攻以来、心も物もぎりぎりのところで生きてきた。だから、わずかなパンとタバコ、それにあたたかい思いやりで、うんと豊かになったような気分だ。

「おい、加藤、これを分けてやれ」

「彼女ですか。こんなところまで来てくれるなんて……。きのう、だれかが言ってたけど、不思議ですね」

そこで、また下士候の柴田がしゃしゃり出た。彼は別の棟だが、パンやタバコの気配を感じとって現われたとすれば、超能力の持ち主である。

加藤が、パンを頬ばりながら、

「オレは運命だと思うよ。神が定めた運命さ。オレたちがこうなったのも、すべて運命だ。これからもオレたちは運命に支配される。だからオレは、じたばたせず、運命にまかせようと思っているんだ」

どうもいけない。

なんの話をしていても、最後は、「オレたちのこれからはどうなる」という話になってしまう。私はそんな暗いムードを追いはらうように、

「さあ一服しよう」

と言い、タバコの封を切った。

彼女はそれからも、起床後まもなくの時間に、何度か差し入れにきてくれた。お父さんの車を借りてくるのだから、朝のうちでないとまずいのだ。

つかのまの喜び

このバラックに収容されて五日目の夜、在満の「根こそぎ召集」で狩り集められたにわか兵隊が、内地召集の二人をつれて、私のベッドを訪ねてきた。

収容所を脱走しようという相談であった。

その方法は、外柵のあたりで警戒しているカンボーイの交替時間をねらって、衛門脇の事務室のかげから柵を越えて逃亡する。

事務所のかげは監視塔からも見えないから、逃亡は成功まちがいなしだ。

満州にきて、五年以上たっているから、地理にはくわしい。だから、柵の外に出ればあとは大丈夫だ。

一般地方人をよそおって引き揚げ列車に乗ろうというのである。

しかし、三人ともドン栗の背くらべで、指揮能力に欠けるから、

「見習士官殿、ぜひ、われわれの先頭に立って指揮してください」と在満召集兵がいった。

しかし、私には隊員たちがいる。短い期間だったが、生死をともにした二十余名が、このバラックに収容されているのである。

運命で袂をわかつなら仕方ないが、私は自分の都合だけで、行動することはできない。

「せっかくの誘いだが、今回は遠慮したいと思う。この収容所には、私の小隊員が大勢収容されている。私だけが逃げ出すわけにはいかない」

「彼らは大人だから、自分の身の振り方は、それぞれ自分で考えるでしょう。関東軍はご承知のとおり崩壊し、軍隊組織はなくなっているはずでありますから、みんなが対等の立場です。

だから、自分のことだけを心配すればいいんじゃないでしょうか」

「君らの言うとおり、形のうえでは軍隊組織は消えた。だが、人間の絆は変わらないと思うよ。彼らと私とのあいだには、日本人同士の絆があるんだよ。

友人という関係は変わっていないと思うよ。だから勘弁してくれ」

「オレたち、見習士官殿をあてにしていました。残念であります」

ブツブツ言いながら、彼らは自分のベッドへ戻っていった。

それからも相変わらずコーリャンめし一杯が、朝夕二回給与されるだけだったが、彼女の差し入れがあるので、なんとか十日目を迎えた。

その日、彼女が面会にきてくれ、いつものように差し入れをもらったが、その紙袋には、およそいつもの二倍ほどのパンがあり、タバコは五箱も入っている。きっと、しばらく都合が悪くて来れないから、その分を今日もって来たのではないか。

いつものことながら、その情にほろりとしながら、差し入れ品を背嚢におさめていると、非常呼集がかかった。棟と棟のあいだの空地で、ソ連将校がいちだんと声を張り上げた。

それが終わると通訳は、

「ソ同盟首脳部の好意あるはからいにより、日本人捕虜を故国に帰すことになった。お前たちは、ただいまから駅にいき、帰還列車に乗るのである」とつたえ、帰還と乗車の事務的な説明があって、最後に、

「ソ同盟の恩情を終生忘れてはならぬ」と、日本人通訳は念を押した。

彼の言動を見聞きしていると、日本人ではなくて、ソ連側の人間になっているように思えてならない。

前にも書いたが、狡猾な日本人は、日本の旗色が悪いとみてとるや、ソ連側に寝返って、仲間をいじめたり、スパイになって仲間を売ったり、ひどいものだそうだ。

この通訳にしても、最近、侵入したばかりのソ連側が、知っているわけはないから、みずから「ロシア語達者」を武器に売りこんだに違いない。

困窮や混乱にのぞむと、人それぞれ本性がむき出しになるから恐ろしい。

収容所内で、「日本へは帰れない。全員シベリアで強制労働につかせるらしい」という噂が流れた。

だが、ソ連はわれわれを日本に帰す、という。あの噂はデマだったのだ。

「人の口には戸は立てられない」というが、本当に噂など信じてはいけない。みんな自分のベッドにもどり、ダモイ（帰還）の支度をしながら、浮きうきとそんな言葉をかわした。

風船のように胸がふくらんで、いろんな思い出で、胸がパンクしそうだ。

それにしても、彼女は一足ちがいで帰っていってしまった。今日の喜びをつたえたかった。

彼女は、私にふたたび生命をあたえ、わすれてならない〝心〟を教えてくれた恩人である。どんな困難があっても再会しなければならない。

帰還の支度といっても、私はあの毛布があるだけだ。これはなんとしても持って帰りたい。

五分後に集合し、駅に向かって出発した。

足もとから鳥が飛び立つほどのあわただしさだったが、かりに一時間後に出発と命令されても、五分後には集合したであろう。

それほど、みなの心ははずんでいた。

帰還は約二百名。私の小隊は最後部についた。出発してまもなく、ひょいと後ろを振りかえってみると、自動車が一台、スローでついて来る。女性が窓から顔を出して、手をふった。彼女だった。

カンボーイがマンドリンをかまえているから、みだりに隊伍をはなれることは不可能だ。ズボンについた泥を落とすふりをして立ち停まったが、カンボーイは笑っているだけだ。例の袖の下を、また彼女がそっと握らせたらしい。だから、しゃがんだまま、車を待った。

「どうしたの？」

「あれから、ずっと待っていた」

「きょう、出発するのを知っていたのか？」

「うん。まあ」

カンボーイが近くにいるせいか、言葉をにごしたが、この日の出発を知っていて、パンやタバコを、たくさんくれたり、帰らずに待っていてくれたわけだ。

「いよいよお別れだね」

男のくせに、だらしない。しっかりしろ。と、わが心を叱るけれど、涙が溢れてどうしようもない。彼女の頬も濡れている。

「どんなことがあっても生きてるのだよ」

後で考えてみると彼女は、私たちがすんなり日本へ帰される、とは思っていなかったようだ。町の噂や、袖の下をつかって、収容所のカンボーイから真相を聞かされていたものらしい。

だから、私と彼女との話のやりとりに、多少のずれというか、食い違うところがあった。

三時間ほど歩いて駅についた。奉天ではなくて、小さな駅だった。

「福原、いつまでもわたしは待ってるからな。帰ってこいよ」

彼女の日本語はいささか乱暴だったが、握手をかわした彼女の手は温かかった。

「さようなら」

「ドスビダーニヤ」

「さようなら」

「ドスビダーニヤ」

彼女は「プラシチャイ」とは、けっして言わなかった。プラシチャイは、二度と逢えないときにつかう別れの言葉だ。

だから、本当はプラシチャイと言うべきだったかも知れないが、彼女はそれを言わず、「今日はお別れ」の意味である「ドスビダーニヤ」と言った。

私たちの乗った貨車が出発し、そして彼女の姿が豆粒ほどになるまで、彼女は手をふっていた。

貨車の中はあぐらを組むのがやっとで、身動きできないほど窮屈だ。

逃亡を持ちかけてきた兵隊は、一人も見かけない。私は「それでも……」と思って注意して見ていたが、収容所の中庭でも、行進中にも見かけなかった。

逃亡は成功するだろうか。

それぞれの考えや立場は仕方がない問題としても、逃げ出してしまったのだから、うまく逃げ切ってほしい、と私は神に念じた。

三人のうち二人が内地召集で、一人はもう四十台の後半らしかった。

その男が、逃亡して一日でも早く日本に帰りたい、と別れぎわに言った。彼は小学校六年生を頭に、五人も子供がいるそうだ。

戦争がはじまってから政府は、「生めよ、ふやせよ」とポスターまで貼って、国民の子づくりを奨励した。敗戦になって、出征家族の手当がどうなっているかわからない。アメリカに占領されたというから、そんな手当は打ち切られたかも知れない。

「カミさんは身体が弱いから、お手上げで、一家心中なんてことにならなければいいが……」

そんな切迫した事情だから、彼は逃亡計画にくわわったのだろう。

「おっさん、死ぬなよ。ぶじに国に帰るんだぞ」

私は東の空を眺めながら、心の中で叫んだ。その日は一日じゅう食物の配給はなかったが、差し入れのパンがあるから心づよい。近くにいる加藤や隊員たちを呼んで、少しずつお裾分けした。

「今日はじめて拝んだんですが、見習士官殿、美しいですね。それに人柄が温かそうだ。あんな女性が満州にいたなんて……」

「差し入れを食べたから、お世辞を言うのか。いずれにしても、ありがとう」

「見習士官殿、名残り惜しいでしょうが、もうじき船ですね。そうしたら……」

「なにはともあれ、まず日本へ帰ることだ」

私は名前をきざんだ門柱のある家へ、ふたたび訪れることを胸にえがきながら、当たらずさわらずの返事をしておいた。

「きっと朝鮮に出て、釜山から船に乗るだろう。応召して満州へ送られるときも、釜山から汽車に乗って朝鮮を縦断し、満州に入った。こんどは反対だから朝鮮に入り、釜山から船で九州に渡るはずだ。来るときは一週間だったが、さて今度はどのくらいかかるかな」

ともあれ、居ても立ってもいられないほど嬉しいという雰囲気だ。

「だけんどよ。アメリカにシッチャカ、メッチャカやられたんでねえべか?」

故郷へ帰れると思って、急にお国言葉でしゃべる男もあった。

「どんなにやられたって、故郷は故郷さ」

「そうだとも、国へ帰ったらうんと働くぞ」

みんな思いは一つである。

「あいつ、どうしてるかな」

まだ二十歳前後と思われる兵隊が、ぽつんと呟いた。きっと彼女を思っての言葉にちがいない。その呟きを聞きつけた兵隊から、

「いよー、お安くねえぞ」

ひとしきり、ひやかしの声があがる。

ひやかしといっても、彼らみんなが故郷に思いを馳せているときだったから、それを裏返せば、自分にかける声援でもあった。

腹が減っても、どんなに寒くても、心は暖かい。故郷の山河、妻や子、恋人を思い浮かべながら、座ったままで仮眠した。

嘘でかためた約束

「おーい、起きろ。変だぞ」

「なにが変なんだ？」

「あれを見ろ」

明かりとりの小窓から外をのぞいてみると、やはり、変だ。日本へダモイ（帰還）なら、東に走らなければならない。ところが、貨車は北へ向かっている。日本へ帰るべき方向と、まるで反対だった。

「だまされた。畜生」

それでも、まさか、こんな大事なことに嘘をつくはずはない、と思うやつもいる。

「そんなバカな。日本へ帰してやる。ソ同盟首脳部の恩を終生忘れるな、なんてぬけぬけと言ってたじゃないか。クソ」

わめいて八つ当たりする老兵もいるが、当たるべき本当の相手は、カラにした収容所へまた関東軍将兵をぶち込んで、ウソ八百をならべているソ連だ。

「そう言えば、オレたちの貴重品をみんな捲き上げ、帰るときは間違いなく返すと言いながら、収容所を出るとき、時計のトの字も口に出さなかったな。メシだってそうだ。明日は腹いっぱい食わせると言いながら、約束をまもったタメシはない。どれだけだませば気がすむんだ」

「そうだったな。いつもだまされたっけ」

それまでの怒りをみんな吐き出そうとするが、やはり胸のうちには、どうにも釈然としない、モヤモヤが残っている。

日本へ帰れるか、否かは、生死の問題と同じに重要だ。失望、落胆、うらみ、つらみがどうにもならぬほど渦巻いている。

幼いときは、「嘘をつけば雷に舌をぬかれる」と大人におどかされ、学校に入ると、修身の時間に校長先生から、「正直者の頭《こうべ》に神宿る」とさとされた。

だから、大人になっても、嘘だけはつくまいと思っていた。しかし、社会生活をするうえで、どうしても嘘が必要なときもある。

そんなとき、心の呵責におびえながら、最小限の嘘にとどめた。そんなささやかで憎めない嘘にくらべたら、ソ連の嘘はどうにもやり切れない。

こんどの嘘は、逃亡や暴動をふせぐための嘘かも知れないが、それにしてもひどすぎる。多くの人間の運命を大きくくるわせる。

さて、貨車の進行方向から考えて、シベリア行きは確定的となり、車内は重く冷たい空気にとざされた。天国行きのつもりが、地獄へ突き落とされたのである。

翌日の正午ごろになって、はじめて黒パンのかけらを渡された。黒パンというだけあって、ほんとうに黒く、妙にべっちゃりしている。

食い終わるのを見はからっていたように、「全員下車」の命令があった。

そこは、駅舎もなにもない原っぱである。

枯葉をつけたままのススキが果てしなくつづき、その向こうに黒い雲があった。天気が変わるらしい。鳥肌がたちそうなほど、淋しく哀しい風景である。

「ダワイ　ダワイ」

貨車のどこかに乗っていたらしく、数名のカンボーイがしきりに叫ぶ。「逃げたら射殺する」というポーズを見せている。

行進をはじめて間もなく、真っ黒い雲が手のとどきそうな感じで垂れさがってきたと思うと、すごく大粒な雨が落ちてきた。

ボタッ、ボタッと重そうな音を立てる。

降りしきる雨の中、泥んこの道を二時間ほど歩いたら、「スパーチ」の号令がかかった。ここで寝ろ、つまり野営しろ、というわけだ。

どしゃ降りの雨に、白いものがまじりだした。

カンボーイたちは、とうもろこし畑の片隅に立っている山小屋で寝るらしいから平気だが、私たちは雨のなか、原っぱにごろ寝である。例の毛布と、選別して残してあった布にくるまって、ともあれ横になった。しばらくしたら雪ばかりになって、その雪もおかげでやんだ。眠れないまま、思い出すのは、やはり嬉しかった過去の出来事である。うとうとしながら故郷の風景やお袋の夢をみていたら、たたき起こされた。また行軍である。カンボーイは威嚇発射をしながら、

「ビストリ　ダワイ（早く歩け）」と、私たちを追い立てる。

カンボーイの先頭に立ったセルジャント（軍曹）は、

「今夜はちゃんとした建物で充分にスパーチ。食事もオーチンハラショウ（最上級）。だから、ビストリ、ダワイ」

聞くかぎりでは、まことに筋の通った命令であったが、夕方、ついたところは雑木林で、捕虜は露営だった。そのころになって、「やっぱりオレたち、捕虜にされた」という実感がわいてきた。

それはともかく、建物はあるにはあったが、カンボーイが当然のように自分たちの宿舎にしてしまった。

食事もオーチンハラショウと言うからには、質はともかく量は充分とあまく考えていたが、それは行軍させるための空手形だった。

「カーシャ　ネート（めしはないよ）」

腹いっぱい食わせると言ったその舌の根も乾かないうちに、またけろっとして嘘をつく。

小屋の中では真っ赤にもえる焚火をかこんで、カンボーイが食事の真っ最中である。湯気の立ちのぼるスープをすすり、大きな黒パンにかぶりつく。それが、「この世に生をうけた者は、みな平等だ」と叫ぶ、ソ連の民主主義らしい。

私たちは憎悪をこめて、そんな悪たれをつき、己れの怒りを静めるよりほかに方法はない。

そんなわけで、前日とおなじく昼間一回だけ、黒パンの切れっぱしがノドを通っただけだから、空腹と寒さがこたえる。

そんな状態で朦朧としていたら、隣りの水谷という男に声をかけられた。奉天の収容所ではじめて顔を合わせた男だから、くわしくは知らないが、なんでも満州の新聞記者で、「根こそぎ動員」で狩り集められたという二等兵である。

「あのですね。見習士官殿。こんなことがあってもいいもんでしょうか?」

「それはどういう意味……」

「ポツダム宣言で、日本の軍隊は完全に武装解除されたのち、それぞれ家庭に帰り、平和産業による生活をいとなむことを許され、ソ連は当時、充分にそれを了承しておきながら、このザマです。こんなひどいことが許されていいもんでしょうか」

彼は怒りのためか、声がふるえているが、その話ははじめて聞く情報だった。もちろん、私にしても、捕虜は戦争継続中に捕われた者であって、戦争終結後、武装解除された者は捕虜ではない、と思っていたから、収容所にいって原隊の仲間に合流しようと、収容所にのこのこ出向いたわけだ。

エミリー一家に迷惑がかからないようにするには、地方人に化けて、地方人の集団に合流してもいいわけである。捕虜として捕まり、シベリアに送られるのなら、後者を選んだはずである。

私は転戦につづく転戦で、情報に接していないから、水谷の話におどろくばかりだった。水谷の話は、さらにつづいた。

「終戦後、ソ連の占領した満州、北朝鮮、樺太、千島には軍人、地方人を合わせて、二百七十余万の日本人がいました。これだけの人間がポツダム宣言により終戦後、ただちに日本へ帰れるわけです。ソ連はポツダム宣言の手前、ダモイだ、ダモイだと調子のいいことを並べているが、帰さないわけがあるんです」

「そのわけってのは？」

「いろいろあります。もちろん、われわれの独断と偏見がまじっているかも知れませんが。まず第一に、戦後、不足した労働力を補充するための強制労働。満州に侵攻してきたソ連兵は、ご承知のとおり囚人兵ですよ。おそらくシベリア開発のため、反体制の罪をでっち上げられたものたちです。彼らの後釜が自分たちってわけです。

満州からコーリャンや大豆をどんどん運んでいるでしょう。あれが捕虜、つまり自分たちの食料になるでしょう。収容所は、からっぽになっている刑務所です。できすぎた話のようですが、自分の話は、まず適中するんじゃないですか。

第二は、世界を赤一色にしてしまおうとしている。つまり、世界赤化の野望を持っているが、さし当たって多数の日本人を捕虜にして、ソ連の指揮下におき、洗脳、日本に帰したあかつきには、日本赤化のためにはたらかせ、一部は諜報活動をさせようという魂胆でしょうね。

第三は、対米関係を考慮しての対日思想謀略です。

第四は、ソ連が将来、対日外交交渉に有利な立場をとるため。早いはなし、人質ですよ」

私たちはシベリアに流されても、そう長くはないとみていたが、それは希望的な観測で、水谷の話では、そうとう長期になることを覚悟しなければならないようだ。

「ところで、見習士官殿。いっしょに逃げませんか。シベリアへ行ってしまえば、すべてアウトです。ここはまだ満州ですから、逃げさえしたらどうとでもなります。貨車に乗る前に、どうです。同志は三人います。仲間になりませんか」

水谷はそういって執拗にさそうが、私は断わった。前に「根こそぎ召集」の兵隊たちに逃亡をさそわれたとき、断わった理由はいまも変わっていない。

逃亡して運がよければ、生きのびれるだろう。しかし、私には「逃げる」ということが、なんとしても心に引っかかる。

それに、部下たちもまだ一緒だ。友情をすてて自分だけを考えては、神の怒りにふれるかも知れない。

そうは言っても、祖国をそう簡単に思いきれるものでもなく、折りにふれ、逃亡のさそいを思い出し、また、冒頭に書いたように、捕虜から囚人に切りかえられたさいは、あのとき逃げていれば、こんなことにならずにすんだ、などと、くやんだものだ。凡庸な私としては、致し方のないところである。

さて、逃亡の話をきかされたあとは、容易に眠れそうにもないので、水谷の話したソ連の意図なるものを反芻《はんすう》してみた。

とくに気になるのは、水谷が二番目にあげた世界革命を達するための政治教育という点だ。私が応召して内地を出発するまで、日本では共産主義活動は違法とされた。したがって、共産党は非合法活動を余儀なくされていた。

そのころはまだ政党ではなくて、政治活動を表面化することもできず、彼らの活動は地下にもぐる活動といわれていた。

私が旧制高校に合格して上京するころは、官憲と共産党の闘争はピークをむかえていた。とくに、旧制高校生や大学生のあいだでは『資本論』などが読まれ、オルグも活発なうごきをしめしていた。

そうした学生のころを思い出し、水谷の話と合わせ考えるのだった。

弱い立場の捕虜が、果たして思想変革の教育をかわし切れるだろうか。

長い行軍や貨車輸送による疲労や飢餓をいやすいとまもなく、苛酷な作業に追い立てられるにちがいない。

なにしろ、水谷が予想しているように、ソ連は不足している自国の労働力をカバーするために、ポツダム宣言をやぶってまで、日本人をシベリアに抑留するのだから、働かせて働かせて力尽きるまで容赦しないだろう。

その結果に起きる絶望感。そして必然的に生まれる精神の真空状態。そこを狙いうちされたら、たまったものではない。

抑留生活点綴

私たちはふたたび貨車に乗せられ、幾日か走った。そして貨車がとまり、また全員「下車」を命じられた。

雪におおわれたはるか彼方、原生林の切れ間からあらわれた二本の鉄路が、足もとでプッツリと切れている。振りむくと未完成の路盤が、地平線までつづいていた。箱庭のようにこじんまりした風景の中で育った私たちには、気がとおくなるほど広く見える。「一千キロは距離じゃない」とまでシベリアでは言われているそうで、人っ子ひとり見えない哀しい風景に、しばし茫然としていた。

真っ赤な太陽が地平線にしずむころ、大きな雪が舞いはじめた。

これからラーゲリ（捕虜収容所）まで、徒歩でいくという。その行程がどれほどか、教えないからわからないが、ひどく難儀なことはわかっている。

しだいに落伍者の数がふえてゆく。だが、助ける者はいない。

おたがい自分の身体をはこぶのが精いっぱいで、人を助けようという気力も、体力も残っていない。貨車に乗ったときから、一日一回、黒パン少々を食べただけだったが、それがいまこたえてきたのである。

「オレの小隊だけは落伍者を出してはいけない」と思い、みんなで雪の中にうずくまった者に手をかす。

加藤たちも落伍しそうなやつをかかえるようにして、歩いている。

難行苦行の末、命からがらラーゲリに辿りついた。

それは建物には違いないが、ひどいバラックである。細長い平屋建てで、横二十メートル余、縦十メートルほどのバラックに、二百名の捕虜をつめ込もうというわけだから大変だ。丸太で組み立ててある二段ベッド。幅六十センチ、長さ一・八メートルが、各人の領土である。夜中に用便にでも行こうものなら、すぐに隣りの戦友に占領されてしまう。

未明にレールをたたく音で起こされて、捕虜収容所の一日がはじまる。

収容所の入口に二メートルぐらいのレールの切れはしをぶら下げてあって、これを鉄棒でたたき、起床や消灯、点呼の合図をするわけだ。

日本人コンバート（大隊長）以下全員が、ソ連兵に略奪されて時計がないから、未明に起こされても、時間がわからない。

だから、寒空にまたたくオリオン座の位置で、だいたいの時間を割り出したが、毎朝たたき起こされるのは五時ごろではないか。

外は毎日のように木枯らしがふき、雪が舞い、カンボーイの話では、零下四十度だそうである。

作業は鉄道工事と原生林の伐採で、私も加藤たちも伐採にまわされた。作業は零下三十度以下になると、いちおう中止、という規定になっているそうだが、そんなものはホゴ同然である。作業中止になった例はない。

頬や鼻先は頬かむりから出てしまうので、ぴりぴりと痛む。まばたきすると瞼がくっついてしまう。

ないない尽くしのシベリアだが、材木だけは腐るほどあるから、どんどんペーチカに放り込む。だから、天井に近い空間の温度はバカに高い。二段ベッドの上段のものは、フンドシ一本のすっ裸。「死にそうだ。助けてくれ」と叫ぶ。

だが、下段は支給された毛布にボロ布をかぶっても、寒くてガタガタ震えがくる。

枕元につるした装具は、壁に凍《し》みついている。下段のものは防寒帽をかぶって寝るのが習慣になった。私は下段ベッドだが、ソ連から支給された毛布のほかに、フカフカの毛布があるので、ずいぶん助かった。

電気がないから、照明方法を考えなければならない。最初に考えたのが松明《たいまつ》である。木の枝をけずって、割箸くらいの太さにするわけだ。

しばらくたって灯油が少し配給されたから、空缶に入れて芯をさしこみ、照明にした。それは、徳川時代の行燈《あんどん》を彷彿させるに充分だった。

しかし、松明も行燈も、それにペーチカからも煙が出るから、そのススで顔が真っ黒になる。痰はこれまた真っ黒である。

朝おきて顔を洗えば、すこしは違うかも知れないが、水で洗顔するほど、だれも勇気がない。うっかり水をつければ、凍傷にやられてしまう。

さて、レールの切れっぱしの音で起こされて朝食となるが、まず飯盒と空缶を並べて分配をまつ。やがて分配されたものは、やけに黒くて糊のようだ。コーリャンのおかゆである。箸をつかうような代物ではないから、するすると飲みこみ、一分とかからない。これで朝食はあっという間にカンチャイ（終了）。つぎに、もう一回、「糊」のごときおかゆが配られる。だれも空缶に入れて、作業場へ携行したりしない。みんなその場で腹に入れてしまう。だから帰営するまで、なにもノドを通らない。帰りは、たいてい午後七時だ。ノルマ、カンチャイまで帰さないから、九時、十時になることもあった。

朝は星を背に出かけ、「ダワイ、ダワイ」と牛馬のごとく追い立てられ、夜もまた月をあおいで帰る。それが私たちの日課であった。

身体は骨と皮ばかり、焦点のさだまらないうつろな眼。夢も希望も持てない生活。そんな中で捕虜をかろうじて支えていたのは、ダモイ（帰国）だけであった。

「日本の土を踏むまでは、絶対に頑張ろう」

この気力がすべてであり、この気力が消えたときは、この世に「さよなら」である。

隣りに居をかまえている戦友は坊さんで、夕食が終わって横になり、一心不乱にお経をあげていたが、静かになった。「そのままじゃ風邪をひくぞ」と毛布をかけてやったが、動かない。「うたた寝はいかんぞ」と大きな声で呼びかけても、返事をしない。死んでいたのである。

ついいましがたまで、お経をあげていたのだ。人間の生命のモロさを、しみじみと感じたものである。そして、これがまた明日はわが身かも知れない。

栄養失調は辛いが、これだけならまだ救われる。下痢がかさなったら、もう絶望である。

麻田上等兵は、「米のめしが食いたい。ソ連の鬼」と、うわごとを言いながら死んだ。松本も、山田も、みんなそれで生命を落とした。

昭和二十一年の二月、私は足をいため、一時期、木挽《こび》きをしたことがあった。木挽きは俗に「一升めし」と言われたくらいの重労働で、内地では戦時中、配給制度であったが、木挽きは特別配給があったくらいだ。その重労働を、例の「糊食」でやれと言われても、できるはずはない。

ノルマが達成できなければ、打つ、蹴る、殴るのうえ減食だ。まだあった。営倉処分である。

私もノルマが達成できなくて、ついに鬼よりこわい営倉にぶち込まれたことがある。冷え込みのきびしい晩だったが、飯も食えず、着たきり雀で放りこまれた。

収容所長イワノフの命令だった。彼の階級は大尉、性格は陰険にして傲慢《ごうまん》だ。捕虜を虐待することなど、なんとも思わない。私たちはマムシと呼んでいたが、彼に目をつけられたら最後である。

毛布、火気の持ち込みはいっさい厳禁され、寒さと疲れと空腹で、おもわずうとうとと眠りかけるが、ここで寝てしまったら最後、凍死である。

私は、己れの頬ゲタをひっぱたいたり、太股つねったりして、どうにか危機を脱した。

昭和二十二年の四月、いよいよダモイだと言われて、山を降りることになった。

「いままで苦労した甲斐があった。苦あれば楽あり、と昔の人は言ったが、本当だったな。いよいよ日本へ帰れる」

そんなことまで考えていたというのにまた「どんでん返し」であった。

そのころは、すでに民主化運動が盛んになっていて、民主グループは、自分たちに抵抗する者は「反動」として吊るし上げ、人民裁判と称する奇怪な裁判劇を演じ、一方、憲兵、警察官、特務機関要員、上級将校、報道関係者を前職者としてソ連側に密告する。

それを受けて、ソ連側では前職者や反動のブラックリストを作成した。

私はそれに記載されてしまったのである。

山を去って第二ハラザ収容所に五ヵ月、さらに昭和二十二年十二月、マンゾフカの収容所と、十数ヵ所の収容所を転々と移された。

さて、マンゾフカ収容所の作業は、悪名高い石切りで、往復に十二キロも歩かなければならない。ちょうど季節は冬で、雪の道は困難をきわめた。

前にも書いたが、朝は早く夜は遅い。貨車が入れば夜でも狩り出される。石が相手で単調な仕事だから、だれもが石山行きをきらうので、ついに「前職者で反動の福原」と指名があって、いやおうなしに石山へ追われてしまったのだ。

雪の日も雨の日も、ターチカ（一輪車）で石を運搬するわけだが、そのターチカの横っ腹に、「石の上にも三年」と書いてあった。私のくる前に、このターチカを押していた者が書いたらしい。いまから三年なんて、とてもではないが、命はもたない。いよいよここが最後になるかも知れぬ、と私は悲痛な気持になっていった。

だが、そんな私の落ち込みを、周囲の風景がいくらかでも慰めてくれた。その風景は、ふしぎに故郷のたたずまいに似ていた。近くにそびえる山は、栗拾いやきのこ狩りをした故郷の山にそっくりだった。

石山運搬をしているとき、糧秣受領の使役にかりだされたことがある。インチンタン（経理要員）と使役四名である。

そのとき、山を下りたところで、一人の老婆に会った。彼女は山のような大きな薪の荷物を背負い、杖をつき、息を切らしている。

「かわいそうに……」と思うと、野良で働いているお袋の姿が目先にちらついて、そのまま追い越せずに、荷物を背負ってやった。

そして別れるときになると、老婆は私に向かって胸で十字を切り、「神よ、この日本人捕虜に幸せを与え給え」と祈っていた。

日本では、電車の中で席をゆずったり、老人を大切にするのは当然のことであるが、ソ連ではおもむきがちがう。この老婆は薪の運搬が任務だから、よけいな手伝いは必要ないのである。

その老婆の手助けをしたため、私たちの仕事が一時間おくれ、あるいはノルマが達成できなかったらどうなるか。

恐ろしい結果をもたらすのである。労働忌避という、この国でいちばん恐ろしい罪にとわれ、三千五百万人といわれている囚人の群れに投じられるのだ。

だから老婆は、自分を手伝ってくれたヤポンの捕虜が、労働忌避の罪に問われないよう、神に祈ったわけである。

アルチョンの第二分所にいたときのことだ。反動は悲しいもので、シベリア民主主義者のあらゆる暴力、強迫、懐柔に耐えなければならない。

私は収容所内の建築作業にまわされたが、体のいい監禁だった。それでもある日、近くの若い建築技士の家へ使役に出された。

だれも行きたがらないので、けっきょく「反動をやれ」というわけで、私が引っ張り出されたのである。

ソ連では、技術者といえば優遇されるし、まして大学卒の建築士だから、そうとう豪華な生活をしていると思っていたが、じつに侘《わび》しいものであった。

木のテーブルに、木製のチマダン（トランク）三個、鉄製の寝台一個、台所にかんたんな鍋と皿の食器類。それがその家の調度のすべてであった。

夕食になって、夫婦はテーブルについたが、酸っぱいキュウリ漬、黒パン、それにカーシャ（雑穀のスープ）だけである。それでも、彼はエリートだから、優遇されているはずだ。それまでに見てきた将校の家も、似たり寄ったりで、一般労働者にいたっては、配給を食い込んで絶食の日もままあるのだった。

この技術者宅には、夫婦のほかに一人の老婆が住んでいた。七十歳ぐらいである。その老婆は、若い夫婦の食事中も夢中で床をみがいていた。

食事を終わった夫婦が外出の支度をはじめ、出かけるとき、老婆に命じた言葉は、私の胸をさした。

「私たちが帰るまでに床をぴかぴかに磨いておかないと、明日から家に置いてやらないからな」

これは、冷酷無惨な男の言葉だ。それにつづいて、女の方が奴隷に投げるような言葉をはいた。

「きれいになるまで、ご飯を食べちゃだめよ」

私は修理していたペーチカ用の煉瓦を、二人に投げつけようとした。しかし、途中でわれにかえってやめた。

　若い夫婦が出かけてから、私は老婆に声をかけてみた。

「こんなに冷たくされているのに、どうして、ここにいるの？　老後は保証されているというじゃないですか。老人ホームに行けば、安楽ですよ」

　ところが、老婆の返事は悲しげで絶望的ですらあった。

「亭主がいれば、こんな惨めなことにはならなかったろうが、亭主は死んでしまった。養老院なんか行くもんか。子供になんと言われようが、まだここがましだ」

「日本では父母をとっても大切にするし、政府も親孝行な子供を表彰する」と私がいうと、

「私の若いころはまだ帝政時代で、両親を大切にしたものだ。親不孝者は罰があたると言われたものだが、ソ連社会には神様がいないから、老人を粗末にするのだ」と老婆はいい、怒りをぶちまけた。

　この国でも老人は、神を礼讃し、皇帝（ツアー）をたたえ、昔のよき時代を懐かしむが、若者は帝政時代を知らないから、

「皇帝は横暴で、資本家と地主は一般人民を搾取した。だから人民は哀れな生活であった」と信じている。

　伐採で原生林の奥深く入っていった。五百メートル四方ほどの空地があって、そこに小さな建物が見えた。その壁に「日の丸」の旗に似た布をピンで止めてある。まさか地の果てのシベリアに、日本の国旗を掲げる人がいるはずはない。

子供のころ祖父から聞いた話だが、祖父は若いころ、林の中で幾度も狐に化かされたことがあるらしい。だから、私も原生林のなかで狐に化かされたのかも知れない。

その旗らしきものは手製で、真ん中の日の丸はいびつでぼろぼろだが、やはりどう見ても日章旗らしい。

じっと見ていたら、八十ちかいと思われる老人が出てきたので、

「私は日本人です。これは日本の旗ですか？」と聞いてみた。とたんにその老人は、

「おお、ヤポンスキー」と言いながら飛びつき、ヒゲだらけの顔で頬ずりをする。果ては涙をぼろぼろこぼすのだ。狐に化かされたわけではないようである。

「ヤポンスキーに会いたかった」

何度も何度も同じ言葉をくりかえす。しばらくして老人は、私と肩を組み、家の中に入った。

「ヤポン。今日は何日か知っているか？」

突然そう言われたが、すぐには返事ができなかった。なにしろ飢えと寒さ、鬼よりこわいノルマに苦しめられていたから、暦の方まで頭がまわらない。

すると老人は、

「日本人が今日の佳き日をなぜ忘れるのだ。十一月三日は明治節ではないか」と詰問する。

日本人の私ですら忘れてしまった明治節を、なんで異国の老人が知っているのか。その経緯を、昼休みの終わるまで聞かされた。

この老人は、日露戦争に従軍し、旅順で捕虜になったそうだ。日本に送られ、四国松山の収容所に収容された、という。

捕虜だから、食事や宿舎はいうにおよばず、生活条件全般、それに労働が苛酷をきわめるのではないかと、なかば生還をあきらめていたそうだ。

ところが、予想に反して、すこぶる快適である。食事、衣料、宿舎、入浴など、日本軍隊とほとんど同じで、労働もたいしたことはない。

それに、なんといっても人々が親切だった。近くの農家へ農作業にいって、その家の娘と親しくなり、その友情がいつのまにか愛情に変わっていった。

もうロシアへ帰らなくてもいい。この娘と日本で暮らそう、と決意したが、捕虜の場合、そうした自由行動は許されなかった。

本国送還のとき、埠頭《ふとう》でいつまでも、いつまでも手を振っていたその娘が忘れられないという。

「ロシアへ帰ってから結婚の機会はいくらもあったが、その気になれず、とうとう一人で過ごした。しかし、気持のうえでは、あの娘といっしょに暮らしているんだ。だから幸せさ」

そう言って彼は笑い、話をつづけた。

「捕虜のオレたちが、あんなにのんびりと暮らせたのも、明治天皇が立派だからだ。オレが死にもせず、こうして生きていられるのも、明治天皇のおかげさ。

だから、明治節には日の丸の旗を出すわけだ。えらくボロになったから、新しくつくらなければいけないが、なかなかいい布が見つからず、苦労してるよ」

半世紀ちかくもの間、見果てぬ夢を追いつづけている老人の話を聞きながら、私はいつしか故郷や母を思い出して茫然としていた。

第七章　赤旗の嵐

思想改造の波

時をへるにしたがって、民主運動はその激しさを増し、「戦犯追求カンパ」や「生産競争」がたくさんの犠牲者をうみ、原生林の墓標が数を増していった。

さて、民主運動であるが、その組織づくりとその後の指導をしたのは、「日本新聞」とそのスタッフであった。

日本新聞の創刊は、終戦直後の昭和二十年九月十五日である。

それから満四年の間、週二、三回発行され、昭和二十四年十一月七日の第六五〇号で終刊となった。その間、シベリア民主運動をたえずリードしていたのである。

編集責任者は、元タス通信の日本特派員であったコバレンコフ中佐である。彼は在日中、大場三平のペンネームを使っていた。

日本新聞社はハバロフスクのレーニン街にあって、コバレンコフ中佐のもとに編集委員長ツリロコフ大尉のほか、上級中尉数名、印刷係大尉ら六十数名のソ連人スタッフが働いていた。

日本人側の編集責任者は、浅原正基（ペンネーム諸戸文夫）。記者は相川春樹、山針延次郎、宗像肇、袴田陸奥夫、高山秀夫、吉良金之助、井上清らで、印刷、植字、文選関係者をくわえると、七十名であった。

この日本新聞が中央宣伝者、組織者として、また教師として育成したシベリア民主運動は、自然発生的なものであった、とみる向きがあるが、かならずしもそうではないと私は思う。自然発生するような原因をあらかじめ計画的にあたえ、その下地のうえに「民主運動」と名づけた共産思想啓蒙運動を積極的にソ連側が指導したのである。

さらに見逃すことのできない重大な要素があった。日本内地における共産主義の転向者は、職をもとめて満州に渡り、関東軍の「根こそぎ動員」などによって軍人となり、敗戦によってシベリアに抑留されたが、彼らが自然発生的とみられる民主運動の発火点となり、またその運動の中心となったのである。

彼らは、「今後、共産主義を信奉しない。だから許してほしい」と日本の捜査当局に哀願し、処罰をまぬがれたにもかかわらず、シベリアへわたるや、ソ連側に売り込み、アクチブとなって戦友を悲境のどん底に突き落としたのである。

敗戦のような、従来の秩序が一変する混乱期には、多くの新しい問題があらゆる方面におこり、旧秩序の崩壊にともなう人心の動揺は、戦勝国によって巧みに利用された。シベリア民主運動もこれに起因したものであろう。

このシベリア民主運動を、発生と発展の経過をたどりながら、つぎの四期に分けて考えてみようと思う。

まず、第一期である。

敗戦により、日本人が夢想だにしなかった捕虜に転落した。そして、満州をはじめ、北朝鮮、樺太、千島の各地域から軍人、民間人が、極寒のシベリアへ送られた。

シベリア抑留生活の初期は、馴れない生活環境と労働条件が、私たちを苦しめた。一人分の食糧を数人でわけて食べたり、一日じゅう食糧の支給がなかったなど、枚挙にいとまはない。死亡者も続出した。

チェレンホフの炭坑では、就労していた三千名の捕虜のうち、昭和二十年十二月から翌年二月までの三ヵ月間に、約一千名が死亡した。炭坑には満州の開拓団員や少年義勇軍が多かった。

また、マンゾフカの発疹チブスでは、二百名のうち百二十名が死んだ。

これらは一例にすぎないが、私たちの生命がいかに軽く見られたかは、死亡者の名前すらわからない仕組みになっていた事実によっても明らかだ。戦友が原生林に穴を掘って、埋めるだけだった。

かぎりなく多い無縁仏の霊が、シベリアの空をさまよっているのではないか。

それはともかく、生き残った者が、あくまでも強制労働のノルマを消化しなければならない。

ところで、質、量とも劣悪な食糧と、極限というべき寒気と労働。これに耐えるための健康診断であるが、まるでないに等しい。私は帰還のとき、はじめて医者らしき者、つまりフェルシェルにお目にかかっただけだ。

このフェルシェルというのは、医者と看護婦の中間の女性だ。日本ならさしづめ婦長か、代診である。

身体検査といっても、捕虜を素っ裸にして外形をながめるだけで、内診はオミットである。だいたい聴診器をもっていないのだから、ほんとうに健康診断などするつもりはない。もっとも、フェルシェルでは内診は無理なのかもしれない。

私の検査も素っ裸、それこそフンドシまではずして、フェルシェルの若い女性の前に立ち、しげしげと全身を見られ、お尻にさわられただけで、異様な雰囲気のうちに検査は終了した。

ソ連側としては、それでいいのである。衰弱して死んだら、原生林に埋めるだけだ。埋葬は仲間の捕虜にさせるから、ソ連としてはまったく手間はかからない。唯物論というのは、人間軽視の思想なのだろうか。

内部疾患のものも、動けなくなるまで作業に出るのが通例となっていた。捕虜生活の一年は、ふつうの社会生活の五年に匹敵するといわれたが、それによっても、捕虜がいかに寿命をちぢめてしまったかが想像される。

とくに栄養失調で多くの者がたおれたのは、過酷な労働に給与がともなわないからだが、「日本新聞」は、「給与は悪くない。カロリーは体力維持に充分である」と宣伝していた。

私の収容されていたラーゲリでは、日本新聞による宣伝のほか、ポスターを主要な場所に掲示した。

「現在、当ラーゲリの同志諸君に支給している食糧は、労働を充分に可能ならしめるカロリーを含有している。スターリン大元帥の恩に報いるため、共産主義理論を徹底的にマスターし、かつ生産に努力しなければならない」という趣旨を、日本字で書いてあった。

その収容所ではそのころ、戦友たちは栄養失調でばたばた倒れ、私も歩行困難となった。

いっぽう、旧日本軍の組織は、入ソ後も相当の期間、維持され、将校は特別待遇をうけた。したがって、兵から将校や幹部にたいして、反撥がおこり、外部（ソ連）にたいするより内部（将校）にたいする不平不満が生じて、果ては階級的な闘争へとつながるのであった。

なにしろ、苛酷な労働と餓死するような給与、希望の喪失、道義心の低下などによるうらみ、つらみが、特権階級である将校に向けられたわけだが、こうするために、ソ連側は将校の特別待遇制をしいたわけだ。

そしてその混乱と間隙に乗じ、ソ連側の策動と共産主義者の煽動があって、いわゆるシベリア民主運動がはじまったのである。

このような不平不満から発生した軍隊の階級制打破、食糧と労働の平均化運動は、しだいに拡大されていったが、「日本新聞」が「満州日日新聞」の活字をハバロフスクに持ち去り、紙面構成を改善したときをさかいに、決定的なものとなった。

第二期を迎えたわけである。

遠い異境で一切のニュースから隔離されていた私たち捕虜が、明日の運命がどうなるか、まるで見当もつかない不安な状態におかれて、どんなニュースにも飛びつき、どんな思いで活字を見つめたか。こうした状況を知らない人でも、容易に想像できると思う。

そういう真空状態へ投げ込まれたのが、読みやすくなった「日本新聞」である。

この紙面がとっかえ、ひっかえ主張する反軍闘争、天皇制打倒の論旨は、いままでの権力に失望し、新しい心の支えをもとめている捕虜たちの心をとらえ、しだいに浸透していった。

ほかにくらべるニュースがなく、同じ論旨の主張をくりかえし、ときには暴力などまじえて注入されると、いつとはなしに、それを真実のように思い込んでしまうものだ。

早いはなし、催眠術をかけられたようになってしまう。

かくて「日本新聞友の会」が結成され、民主グループが強化されて、運動は反軍闘争から階級闘争へとすすみ、実質的には給与の適正化、労働組織、紀律の確立がうちたてられた。

それまでの指導者だったインテリ、すなわち主義者～転向～主義者となった者は、やがて「口先だけ」の批判をあびて、その非行動性と言行不一致が指摘の的となり、彼らの地位は労働者や農民出身者に交代させられた。

これが第三期の現象である。

労働者や農民出身者について説明すると、たいていは次男や三男で、軍隊を志願あるいは徴兵検査に合格、入営して、下士候から下士官になった者で、いわゆる下級の職業軍人であった。

早いはなしが軍隊を職場と定めていた者であり、マルクス・レーニン主義とはほど遠い、スローガンだけを無数に暗記させられた者である。

ともあれ、ハバロフスク地方反ファシスト委員会会議の決議は、シベリア全土にわたる一千余の収容所を指導し、「日本新聞」の使命もますます重要となっていった。

この時期に、民主主義者は決定的に勝利したと自画自賛し、下から盛りあがった民主紀律といつわって、生産競争がおしすすめられ、反動カンパは激化し、反動分子、作業サボの摘発が、「吊るし上げ」という形式をうんだ。

これは人民裁判と称し、民主グループの意のままにならない者を、戦犯や作業サボの名にすりかえて、ラーゲリ全員の前に引き出して、悪口雑言、あらんかぎり罵倒するものだ。

そして、民主グループは吊るし上げをおえたのち、ソ側に通告する。これがダモイ延期の原因となるのであった。

このころは、ハバロフスクだけでなく、地方、地区、分所で講習会をひらき、講習終了者はアクチブとなった。

この民主運動の第三期で、インテリが追放されたと書いたが、彼らは権力をほしいままにし、その権力は己れのものとかん違いしていたが、じつはソ連の傀儡《かいらい》で、捕虜以外の何物でもなかったのである。

最初のピエロは宗像肇であった。ソ連側の意図は、宗像によって「日本新聞友の会」運動を推進させることにあった。

しかし、この計画は、入ソ後一年をすぎて、反軍、反帝運動がさかんになり、この闘争が実践活動において重要になると、旧日本軍の将校だった宗像が表面に出ることは、すべてに都合が悪くなってきた。闘争の性質上、自然の理であろう。

そこで、宗像を排除して、浅原を起用するのである。浅原は東大卒と自称する転向者で、軍隊の階級は上等兵だった。当時、ハバロフスク地方で、「民主主義擁護連盟」というグループを主宰していた。

浅原はコバレンコフ中佐の手足となって、反軍、反帝闘争を指導し、またナホトカの民主グループを指導し、ソ連と共産主義者団にとって好ましくない捕虜は、「反動」の烙印をおして、そのダモイをさしとめ、あるいは処刑し、各ラーゲリを巡閲して会議の指導と講演をおこない、ついには「シベリア天皇」と呼ばれるほどの独裁者の地位を獲得した。

だが、民主運動第三期も終わりにちかづき、ソ連側としては浅原の追放にふみきったのである。

彼は特務機関員であったため、ハルピン保護院における虐殺事件をソ連側にでっち上げられ、スターリンにたいする感謝文署名カンパの最中に、吊るし上げられて追放された。

表面はあくまで民主グループの人民裁判における吊るし上げだったが、これはソ連側の仕組んだものであることに違いはなかったろう。

ソ連が、彼の吊るし上げを企画したころには、もはや、インテリの英雄的な指導が必要ではなかったといえよう。「民主運動」はすでに、一つの方向に突き進んでいたからである。

浅原を追放してからの共産主義者団のなかには、独裁的な指導者はいなかった。いわゆる集団的指導にかわったのである。

そして、そのころから日本新聞も、すべての民主グループも、覆面をとったソ連政治部員によって、直接に指導されるようになった。

ソ連側は、はじめ日本の共産主義者を利用し、それを十分に利用しきったとき、はじめて彼ら本来の立場で、日本人捕虜を直接に指導し、宣伝し、煽動したのである。

なお、追放された浅原は、チョルマ（監獄）に収監されたが、絶食による自殺を計画した。しかし、飽食になれた彼には、空腹が予想外に苦しかったらしく、五日目にギブアップした。つぎには二段ベッドの上段に帯をかけて、首つり自殺をはかったが、足が床にとどく場所だから、これも未遂におわった。

こんな事件のあった後、シャラーシカ（特殊収容所）にうつされた浅原は、「シベリア天皇」の誇りをかなぐりすてて、日本人捕虜の前に土下座し、床に額をすりつけて命乞いをしたという。

こうして第四期をむかえた。

ダモイ（帰還）切符を入手するためには、まず民主運動に共鳴し、あるいは共鳴したかによそおうことが不可欠の要件であった。

昭和二十三年の輸送が終わり、大多数の捕虜が帰されたのち、ダモイが目的の民主運動者の中には、不平不満が渦まいた。

それにたいする闘争――これは、いわゆる陣営内の闘争である。

それと、ダモイ列車にいったん乗せられたが、ハバロフスクあるいはナホトカでダモイ・ストイ（帰還停止）の処分をうけた前職者――参謀や国境守備隊長など高級将校、特務機関、情報隊、ロシア語教育隊、防疫給水隊、憲兵、北支衣部隊関係者、裁判官、警察官、マスコミ関係者――および「反動」の烙印をおされた者、などにたいする闘争である。

これは陣営外の闘争であるが、これらによって第四期がはじまった。

昭和二十三年の末には、この闘争もあらかた終わり、以後、翌年三月までを大冬期闘争と名づけて、理論武装を目標とした闘争がおこなわれた。

昭和二十四年の四月になると、五月一日のメーデーをひかえ、特別生産競争をおこない、「理論と実践の一致」というスローガンが掲げられた。

ここでいう実践は、生産競争に勝つためのノルマの強化を、別の言葉で表現したにすぎない。これは、さらに「平塚運動」――捕虜版スタハーノフ運動――という名称で強化、推進された。

それとともに、「スターリン大元帥にたいする感謝文署名運動」も、さらに強化された。これは、さんざん捕虜を苦しめた張本人にたいし、「ありがとう」とお礼を言うようなものだから、私たちとしては、なんとも釈然としないものがあった。

ともあれ、シベリアの民主運動は、「平塚運動」と「スターリン大元帥にたいする感謝と誓い」によって終わったのである。

この第一期から第四期まで、終始これを指導したのは、もちろん「日本新聞」であった。

このように、捕虜生活のうちに「思想改造」され、いわゆる「洗脳」された多くの兵士や若い将校たちは、ダモイというかたちで日本に送り込まれた。

「シベリア民主運動」は、ソ連が日本人捕虜に課した共産主義運動であるが、ソ連が期待した実があがったか、どうかは疑問である。

憎むべきヒゲ

民主運動の第三期から第四期へ入り、私のいるアルチョン捕虜収容所では、人民裁判のまっ最中だった。

収容所の前庭で円陣をつくっている約五百名の捕虜たちは、足踏みしたり、顔をたたいたり、忙しそうだ。空腹だから静かにしていたいのだけれど、じっとしていれば、わけなく凍傷にかかってしまう。

それにしても、異様な風体だ。満州から持ってきた防寒帽、ソ連から支給されたシューバ

(毛皮の外套) は、ともにボロボロである。

シューバは大男のソ連の囚人たちが着ていたやつのおさがりだから、必然的に裾が長い。そいつを腰にまいた荒縄にからげ、尻はしょりしている。その荒縄には、空缶もぶら下がっている。

このときはラボータ (作業) が終了して、衛門をくぐったところでストップがかかったから、食器を下げたままなのだ。乞食だって気のきいたやつなら、もっとましな風体だろう。円陣の中央につったち、声を荒げているやつは、なぜかその場にいるものたちの雰囲気とはまったく違う。

防寒帽も、シューバも、ほころび一つない新品同様のものである。それに、なんといってもシューバの裾は膝小僧までで、荒縄にからげるなんて、みっともない風体ではない。まるでオーダーそのものだ。

履いてるカートンキも、ふかふかと暖かそうだ。

この靴はフエルト製だが、一般捕虜のはいてるのはもう年代物で、破損がひどいけれど、フエルトが厚いから補修がきかない。

それでも、仕方ないから足にボロ切れをうんと巻いて、靴下がわりにしているが、零下四十度の寒気は情け容赦なくつきささってくる。

そんなわけで、一般捕虜とは月とスッポン。ものすごくリッチな服装で、にくらしいほど健康そうなその男は、捕虜の赤化工作のために組織された民主グループのアクチブ (活動家）である。

彼らは特別給与、つまり衣服も食料もふつうの捕虜とはちがう。満州侵攻が決定した時点で、満州へ侵入したソ連兵の大半は、シベリア監獄の囚人たちで、文字どおり泥縄式のソルダート（兵隊）に仕立てられた。

シベリア全土で千二百五十ヵ所ほども監獄があったそうだが、彼らが満州に移ってガラ空きになり、そこへ日本人捕虜が入れられたわけで、彼ら囚人の脱ぎすてた衣服を、そっくり日本人に支給したそうだ。

ところが、アクチブの衣服は、囚人のお古ではなくて、ソルダートと同様のものを支給された。起居する場所は炊事に隣接した一室を占領し、旧日本軍の将校たちとおなじように、当番兵すらつかい、炊事に出入りお構いなしで、たらふく食べている。

このアクチブは、元をただせば志願兵あがりの兵長だ。娑婆で果たせなかった生活の夢を、にわか社会主義者になって手に入れたという次第である。だから、これでも捕虜かと、とまどうほど精気にあふれている。旧日本軍の部隊長さながらである。

おびただしい数のスローガンだけをおぼえて、マルクス理論をマスターしたような錯覚におちいり、かつての戦友を「われらの祖国ソ同盟の敵」と罵倒し、そのあげく「反動である」という烙印をおして、ダモイ（帰国）差し止めの要請をソ連側に提出するなど、悪魔のようにその権力をふるっていた。

さて、その夕方、厳寒の中でアクチブが吠え立てているのは、人民裁判と名づけられている茶番劇だ。

いや、茶番劇などと諷刺していえるほど、暢気なものではない。裁判といっても、判事、検事、弁護士の三役がそろっているわけではない。弁護士はいない。判事と検事を兼ねるアクチブが、一人いるだけだ。

吊るし上げられている容疑者の罪状を、検事役のアクチブが論告し、そこで一転して検事が判事に早がわりして、判決を申し渡すという仕かけだ。

それも、法に照らして理にかなう判決ならば、納得もしようが、審理もむちゃくちゃならば、判決もでたらめなのだ。

おなじ日本人の血がかよっているのに、アクチブは己れさえよければ、昔の戦友でも殺してしまうというエゴむき出しである。

その夕、とつぜん行なわれた人民裁判は、社会主義とはなんのかかわりもなさそうな、〝ヒゲ〟の是非に関する論議であった。

「あの、いまわしい日本帝国主義による侵略戦争が終結して、すでに三年半になる。にもかかわらず、いまだにヒゲを立て、帝国主義軍隊の夢をおう軍国主義者が生存している。じつになげかわしいことである。彼らこそ、もっとも憎むべき反動であり、偽民主主義者である。どうだ。そう思わんか」

そして、少し間をおいてつづける。

「小官の言わんとすることは、以上の趣旨であるが、小官の論旨に反対のものは、すべて反動である」

口では民主主義とさかんにいっているが、権力志向そのままに、将校の口にする〝小官〟という。

それまで一般捕虜は足踏みに夢中で、アクチブの叫びにも、うわの空だったが、最後の締めくくりにびっくり仰天し、「反動」にされてはたまらないと、

「そうだ、そうだ」「反動は吊るし上げろ」「反動は白樺のこやしだ」「ファシズムの残滓を一掃しろ」「ファシストとの闘争なくして勝利なし」「天皇制打倒にわれらの闘争を展開しろ」「民族の敵の腰巾着を粉砕しろ」「旧軍隊の残滓を徹底的に粉砕せよ」

スローガンを口々に叫ぶ。

アクチブと民主グループが、「民主主義の教育」と称して一般捕虜に教えたものは、スローガンと革命歌だけであった。

アクチブはハバロフスクに集められて、おびただしい数のスローガンだけを教えられて、ラーゲリに戻ったのである。スローガンなら、だれにでも覚えられる。

彼らはハバロフスク教育の成果を、ラーゲリでみっちり一般捕虜にたたき込んだから、それぞれ幾つかのスローガンを覚えた。

これをみんながここを先途と叫びまくる。それが原生林にこだまし、増幅されて返ってくるが、みんな人民裁判の成立と結果を知っているだけに、その響きは空しいだけだった。

「さて、同志諸君、わがラーゲリにも、あのにくむべき関東軍の残滓を、こってり身につけた極悪反動がいるのである。

諸君、それはだれだと思う。福原見習士官である。彼はアナウンサーだった。日本では天皇の手先となって、その権力をほしいままにし、いくたの同胞を苦しめ、あまつさえ死に追いやったのは彼である。

そして、己れの重大なる犯罪を自己批判もせず、ヒゲを伸ばしているのだ。

われらの祖国ソ同盟では、スターリン大元帥とブジョンヌイ元帥はヒゲを立てている。しかるに、その偉大なる指導者と同じにヒゲを立てるなど、言語道断である。これにまさる反動はない」

またも、わが身かわいさの遠吠えがうるさい。

「反帝、反戦！」「天皇制打倒！」「反動分子をラーゲリから叩き出せ」「すべての道は共産主義に通ず」「民主運動は働く者の生きんがための闘争だ」

その騒ぎのなかで、私は考えていた。

満州の収容所では放送局の関係者はいなかったし、シベリアに抑留されてからも、昔の仲間には会っていない。

憲兵、警察官、特務機関員、報道関係者、将校などは、いわゆる前職者とされ、各ラーゲリともその洗い出しが進められていたから、警戒してアナウンサーだったことを、だれにも洩らしてはいない。

ラーゲリで親しくしている者を、思い浮かべてみた。その中に、一人だけ怪しいやつがいた。

一週間ほど前になるが、昼食後の休憩のとき、同じ作業班の水野に、警備隊が駐屯していた国境の山の事情を、わりと詳しくしゃべったのを思い出した。

アナウンサーだったことには、まるで触れなかったが、アナウンサー用語が知らないうちに、口から出たのかも知れない。

それを、民主グループに密告されたものだろう。それ以外は、まるで心当たりがない。

水野は、スパイをしてソ連側や民主グループの点数をかせいでおけば、ダモイ出来る、と考えたものだろう。

民主グループにしても、ときたま、スパイになれ、というようなことを私にほのめかしていた。アクチブや民主グループの権力の培養には、もってこいの材料だからだ。

ともあれ、大変なことになったものである。

ヒゲと思想は関係ない、なんてすましていられなくなった。案の定、

「福原、前へ出ろ！」と、アクチブが叫んだ。絶体絶命の境地で、私は前に出た。

「福原の自己批判を要求する」

これまでのパターンでいけば、私が「悪うございました。すぐヒゲを剃ります」と言えば、その場は収まるはずだが、アクチブの言う通りにはなれない、という思いが私の胸をつきあげてくる。

私が黙っていると、アクチブはふたたび自己批判を要求し、一般捕虜が唱和する。

「闘争なくして民主化なし」「戦犯を徹底追放しろ」「在ソ民主運動の決定的勝利」

えらいことになった。私をみんなの前に引っ張り出し、人民裁判で吊るし上げることが民主運動の決定的勝利だ、というのであるが、そう簡単に勝利と断定されてはたまらない。

私は、われとわが心を鞭うった。

「このヒゲは、私の身体の一部である」

「文句をいうな。減食だ。営倉だ」

「スターリンも、ブジョンヌイも、ヒゲを生やしているではないか。私一人ぐらいヒゲを生やしたって、どうってこともないはずだ」

「それは違う。スターリン大元帥もブジョンヌイ元帥も、偉いからのばすのである。お前は虫けら同然の捕虜だ。身のほど知らずもいい加減にしろ」

「捕虜がヒゲをのばしてはならぬ、というソ連憲法でもあるのか。もしあったら、その法的根拠をうかがいたい」

「わからんやつだ。捕虜はヒゲを立ててはいかんのだ。そうだろう、同志諸君!」

「そうだ、そうだ。その通りだ」「捕虜がヒゲなんか立てるな」「戦争犯罪人の徹底追及と厳重処断」

ヒゲを立てたから戦犯というのが、いかにも短絡的でおかしいが、ソ連人にとり入って、ダモイの権利を手に入れようとあせる捕虜たちは、まるで催眠術にかかったような按配で、ソ連人と同じようなことを口ばしる。

ソ連の指導者たちは、「ソ同盟の人間は他国民とまったくちがう構造である。精神も肉体も他民族よりいちじるしく優れている」といい、国民もすっかりそれを信じ込んでいる。

前年八月のことだった。

衛兵所、宿舎のバラック、便所など、建物という建物に新聞一ページほどのポスターが貼り出された。

カロリー表であった。細かい数字をびっしり書き込み、最後に、「現在まで支給してきた食物は、人間が労働し、生産するに充分なカロリーを保有している。安心してノルマを遂行せよ。毎日、毎週、毎月、それが祖国ソ同盟にたいする報恩である！」と結んであったが、それが捕虜の心につきささる。

給与は入ソ直後から少しもよくなっていない。コーリャンのおかゆが鮭の缶に一杯だけだ。

ソ連では、鮭の缶詰など、国民は食べられない。したがって、空缶があるはずはない。みんな満州で戦闘中に食べた鮭缶だ。

なぜか、私たちは空缶を袋に入れたり、腰にぶら下げたりして入ソした。シベリアには食器がないのを予感したわけでもないだろうが、この空缶は、食器にもなれば、物入れにもなって、ずいぶん重宝したものだ。空缶には、日本のめしで茶碗一杯ぐらいはいった。

　さて、かゆにするコーリャンは、満州から徴発してきたもので、その表面の黒いカラだけを除いて、五時間ほど煮たという代物だ。

　炊事係の話によると、午後の九時ごろ釜に火を入れて、十二時ごろ、いったん火を落とす。そして、翌日の午前四時ごろ、ふたたび火を入れて、二時間後に容器にうつす。

「作業そのものはどうってこともないが、なにしろ、眠くて、眠くて」と炊事係はこぼしていた。

　それにしても、五時間のあいだ、水をたしつづけて煮あげたおかゆは、重湯とおなじだ。容器の空缶に口をつけてスルスルと吸いこめば、十回はもたない。遠慮しながら飲みこんでも、七、八回でカンチャイ（終わり）だ。飲みこんでから小便をすれば、もういつもの空腹である。

　そんなものを食べて三年半、完全に栄養失調だった。

　寝がけにボソボソと話していた戦友が、翌朝はもう起きてこない。そんな悲劇はザラだった。骨と皮だけの足は、前に出ない。自分の手で股を左右交互に持ち上げて前進するという、情けない有様だった。

　そんなときに、このカロリー表である。

　〝青天の霹靂〟とは、こんなときのためにつくられた言葉ではないか。臨終の病人に向かって、お前は健康なんだ。起きて働け、とけしかけるにひとしい。

　ソ連人だけでなく、捕虜の中にだって、カロリーとか栄養については、からきしダメなやつがいるから、そんなものか、と気にもとめないし、〝またいつもの宣伝さ〟と笑っている者もあった。

しかし、私はどうにも釈然としない。

こんなものを掲示しなければ、骨皮筋右衛門も捕虜だから仕方ないさ、それに相手がソ連だもの、どうにもならぬ――と諦めていたのに、このカロリー表で寝てる子を起こされたようなものだ。

それから数日後、作業場に現われたナチャニックカローナー（収容所長）の中尉に聞いてみた。

「このあいだのカロリー表だが、かりに現在支給されている食料で、カロリーは充分にしても、栄養は充分とは言いがたい。

いや、まるで不足していると思う。コーリャンに脂肪、蛋白、炭水化物のすべてが含まれているとは、けっして信じられない。充分なら、みんな骨と皮だけになるはずがないではないか……」

「お前は間違っている。カロリーと栄養は同一のものである。ハバロフスクから送ってきたカロリー表だから、すべて正しいのだ。世界で最高の知識を持つスターリン大元帥が間違うはずはない」

国民はここまで信じているのである。

さて、まわり道が長くなったが、人民裁判である。私のヒゲを吊るし上げていたアクチブは、一転して、こんどは裁判長に早がわりした。

「福原はまだ、あの憎むべきヒゲを刈ると言わないのである。一週間の猶予をあたえるから、して、その間に充分に自己批判し、スターリン大元帥にお許しいただけるような返事をせよ。重ねていう、一週間の猶予をあたえる」

それで仮釈放となった。だが、アクチブの報復、つまり〝いじめ〟がはじまった。

その翌日、タバコの配給があったが、私は除外された。差別である。

それまで月に二回ほどマホルカ（刻みタバコ）をひとつまみずつ配給していたが、それは三月前から途絶えたままだった。

だから、その日の配給にバラックの中はわきかえり、ものすごい騒ぎになった。

パピローズ（紙巻きタバコ）は、ソ連軍のセルジャント（軍曹）以上がすい、囚人や囚人あがりの労働者、捕虜はマホルカである。

これは、タバコの葉っぱを荒くきって、乾燥させただけのもので、香料など一切つかっていない。

それを新聞紙にまいて吸うわけだが、新聞もときどき配られる日本新聞だけで、貴重品だ。捕虜にたいする赤化材料である日本新聞も、読むよりはタバコの手巻き用として重宝がられているという、皮肉な現実だった。

　それはともかく、三月ぶりのタバコなのに、私だけは配給停止だから、この世の苦労を自分ひとりで背負い込んだような、惨めな気分におちこんでいると、加藤がやってきた。

　加藤は、建築現場の作業をさせられていたが、四階建てのビルで、コンクリートブロックを七十キロほど背負い、頭に鉢巻きをしめ、歯をくいしばり登っていく彼の姿は、つらそうだった。

「今週の当番から聞いたんだが、あなたのタバコの配給がないんですって。それ、ほんとですか?」

「うん。知っての通りヒゲが原因でな。オレは国境の山中に駐屯したことがあって、調髪には山道を降りて町に出なければならない。面倒くさいんで、放ったらかしといた不精ヒゲがはじまりだ。シベリアに来てからは、このヒゲも苦労を共にしたと思うと、情がうつって剃るに忍びずって心境さ」

「そうですね。日本では、ヒゲは身分の象徴みたいなもんだった。村長、校長など、申し合わせたようにヒゲを立ててました」

「オレも見習士官だから、まあ長みたいなもんだ。ヒゲをたてる理由は、ちゃんとあったぞ。だが、ここはシベリアだから、オレの理屈は通らないらしい」と私が、がっくり肩を落とすと、

「そう諦めたものでもないでしょう。いまにいい日がきっと来ます。かならず来る」

　加藤はそう言いながら私の手をとって、小さな紙包みを渡した。

タバコだった。その日の一人あたりの配給量の半分ほどもあった。立場が逆になってしまった。

「これがわかったら、君がまずいことにならんか？」

「かまうもんですか。かっぱらったわけじゃない。私があなたにあげたものだ。遠慮なく吸ってください。いっしょに吸いましょう」

加藤はすでに巻いてあるタバコに火をつけた。私は急いで新聞紙に巻くが、手がふるえ、心がしめっぽくなって涙が出そうだ。

感情も涙もすでに渇れ果てたけれど、友の情けには、ほろりとさせられる。もう長いつきあいだ。

それでも、どうやら紙巻きをつくって、糊がわりの唾をつければ出来あがりだ。

三ヵ月ぶりで、ニコチンはとうの昔に切れているから、一口吸ったらひどく目まいがする。だが、身も心も空中を浮遊するようで、なんとも形容できない、いい気分だった。

「たまらんなあ。加藤、ほんとにありがとう」

そう言いながら加藤の顔をよくよく見ると、鼻の下がすこし黒く見える。彼は日焼けと雪焼けで真っ黒だから、注意しないとわからないが、たしかにヒゲだ。

「そのヒゲやめろよ。彼らに知れたら、大変だ」

「福原さん、私のヒゲは男の意地だ。私がここでこいつを剃ったら、アクチブや民主グループに負けたことになる。彼らの権力に屈服したことになるんです。

私だって、彼らとは思想が違うから、反動なんだ。反動だから、ヒゲを立てようが、どうしようが構うもんかと、居なおるつもりです。私は断固として伸ばします」

「私のヒゲは反動としての生命がかかっているが、君の反動はヒゲに左右されるようなケチなものじゃない。いまさらヒゲにこだわる必要はない」

「そうか、やっぱりいかんですか」

「断然いかん。いまになって伸ばすくらいなら、ハナから伸ばすべきだった」

加藤はさすがに怒ったような表情になり、私のベッドをはなれた。

私がなぜヒゲの件で加藤にくどいほど意見をしたかというと、彼に親しみだけでなく、尊敬の念すら抱いていたからである。

私たちがマンゾフカにいたときのこと、私は大工作業をしていたために少し先に帰り、みんなの食券をもらっておいた。ところが、全員が帰営してから、その食券を配布したところ、一枚たりないのである。

とうぜん、私が一枚くすねてさきに食物をもらい、みんなが帰るまでに食べてしまったものと、嫌疑がかかってしまった。

食い物の恨みは恐ろしい、と昔から言われているが、ましてやここは餓鬼の集団である。炊事係がさし出した食券を、私が員数の確認もしないで受領したところに誤りがあったものだが、「いまさら弁解してもはじまらない」と、私は〝欠食児童〟を覚悟していた。

すると加藤が、「あんたを信ずるよ」といって、自分のものの半分を私にわけてくれた。

長いつきあいでもあり、当然といえば当然だが、こうしたことから、私は加藤のためなら命を捨ててもいいと思うようになっていたのだ。オーバーに聞こえるかも知れないが、極限状態では、毛布やコーリャンがゆの恩恵が想像もつかないほど心にひびくものである。

それはともかく、ヒゲに話をもどすと、人民裁判で私の態度を一週間だけ待ってやると、アクチブに恩着せがましく言われたが、その一週間がたってしまった。

作業が終了したのち、約束の人民裁判である。

その日はいつもと違い、三尺ほどの高い壇をつくって、その上にアクチブがのぼり、前に書いたようなソ連お仕着せのスローガンを叫んでいる。

これから私のヒゲに関する審議をおこなうための挨拶をすべきであるが、そんな知恵はないから、ただただスローガンの棒読みである。見かねた民主グループの一人に耳打ちされて、彼はようやく、

「この間のつづきだ。福原、前に出て自己批判しろ」とさけび、私は円陣の中央に出た。

「自分は山中の警備隊にいたことがあり、往復にそうとうな時間をかけて町へ出なければ、床屋がありません。

そうすれば一日つぶれて、勤務に支障が起こるので伸ばしたのが、不精ヒゲのはじまりであります。したがって、思想とはなんの関係もありません。

スターリンもブジョンヌイもいいヒゲです。自分もあの人たちのように、立派なヒゲになりたいと思っています。したがって、剃るつもりは毛頭ありません」

私は自己批判の途中でくじけようとする自分の心を「ここでアクチブの言うなりになっては、男がすたる」と励ましつづけ、昨夜から考えていた答弁を一言半句のこさず、しゃべってしまった。

そこで、さっきアクチブに耳打ちした民主グループの一人が、

「反動福原は、ついにわれらが祖国ソ同盟にたいして、抵抗の姿勢をとった。追放しなければならない。同志諸君の意見を聞こう」

「反動分子をラーゲリから叩き出せ！」「敵の手先をやっつけろ！」「反動は白樺のこやしだ！」「やっちまえ、ぶっ殺せ！」

バカの一つ憶えだ。スローガンの絶叫がしばらくつづいたところで、さっきの民主グループがいちだんと声を張りあげて、

「反動福原の処分については、ソ同盟と協議して、しかるべき処置をとる。同志諸君、それでいいか……」

お膳立てはすべて完了しており、結論まで出してあるのに、「同志諸君の考えを聞こう」とか、「それでいいか」などと、アンケートめいたことを言うのは、いかにも事件の処理を民主的に、かつ公正にやったという印象を、一般捕虜に持たせようという演出である。

アクチブより、このグループ員の方が数段うわ手という感じだった。

「それでは、いつものとおり革命歌だ」

洗脳の一手段として、ときたまソ連の映画が上映されたが、その主題歌「祖国の歌」と「ブジョンヌイ元帥をたたえる歌」をつづけて二曲、つぎが革命歌だった。

ノルマ、ノルマでしぼられた後だから、捕虜たちはやけっぱちで、かすれた声を張り上げる。メロディーなんかはめちゃくちゃで、ただもううるさいだけだ。

しばらくたって、少し静かになったところで、さっきとはちがう民主グループ員が、円陣の中央に進み出た。下士候あがりの伍長で、軍隊内務班の〝いじめ〟をそっくりそのままラーゲリに移してしまった男だ。

まだ気力と体力の残っている現役兵たちには、けっして手を出さないが、衰弱の極にたっし、這うようにして歩く召集の老兵を専門にいじめ、かげでは「悪代官」とささやかれている。

「さて、同志諸君。福原とおなじくヒゲを伸ばした反動がいる。徹底的に究明しなければならない。かかる反動を野放しにすれば、われわれを今日あらしめたスターリン大元帥の御恩に報いることができない。同志諸君とともに、その解決策を考えよう」

「そうだ、その通りだ」「われわれのダモイを反動が邪魔している」「全世界をファシズムから解放したスターリン大元帥万歳」

けっして、アクチブや民主グループに心服しているわけではないが、彼らに睨まれたら元も子もなくなる。革命歌の合唱や、スローガンの唱和に声を張り上げないと、反動の烙印だ。

そうなれば、彼らの密告でダモイの後まわしは必定だ。だから、心では反撥しながらも、みんなスターリン万歳である。

彼らはスローガンを叫びながらも、お互いの鼻下を盗み見ている。

私も親しい仲間の顔を思い浮かべるが、ヒゲといえるようなものは生えていなかった。ただ心配なのは、加藤だ。彼には先日、

「ヒゲなんか絶対に伸ばしちゃいけない」と注意したが、その後どうしたか。

作業区分の関係で、明るい場所で会う機会がなく、顔を合わせるのが夜だけだった。広いバラックに照明がただひとつ、そのうえ彼の顔は雪焼け、日焼けで、真っ黒である。顔とヒゲの見分けはできない。

「さて、同志諸君。その憎むべき反動は、加藤である。彼はダラ幹だ。

一週間前、同志とともに闘った反帝闘争のさいは生えていなかった。その闘争の過程で、ヒゲを伸ばしている福原に自己批判をもとめ、即刻、剃り落とすよう要請した。それを逐一みていながら、その後において伸ばしたものである。

自分は終始、加藤のヒゲを見まもってきた。したがって、彼は嘘をつけないはずである。

加藤、前へ出ろ」

かねて覚悟していたらしく、堂々と前にすすみ出た加藤の鼻下には、黒いものがまばらに生えていた。

前に書いたが、バックの顔が真っ黒だから、遠目ではわからないが、近くだと、どうにか

わかる。そんな程度のヒゲだった。

加藤はすすみ出ると、黙って頭を下げてから朗々と歌いはじめた。

〽海ゆかば草むす屍……

吊るし上げの間、私語がたえなかったが、加藤が「海ゆかば」を歌い出すと、そのざわめきはぴたりとやんで、静寂そのものとなった。

みんな加藤を見つめている。

さっきまでの殺気にみちたみんなの顔が、遠い故国をしのぶかのようで、しだいに和やかなものになってゆく。

ヒゲを伸ばすという加藤に、ヒゲなんかにこだわるな、と私は忠告したが、そのとき、「オレは彼らと反対の思想である。だから、あんたと同じ反動だ。ヒゲを生やしても不思議はない」と言い、さらに私が反対すると、怒りながらもその翌日はきれいに剃り落としていた。

だから、私はほっとしていたが、結局、加藤は自分の意志を貫きとおしたのだ。

彼の抵抗精神もさることながら、「福原が一人ではかわいそうだ。オレもいっしょに罰をうけてやろう」という気持ではないか。

彼のことだから、きっとそうに違いない、と思うと、胸のうちが熱くなってくる。

「同志諸君、以上の通りである。一言の自己批判もせず、歌でごまかした加藤は、福原にまさるとも劣らぬ極悪反動である。人民の敵、加藤を徹底的にこらしめよう!」

　またも革命歌の合唱があって、世にも不思議な吊るし上げの行事が終わった。一秒でも早く夕食にありつこうと、みんな急ぎ足でバラックに引き揚げ、私と加藤だけになった。

「あれほど言っておいたのに、なぜヒゲなんか伸ばしたんだよ」

「いいじゃないですか。ここでやつらに屈服しちゃいけない。オレたちが手を上げたら、男がすたります」

「これからの雲行きしだいで、オレたちは銃殺されるかも知れん。そのとき、従容として死ねるだろうか。経験のまったくないことだからわからないが、みっともない死にざまはしたくないな」

「いつでも従容として死ねる心構えだけは、固めておきたいですね」

　その夜は何事もなく終わったが、翌早朝、私に出頭命令がきた。衛兵所にいくと、収容所長のほか、見たことのないソ連人が二人もいた。

「今日から慎重に調べることがある。しばらく営倉で起居するようになるだろう」

　所長がそう言うと、カンボーイ（警戒兵）が私たちを引き立てて、衛兵所の裏手にある営倉へいった。

　営倉は丸太を横積みにして壁をつくった建物で、きわめて頑丈にできている。二畳ほどの小部屋で、窓はない。明かりといえば、入口のドアと壁のわずかな隙間からもれる光だけだ。それまで用事がないので気にもとめなかったが、そんな檻が数個ある。

その日は昼ごろ給与があっただけで、目まいがするほど空腹だ。そして夜になると、物凄い寒さだった。なにしろ着のみ着のままで引き立てられて来たから、寒さがもろに身体をおそう。

部屋の中には妙な臭気が残っている。われわれが起居しているバラックは、かってソ連囚人の獄舎で、そして私の放り込まれている営倉は、そのまま彼らの独房だったにちがいない。反体制という逮捕理由をでっち上げられ、独房にとじ込められたソ連人たちの体臭だろう。それと彼らの怨念もこもっているようで、気味が悪い。

その翌日も、営倉からひっぱり出されて、尋問がはじまった。

「お前は日本へ帰りたいか？」

「日本人なら、だれでも祖国日本へ帰りたい。それが人情である」

「お前たちの祖国は、ソ同盟である。しかし、その論議はしばらくおくとして、お前が日本へ帰りたいならば、それに見合う働きをしなければならない」

「その働きとはなんだ？」

「在ソ日本人の中には、まだ社会主義理論を理解せず、反ソ的言動をする者が多い。それらの人名、経歴を、ソ同盟側に知らせてほしい。お前の前職がアナウンサーであったことは、すでに調査ずみである。その経験を生かして、反ソ的人物の摘発を行なうよう要請する」

「それ、シピオーン（スパイ）じゃないか」

「いや、違う。ソ同盟の発展、ひいては全世界の平和につながることだ。いいか、よく考えろ。捕虜の送還は今年で打ち切ることになっている。それを逸したら、永遠にダモイはない。ダモイするか、シベリアで野たれ死にするか、いまが正念場である。明朝、誓約書を持参するから、迷わずサインするのが賢明である」

おそらく、加藤も私と同じように、営倉に入れられて脅されていることだろう。

いずれにしても私は、断じてスパイになどなるものか。そう心に決めて抵抗したら、冒頭に述べたように、ペルシルカ(中継ぎの一時的監獄)に送られて、数々の拷問をうけた。

そして、軍事裁判にかけられて、ウラジオ監獄に投獄された。それまでは捕虜だったが、この日からソ連の囚人となったのである。

第八章　力との闘い

収容所群島事情

ハバロフスク監獄のおなじ監房には、グルジャ人とウクライナ人がすでにつながれていた。

鉄格子の窓から外を見ると、すこしはなれた左側の建物に、十歳前後のパッサン（子供）がたくさんいて、

「ヤポンスキージャジャ（日本のおじさん）」

可愛い手をふっている。それを見た同房の二人がいう。

「たいていは盗みだが、子供でも罰せられる。刑期は六、七年だ。十六歳以上になると、傷害、殺人、暴行が多くなり、刑期は軽くても二十年だ」

これでは子供の将来などあったものではない。手をふって私を歓迎してくれるこの子供たちも、いずれは囚人番号の入れ墨をほられ、さらに罪をかさねて、前科がふえるのだろう。満州で略奪、強姦、殺人をくりかえした囚人部隊は、このパッサンの成長した姿だ。

子供たちのいるところの向かいの建物に、女囚が収監されていた。黒髪、ブロンド、色とりどりの髪の女性がチラチラと姿を見せる。

彼女たちの罪状は、いずれも生活難や配給状態をしゃべったり、無断欠勤、わずかな怠慢など、とるに足らないものばかりだという。

たとえば、コルホーズの倉庫番をしていて、馬鈴薯やトマトの量が、帳簿とほんのわずかに食い違っていたなどである。刑期は、コルホーズで台帳と実数が合わなかったものが、だいたい五、六年らしい。

さて、彼女たちよりもっと哀れなのは、同房の二人だ。この国の辞書は、人権という文字が抹消されているのかもしれない。

グルジャ共和国生まれのジョルカは、三十二歳、独ソ戦の勇士である。スターリングラードの戦闘で負傷し、ドイツの捕虜となった。その後、アメリカ軍に救出され、終戦までアメリカに抑留されていた。

一九四六年（昭和二十一年）の春、アメリカを出港して帰国の途についたが、船がマルセーユにつくと、同船のフランス人たちは大歓迎をうけ、家族とだきあい、喜びを分けあっている姿を見た。

ところが、いよいよ黒海の港セバストポリにつくと、なんと彼は銃剣にかこまれて、そのままシベリア送りとなった。もちろん、親兄弟、妻子にも会えず、通信も許されていないという。

祖国防衛戦争という美名で狩り出され、勇敢にたたかって負傷した愛国青年は、祖国の処遇にたえきれず、怒りをぶちまけた。

ウクライナ生まれのサーミヤは十九歳。逮捕の名目はさらに気の毒であった。独ソ戦のころ、ドイツ占領下のウクライナに居住したというだけ、ただそれだけの理由で、一族全員がシベリアに強制移住させられた。

その後、身内がつぎつぎと逮捕されたが、未成年の彼は大丈夫だと思っていたが、令状はやはりきたのである。

刑期は二十五年。罪名は、利敵罪だという。

私たちはそう話されても、すぐには信じかねるが、

「こんなのは軍事裁判では普通で、マガダン、ナリンスクの流刑地、奴隷船、囚人列車の悲惨を見れば、オレの話を納得するぜ」

そして彼は、私の肩をたたきながらつづける。

「われわれを解放してくれるのは、西洋ではアメリカ、東洋では日本だ。たのむぜ」

それから数日後、二重柵の内側を歩いていると、後ろから七十歳を過ぎていると思われる老囚人がついてきた。そして彼が語ったのは、日本人の私にはまさに驚天動地で、肌に粟の生ずる思いだ。

彼は一週間ほど前、なんの気なしに、アメリカの市民生活が自由で豊かであるらしいことを、息子にしゃべったところ、息子はゲー・ペー・ウーに駆け込み、密告してしまった。

ただちに、この老人は逮捕されて、政治犯にされたらしく、刑期は二十年だそうだ。ところが、この事件は、それで一件落着とはならなかった。密告した息子も、政治犯の子であるという理由でゲー・ペー・ウーに逮捕されたらしい。

日本でも、武家政治という暗黒の時代があって、武士のほかは幕府に虫けらのごとくあつかわれた。しかし、子供が親を密告するような哀しいことは起きなかった。

昭和二十八年、私はハバロフスクの監獄にいた。あるとき、建築作業でいっしょに働いた労働者から、妙な話をきいた。

その数日前、労働者たちは日当五十ルーブルずつもらって、日の丸の小旗を持って道の両側に並んだそうだ。

歓迎の出迎えらしいことはわかるが、それを受ける当人がだれだかわからない。どこの国のどんな地位の人か、いっさい説明がない。だからといって疑いを抱いたり、聞いたりするのは、タブーである。反体制の思想ときめつけられる。車の中の人間は東洋人らしい、ということだけはわかったそうだ。

それで私は、日の丸の旗と東洋人を結びつけ、日本人と断定した。いろいろと聞いてみると、日本社会党の議員団とわかった。

日本から国会議員がきたのだから、私たちはまもなく帰れるだろう、と希望を持ったが、それは、はかない夢だった。

昭和二十八年十月下旬の日曜日、ソフォーズの馬鈴薯掘りに狩り出された。ソ連の農場はコルホーズ（集団農場）とソフォーズ（国営農場）の二つで、日本のような個人経営はない。馬鈴薯掘りは、予想外に大変な作業である。雑草が一メートル以上ものびた畑の中だ。足腰は冷えるし、道具は棒切れだけだ。

それでも、ものめずらしそうにヤポン（日本人）を見ている子供たちは裸足である。だから、私も「頑張らなくては」と、われとわが心に鞭うつが、折りしも白いものが舞ってきて、〝泣き面に蜂〟だった。

道をはさんで向かい側の畑に、女囚の集団があらわれ、さかんに挑発的な言葉や態度をしめす。

「イジナアーフィーハラショー？」

お前のは立派か、と言っているらしい。

コルホーズやソフォーズに行って、女囚といっしょに作業中、納屋につれこまれて輪姦された、などという話をずいぶん聞き、半信半疑だったが、まんざら嘘ではなかったようだ。彼女たちはほとんど終日、そわそわするだけでさっぱり働かず、ただもう積もりつもった性のはけ口を探しているような按配だった。

ただ、その中で三人だけ、顔をふせて黙々と働いている女性がいた。掘った馬鈴薯を一ヵ所にあつめるとき顔を見たが、日本女性らしかった。身体いっぱいに悲しみがただよっている。おそらく、朝鮮か満州からつれてこられたのではないか。

だから、私はボスらしい女性に聞いてみた。

「日本女性がいるだろう」

「いることはいるが、ここにはいない」

ボスとしては、三人の日本女性にその場の人気があつまるのは、面白くなかったのだろう。

「そこにいるのは？」

「日本人ではない」

「なら、今度くるとき、つれて来るんだ」

「わかった。同じ日本人を抱きたいのか。ロシア女性のほうがぐっといいぞ」

午後五時、やっと終業の時間がきた。

収穫は二トン半だった。植えた種の量をプラーグ（ソ連人作業係）に聞いてみると、三トンだったそうだ。これでは〇・五トンの損である。

国営農場といえば聞こえはいいが、刑期のあけた前科者と、期間をきめて居住地を制限した囚人が就労していて、日本ならさしづめ「親方日の丸」とでもいうのか、さっぱり能率があがらない。

帰るとき、トラックへ乗車する間際になって、政治部員があらわれた。

「嫌なやつがきた。ひと悶着おきなければいいが」と警戒していると、案の定、後始末がわるい、ノルマ不足だと因縁をつけられた。やっと解放されて帰営したのは、午後八時だった。

体はクタクタ、綿のように疲れて、ふしぶしがいたむ。これでまた馬鈴薯掘りが終わるまで、ざっと三週間、休みなしの強制労働だ。ソ連のコルホーズやソフォーズが、全部こんなではないだろうが、シベリアは惨めだった。抑留中、いろんなコルホーズやソフォーズへ行き、見聞したが、観光用の模擬コルホーズを除いては、どこも似たりよったりだった。

ソ連の囚人社会に、コルホーズを諷刺したつぎのような笑い話がある。

——第二次世界大戦中のある日、ルーズベルト米大統領とチャーチル英首相、スターリン・ソ連共産党書記長の三人が、同じ車にのって田舎の細い道を走っていると、道路の中央に馬が寝そべっている。

そこでルーズベルトが、「どけてやろう」と車を降りて馬のそばにいき、「金をほしいだけやるから、道を開けてくれ」と頼むが、知らん顔。テコでも動きそうにない。

つぎはチャーチルである。「おい、そこをどけ。言うとおりにしないと、軍隊の出動だ」とおどかすが、馬は平気で、馬耳東風だった。

最後にスターリンは、「いよいよオレの出番だ」と言いながら車を降り、なにごとか馬の耳もとでささやいたら、馬はパッと立ち上がり、突風のごとく逃げ去った。

さすがにルーズベルトもチャーチルも驚いて、「あんたはいま、馬になんと言ったのか」とスターリンに聞くと、彼は平然として、

「たいしたことじゃない。動かないとコルホーズにつれていくと言っただけだ」と答えたと

いう。――

馬にもきらわれるという諷刺だが、一般市民がこんなことを言えば、ただちに監獄行きである。

私たちのいたハバロフスク第一分所は、市の中心街から少しはなれた国道ぞいにあった。五年間、この分所にいたが、来た当時は湿地と不毛の荒野で、冬の寒さはあたりまえだが、夏はフライパンで炒られるように暑く、そのうえ藪蚊がものすごかった。食事のときに藪蚊がコーリャンがゆをおそって、真っ黒になるほどだった。

始末におえないそんな荒野にも、私たち日本人の手によって、まもなく労働者用の三階建て文化住宅が八十棟ほど建てられた。そして、造作など終わらないうちから、どしどし引っ越してくる。

シベリアの住宅難は深刻だが、優先順位はやはり党員、インジネル（技術者）、官吏などだ。一般労働者にはなかなか入居の機会があたえられない。

数棟の家が完成すると、私たちは柵をして、隣りの空地の住宅建築にとりかかるのだが、引っ越してきた家族の中に、ニーナがいた。十歳ぐらいで、金髪のかわいいロシア娘だった。私にとても好意を示してくれた。

ある日ニーナは、ピヨネール（赤色少年団）の合宿があるといい、手をふりながら出発していった。ちょうど二十日後、私が作業場につくと、柵の向こうにニーナが立っている。

私を見て涙ぐんでいるのだ。

「ニーナ。合宿は面白かったか？」と聞くと、ようやくほほえんだ。そして、

「合宿中にジャジャ（おじさん）が日本にダモイしたと聞いて悲しくなり、その晩は眠れなかった。家に帰ったら、お母さんがまだいるというので、嬉しくて一時間も前から待っていたんだ」という。

私は涙が出てこまった。柵がなかったら飛んでいって抱きしめただろう。

しかし、このかわいいニーナも、青年共産同盟から党員になった時点で、私たち前職者を階級の敵として憎むようになるだろうし、かりに入党しなくても、ソ連人として公けの場に立てば、心の交流もゆるされなくなるのだろう。

柵越しの隣りの家に、日本人夫婦と七、八歳の娘が住んでいた。夫の方は東京帝大卒の建築技師で、終戦まで樺太で生活していたというが、いまはソ連国籍だ。日本に帰ることはあるまい。

その技師が窓べりで読書しているのを、よく見かけた。私に気がつくと、まず周囲を見まわし、だれもいないときだけ、静かに目礼する。この国では、他人と交際するときはもちろんのこと、挨拶するだけでも用心しないと、スパイに密告されるおそれがある。

妻の方は、室内にひきこもっていて、姿を見かけることはほんの稀だが、それでも台所にいるのを窓越しに見かけることがある。

大変な美人だから、つい見とれていると、あわててカーテンを引く。

娘は首に赤いネッカチーフを巻いているから、赤色少年団に入っているようだ。子供たちの遊びにも仲間にいれてもらえず、一人ぽつんと淋しそうに立っている。かわいそうだから、私たちが呼んで甘味類をやったら、二度と私たちの前に姿を現わさなかった。

それからは、私たちが作業をおえて帰る時刻になると、カーテンの隙間からそっと見送ってくれたが、そのうち姿を見かけなくなった。母親から厳しく注意されたものだろう。

おたがい日本人だからこそ、注意しなければ生きてゆけない。どこでゲー・ペー・ウーが眼を光らせているかわからない。いったん逮捕されたら、たとえそれが誤認逮捕であっても、囚人にされてしまうだろう。

静かなる蜂起

昭和三十年十二月十九日の午前八時、ハバロフスク第十六収容所第一分所と第三分所で、いわゆるハバロフスク事件が発生した。

収容所といっても、ここは監獄で、収監されている日本人は、すべてソ連刑法五十八条によって処罰された囚人である。私は第一分所に収監されており、仲間は七百九十名ほどで、第三分所にも、ほぼ同数の日本人が獄舎につながれていた。それだけの日本人が、三十一年三月十一日、午前六時までの長期にわたって、ストライキを決行したのである。

権力者や資本家を倒せと階級闘争をすすめている国が、労働者と同じ立場にある囚人に、ストライキで苦しめられるとは、なんとも皮肉な事件であった。

　さて、その原因であるが、シベリアの約十年、飢えと寒さ、苛酷な強制労働は、私たち囚人に抜きさしならない怨念をうえつけ、それが時日の経過とともに、一触即発の状態となっていた。

　そしてその朝、年齢五十歳以上の病弱者まで強制労働に狩り出そうとした政治部将校マカロフ少佐の独断専行で、囚人はいっせいにストに突入した。

　マカロフ少佐は、日本の捕虜や囚人など、もともと人間とは思っていなかったのだろう。死ぬまで働かせ、己れの点数稼ぎと出世欲のために、高齢の病人まで作業に狩り出したわけだが、私たちには、「ここで彼の言いなりになったのでは、日本人の名がすたる。闘おう」という思いがあった。

　当時、私は第一分所の「ミーシンブリガード」に所属していた。ロシア人の名をつけた妙な作業班だが、これは元政治部将校のミーシン少佐が反動をあつめ、特別命令で編成したブリガード（作業班）である。

　ソ連側はソ連権力者に不誠実な者、労働に奉仕しない者をあつめ、特別組織をつくって政治目的に利用した。

　昭和二十四年の暮れまで、つまり民主運動の第四期終了時までは、こんな班に編入されたら最後、ダモイのチャンスは来ない、と捕虜はケツをひっぱたかれた。

　今度のミーシンブリガードは、囚人を対象にしたものだから、刑期満了前の釈放をエサにしたものである。

私は民主運動の時代にも特別班に編入されていたので、とくに驚きもしなかった。しかし、ソ連抑留中、ほとんど特別班にぶち込まれていたということは、反動の最たる者で、憎まれ者の見本である。

さて、事件の当日、作業整列は午前八時である。第一分所の本部からもどってきた山崎班長（元特務機関員）は、スト決行を説明し、

「参加、不参加は各人の自由である。けっして、強制しない。賛成の者だけストをやればいい」と賛否をもとめた。

さきに書いた「シベリア天皇」の浅原正基は、ソ連に追放されて、この監獄につながれていたが、彼とそのグループである党史研究会は参加しなかった。早いはなし、彼らが民主運動を推進しているごとくよそおい、戦友を犠牲にしたのも、自分のダモイのためであった。

そんなわけで、彼らを除く七百六十九名によって、ストの火ぶたが切られた。

「ついに来たるべきものが来た。シベリアの土になるからには、最後まで日本人らしく立派にたたかおう」

ハバロフスク事件に参加した日本人は、平均年齢が四十二・六歳だった。これは、若い者の補充がないのと、私たちがどんどん年をとり、年齢が上昇し、死者も多くなっていたからだ。

ストの決行中、飯塚富太郎氏（東大卒、元満州国文教部次長）は、ストの成功を祈りながら昇天した。彼の死は私たちの闘争心をかきたて、団結をかためさせた。

学歴では旧制中等学校卒業以上が全体の九十二パーセントをしめ、うち大学卒が五十パーセント。まさに知能集団の蜂起である。

前職は陸海軍高級将校、参謀、満州国高級官吏、憲兵、警察官、特務機関員、報道関係者などで、受刑の理由はそのほとんどがソ連刑法第五十八条によるもので、資本主義の幇助、スパイ行為、ソ連政府にたいし忠誠を怠るなどだった。

「そんな無茶な話があるもんか。終戦前、われわれはソ連領土外に住んでいた。日本人が日本国と天皇にたいし忠誠を誓うのは当たり前だ。ソ連はソ連刑法五十八条に照らしなどと言うが、そんなものいらぬお世話だ」

そう怒ってみても、しょせんは「ごまめのはぎしり」である。そんな理論はソ連には通用しない。彼らは、

「ソ連の法律は、地球上のどこにでも適用される。したがって、いかなる民族もこの法律に拘束される」と、思い込んでいる。

現に、ウラジオストックの監獄で私を取り調べたユダヤ系の検事少佐は、「ソ連刑法は世界一」と自慢した。

ロシア人は、性格は鈍重でお人好し、そのうえほがらかで、お客をもてなすことの大好きな民族である。それは寒い国の特徴らしい。

そのお人好しのロシア人が、ひとたびソ連人として公けの立場に立つと、人格が一変する。ことに、そばに政治部将校がいたり、またスパイがいるかも知れないと思うときは、平気

で嘘をつくし、いつもと反対の行動をとる。ストライキについては、ソ連側職員でも下級者は私たちに好意的、同情的だった。なにしろお人好しのロシア人である。彼らは貴重な情報も私たちに流し、第三分所との連絡も引きうけてくれた。

第一分所がストを決行すると、第三分所も二十一日から同調し、ストに突入した。

この情報は、ソ連側の下級職員から入手したものだが、ストはあくまで第一分所の事件であり、第三分所を巻きぞえにはしたくないと私たちは思っていた。

第三分所は五ヵ月ほど前に開設したもので、第一分所から病弱者のみを移送した。だから、この人たちを道づれにしたくなかったのである。

だが、病人だからといって、作業を免除するようなマカロフ少佐ではない。なにしろ、「鬼」というニックネームがあるほどだ。そんなわけで、第三分所の日本人は、ソ連側に激しい恨みを抱いていたはずである。

その証拠といってはなんだが、第一分所の私たちはおだやかな請願運動からはじまったのに、彼らはソ連の主権にまっこうから抵抗し、裁判の不当をせめ、「われわれは戦犯ではない」と即時帰国を要求していた。

第一分所の作戦行動は、あくまでも静かな請願闘争だった。内容は給与の改善、労働の緩和、労働時間の厳守、日曜日の休養、病弱者および老齢者の静養、生活環境の改善などで、当面、私たちがもっとも憎んでいる諸条件の解決であった。

その請願にたいしソ連側、とくに事件の発端ともなった政治部将校マカロフ少佐のとった処置はすさまじく、明らかに報復だった。

ストライキを解除して、すみやかに就労すること、給食の停止、責任者の処罰などで、私たちの請願にはなんらの回答もない。

さらに彼らの常套手段であるスパイの潜入、各個撃破、情報謀略などなど。ありとあらゆる卑劣な手段で、ストの分裂を工作したが、それは逆効果で、日本人の団結をさらに強固にするだけであった。

マカロフ少佐の威嚇も効果がいっこうに挙がらないためか、ストに突入して五日目、ハバロフスク地方検事長と名乗る少将があらわれた。少将は、

「われわれは勝利者である。したがって、ゲロイ（英雄）であり、オールマイティー（万能）である」とまず宣告し、つづいて、

「この状態をすみやかにとき、労働に従事せよ」と命令したが、私たちの請願にたいしては、いささかの回答らしきものがなかった。さらに、

「ソ連軍は関東軍百万を一瞬にして壊滅させた。わずか八百人ぐらいの日本人を潰すのは、朝めし前である」と捨てゼリフを残して立ち去った。

昭和三十一年の正月を、このストの中で迎えた。各バラックごとに新年の行事をおこなう。祖国日本に向かって遥拝し、「君が代」を合唱するときは、だれの頬にも涙が流れていた。

新年になると、ハバロフスクの軍事裁判所検事のほか、要職にあるソ連将校たちが来所し

たが、いずれも就労についての命令を伝えるだけで、ストの解決には前進が見られない。

このころから私たちの請願提出先が、ハバロフスクでは無駄と判断し、中央政府の要人宛に変わった。

二月三日、所長のマルチェンコ大佐がナジョージン少佐と交替し、病弱者を作業に狩り出したリトワク少佐がとつぜん解任された。

わずかだが、少しずつ変化している。それは、請願が中央にとどき、待遇改善への兆しであると理解したが、それは功をあせる私たちの勝手な希望的観測であることを、少したって嫌というほど思い知らされた。

ソ連は道義の国ではないことを、充分に承知していながら、つい日ごろのお人好しが出てしまったのである。

じつは、マルチェンコ大佐もリトワク少佐も、日本人の取り扱いに関して責任をとらされただけだった。

そして、その決定を下したのは、ハバロフスク事件の原因たるマカロフ少佐である。政治部員の権力が、いかに強大であるかの証明であった。そして彼のみは、相変わらず政治部将校として君臨していた。

中央にたいする数度の請願について、ようやく回答がとどいた。しかし、その内容は私たちを落胆させるだけだった。

一、作業命令にたいする拒否は、ソ連政府にたいする反乱である。

二、責任者にたいする処罰。
三、懲罰食。
四、集会、演芸、音楽などの禁止。
五、刑罰の追加。

などで、ハバロフスク官憲の意向をさらに過酷にしたものである。

二月二十九日、新所長ナジョージン少佐から、「いいかげんに我を折って作業に出たらどうか」という降服勧告があった。

翌日、日本人側は所長にたいし、「要求が受け入れられない場合は、日本人全員が即日、断食に入る」と通告した。

私たちの悲壮な決意は、少しでもソ連政府の反省をうながすかと思ったが、まったく無駄な努力だった。クレムリンの権力者たちは、いささかの痛痒も感じなかったようである。

私たちが誠意を尽くしてしたためたウオシロフ最高幹部会議長、ドウノジロフ内務大臣、ソ連赤十字社長ミチェレンコ宛などの請願書は、一顧だにされず、ぎゃくに権力者が派遣した内務次官ポチコフ中将の指揮する師団が、鎮圧の作戦をねっていた。

ポチコフ中将が鎮圧の前に日本人と会談していたら、事態は変わった方向に展開したかも知れないと思われるが、事実はまったく違っていた。

それは、日本人のはかない夢であった。

絶食宣言は、ポチコフ中将の監獄襲撃時期を早めたにすぎない。

彼はそれまでにも、ソ連人の囚人暴動に幾度か出動しており、いわば暴動鎮圧のプロである。はじめから囚人、捕虜にたいする理解や同情など、ひとかけらも持ち合わせていなかった。

鎮圧部隊出動

私は春草のもえ出る広野を歩いていた。とつぜん、「敵襲、敵襲」の声で、腰の軍刀をまさぐった。

「起床、ただちに起床」

そこで、私の夢はやぶられた。満州ではなかった。私の寝ぐらの第一バラックである。三月十一日の午前五時だった。

あわてて飛び起きたときは、玄関口から廊下、窓際にはすでにソ連兵がなだれこんでいた。これは、私の寝ていた第一バラックが、衛兵所管理本部の至近距離にあったせいだろう。

外では「ウラー、ウラー」というソ連兵の喊声が聞こえて、扉や窓ガラスを破壊するすさまじい物音がする。四方八方にとりつけたサーチライトにより、収容所は真昼のように明るい。

まもなく、廊下の中央に立ったソ連将校が、声高らかに宣言を読み上げた。

「ソ連内務省次官ポチコフ中将の命令をつたえる。日本人は、ただちに各自の荷物をもって、戸外に整列せよ。十分間の猶予をあたえる」

しかし、だれも戸外に出ていかない。

下っ端の将校では効果がないと思ったらしく、今度はポチコフ中将の命令をスピーカーで流しはじめた。ロシア語と日本語で投降をくりかえし迫っている。

十分ほど双方とも口をきかず、睨み合ったままだった。ついにしびれを切らしたソ連将校が、「かかれ」の合図をした。

そして、「絶対無抵抗」を申し合わせている日本人に飛びかかる。ハンガーストライキが五日つづいているから、ふらふらになっている。

そんな日本人を外に引きずり出すのは簡単だ。私はありったけの力を振りしぼって、柱にしがみついたが、結局、つかみ出されてしまった。なかには、勇敢にも素手でソ連兵に立ち向かう者もあったが、こん棒で袋だたきにされて、外に放り出されてしまう。

私はいったん外に放り出されたが、どうにも腹のムシがおさまらないので、バラック入口のソ連兵の群れに突っ込んでいった。だが、こん棒で頭や背中をたたかれて息がつまり、倒れてしまった。そこへ雲つくようなソ連兵が三人のしかかり、めった打ちにする。

営庭には、すでにトラックが待機していた。そのトラックの荷台に放り上げられて、柵外を見ると、そこにもソ連兵がうごめき、アリの出る隙間もないほどだった。

八百名にも満たない日本人、それよりもなによりもボロボロで気息えんえん、三途の川っぷちをのぞいているような囚人の捕りものに、それだけの兵力をよく動員したものだ。何事によらず万事、ソ連が大袈裟なのは先刻承知のはずだったが、あらためて恐れ入った。

　この鎮圧には抵抗もあり、ソ連側にもそうとうな負傷者が出ると予想したものらしく、使用兵力は三千名、数名の軍医、相当数の看護婦、臨時救急所五ヵ所、救急車三台、消防自動車八両、その他、催涙弾まで用意したという。分所の下級職員であるロシア人の話だから、間違いない。

　こんなオーバーな救急態勢にもかかわらず、日ソ双方にほとんど負傷者が出なかったのが、不幸中の幸いだった。私は顔や背中にコブを幾つかつくったけれど、たいしたことはなかった。

　日本人は怪我するとバカらしいから、わりと無抵抗だった。収容所側も、収監している日本人の名前を日本政府に通告してあるので、下手をすれば国際問題にもなりかねない、と手加減したのかも知れない。

　それはともかく、ハバロフスクの朝は寒い。私は不寝番にたたき起こされて、すぐ上衣もズボンも身につけたが、大半は襦袢袴下のままだった。だから、トラックの上で唇を真っ青にしてふるえている。

　衣服を着ている者は、それを脱いで隣りの戦友と頭からかぶり、寒さをふせいだ。

　それから第二分所に運ばれた。ここには、すでに奥地から集結した日本人捕虜十七名が収容されていた。その人たちが、各室内を暖かくし、熱いおかゆを準備して、私たちの到着を待っていた。敵地にあって、同胞のありがたさをこのときほどしみじみと感じたことはない。

ところが、食卓についても、だれ一人として箸を持たない。ハンストで身体はフラフラ、熱いかゆにはそれこそ喉から手が出かかっているが、おたがいに顔を見合わせるだけで、手を出さない。三ヵ月にわたる長期間、行動をともにし、最近はハンストまで申し合わせたのである。戦友を裏切ることはできない。

「せっかく私たちがつくった食事です。食べて下さい。ソ連人がつくったのではなくて、みなさんの戦友である私たちがつくったものです」

泣かんばかりにして奨める彼らに感謝しながらも、簡単に手を出すわけにはいかないのである。

「闘争はもう終わったのです。あなた方が選んだという石田さんから、絶食の解除命令が出ています」

ストライキは首謀者がいるわけではなく、自然発生的に盛り上がったものだが、請願その他、書類の作成上、石田三郎少佐を代表としたが、その後、闘争の実質的な指導者も、しぜんに石田少佐がひきうける形になっていた。

その石田少佐を、この人たちが知っているからには、間違いあるまい。ついに箸をとった。おかゆが五臓六腑にしみわたる。私はかたわらの加藤に、

「ハンスト解除は本当らしいな。食おうか」

「本音をいえば、食いたいですね。腹の虫があばれて、どうしようもない」

「本音は腹の虫じゃなくて、君だろう」

どんな辛いことでも、加藤と話すとおかしなことになってしまう。昔の隊員たちは、入ソ後、ちりぢりになり、いまでは加藤だけになってしまった。その加藤ともいったんはなればなれになったが、囚人となって抑留された者が、ここに収容されたとき再会したのである。

現在、ここに収監されていないということは、二十四年の末までに、ダモイしたことになる。それも生きていればの話になるが、ただただ彼らの無事を祈るのみである。

「ところで、加藤よ。日本はもうじき春になるな」

「ええ。上野の森の桜が咲きますね。日本はどうなっているかわからないが、桜は咲きますよね」

「咲くとも。内地だって昔のようになってるさ。オレたちは、こんなところでアホな仕事をやらされているからわからないが、もう十年たったんだ。きっと復興してるよ」

「福原さん、家族の消息は？」

「お袋だけだが、丈夫でいてくれればいいが。そいつが心配でな」

加藤は私のことを見習士官殿と言っていたが、反軍闘争が激しくなって、旧軍隊の階級的な呼称では、アクチブがうるさいので、福原さんとか、あなた、と呼ぶようになった。

「ところで、ダモイはいつあるでしょうか？」

「相手がソ連だもの、なんとも言えん。しかし、残留日本人の名は日本政府に通知してあるそうだから、うやむやには出来ないだろう。ただ、いつになるかだ。一年後か、三年後か。刑期どおりならもう十年だが、そうなれば半数、いや三分の一になってしまうだろう」

「帰れさえしたら、いいと思わにゃいけませんね」

「そういうことだ。いずれにしても、死んじゃいけない。石にかじりついても生きていることだ。日本へ帰るんだという執念が、生きる力になるんじゃないかな」

「そうですね。頑張りましょう。この二本の足で、あの銀座を歩く日まで頑張りましょう」

私たち二人の話は、おかゆを食い終わってからだった。食事中はもう一心不乱、とてもではないが、そんな余裕はなかった。

加藤と話に夢中で気がつかなかったが、徹頭徹尾、箸を持たない者が五名いた。

ところが、しばらくして数名の看守がこの人たちの手足を押さえ、ゴム管を咽喉に通し、妙なものを注入する。それを拒絶する叫びと、うめき声。私は知らぬまに耳を押さえていた。後でわかったことだが、これは囚人絶食者のための人工栄養注入法で、注入した妙なものは流動食だそうだ。

「加藤よ。絶食者がいるというんで、あんなものを持って看守が来るようじゃ、ハンストはほかにも沢山あるって証明だな」

「そうですね。あの看守も、だいぶ馴れているようでしたね」

ともあれ、ストは鎮圧された。形の上では私たちがソ連の武力に屈服したのであるが、実質的には、いくつもの改善がなされた。

労働の緩和、医療施設の改善、日曜日の休養の実施などである。

私たちの闘争は、けっして無意味ではなかった。ストがなかったなら、零下四十五度にもなる冬期の強制労働に、果たして病弱者、高齢者が耐えられたかどうか、疑問である。

つぎに医療であるが、自分たちの生命をまもるというもっとも基本的で、素朴な人権の主張にたいして、ソ連側も圧殺することはできなかった。

闘争中に医務室は、日本人医師と衛生兵などによって占められ、その後、日本人医師にはソ連側医師と同等の権利があたえられた。

また、それら具体的なものとは別に、私たちすべての日本人が、民族意識にもえて団結したことが挙げられる。

いつも生命の危機にさらされているので、自分をまもることだけを考え、おたがいの心がバラバラになりつつあった。それがストによって、連帯意識が呼びもどされたわけである。

第一分所には中国人、朝鮮人、蒙古人、白系露人、ポーランド人、ウズベック人などの民族も収容されていたが、彼らは私たち日本人を、お人好しで勤勉、真面目だが、権力には弱くて、意気地がなく、生活力の弱い民族、と思っていたようだ。

それがストに突入し、がっちり団結して一糸乱れずに行動したのを目撃して、私たちが第一分所を出るとき、感動的な挨拶をした。

「われわれは日本人を理解していなかった。日本人は意気地のない民族だと思っていた。しかし、今回は認識をあらためざるを得ない。銃剣にかこまれながら、毅然として目的を達成する意志の強さを見て、いままで、ほんとうは堪えがたきを堪えていたのだと思った」

ところで、日本人自身も、この事件を契機として大いに目ざめた。無気力な劣等感におちいり、あるいは、自棄的な態度をとっていた者も、本来の姿に立ちかえったのである。

日本人として団結し、強い者は弱い者を助け、持っている者はない者にあたえ、真に助け合う美しい姿が、いたるところに見られるようになった。隣りの者を疑うこともなく、明るく生活することができるようになったのである。

苦節十一年の果て

ストの後、私たちが移された第二分所では、健康な者は作業に、病弱者は休養に入った。おおむね平静をとりもどしたところで、ストの責任により特別監獄に収容された作業班長などの、即時釈放を申し入れた。ところが、例によって収容所側は、いっこうに約束をまもらない。

「スコール（早く出す）」と言うだけで、行動を起こさないのである。

事件後、私は第二分所に移されたので、ほかの者も第二分所だと思っていたが、そうではなかった。

私たちが選んだ代表者、幹事、作業班長ら四十名は、未決監獄にいれられた。そして、その後、行政処分により、禁固一年とされた。

また、第一分所に二百五十三名、第二分所二百九十名、第三分所百名、中央病院九十三名と、それぞれ配置転換されていたのである。勢力の分散をはかったとみえる。

それから数日後、ポチコフ中将が第二分所に姿を現わした。私は戦友数名とともに、中将に面接した。

一、なぜ、いきなり兵力に訴えたか。

二、われわれ日本人が、いかに悲惨、苛酷な状態におかれているかを知っているか。

三、今回のストには、指導者も煽動者もいない。したがって、すみやかに作業班長などを釈放してほしい。

これらの質問、要望にたいし、中将は、

「事件の真相を調査している。罪がなければ、作業班長はただちに釈放する。収容所側に悪い面があれば、かならず改善する」と言明したが、ソ連の外交には行為がともなわないことは先刻承知だから、中将の言葉をそのまま鵜呑みにしたわけではない。

しかし、それは中将の意志とは別に、クレムリンの命令を尊重しなければならないので、中将を嘘つきと決めつけることはできないが、この会見が終わるころ、第二収容所のピシコフ親衛少尉を呼び、

「今後、日本人をいじめれば、料理人が馬鈴薯の皮をむくように、お前を処罰する」と机をたたいて怒った。その怒りは嘘ではないようだった。馬鈴薯の皮をむくように、というたとえは、はじめて聞いたが、地位も名誉も奪ってやるという、怒りではなかったか。

そして、前に書いたとおり所内の改革、労働条件の緩和など、いくつもの改善があったことは事実である。

前に書いた医療の改善は、病気となった場合にありがたいわけだが、一般の私たちにとっ

て、もっとも嬉しい恩恵は、一日一食はかならず米飯を支給されるようになったことである。憧れの〝銀しゃり〟である。地を這うようにして働いていた者が、いっぺんにシャンとするのだから、気持の変化は恐ろしい。ソ連に抑留された経験のある者なら、この処置がいかに寛大で、前代未聞の改善であったか、容易に理解できると思う。

一方、私たちが強制労働に出る第一条件として、作業班長の釈放をもとめたが、いくら待ってもラチがあかない。ついに意を決した私は、単独でピシコフ少尉に会見を申し込んだ。

「作業班長を早く帰してほしい。そのため、私たちは作業に出ることにしたのだ」

「三ヵ月という長い間のストライキで、ソ連政府はどれだけ損失をこうむったか。日本人はその罪をつぐなうべきである」

「話がまるで違う。今回のストは、君たちの不正、不当、非人道的な取り扱いが原因である。そうでなければ、ストも起こらなかったし、したがって損失もなかったはずである。君たちこそ充分に反省すべきである」

「君は自分の立場を忘れたのか。所長にたいし、そのような暴言をはいて、ただですむと思うか。だいいち、君は、本日、無断欠勤した。処罰するぞ」

「処罰は覚悟のうえだ。私一人の犠牲により、作業班長たち全員が釈放されるなら、喜んでうけようじゃないか」

私は処罰は当然と思っていた。ところが、ナシのツブテだった。ピシコフ少尉からなんの通告もない。それどころか、彼の私にたいする態度が、なにかにつけて好意的になった。

私が沿海州のアルチョンにいたとき、反動として吊るし上げられて以来、いっさいの民主運動を拒否し、ペルシルカに監禁されたが、そのときもロシア人マッセル（監督）は、私を好意的に取り扱ってくれた。

彼らも内心では私たちに同情し、厚意を持って接するロシア人もいたのである。ピシコフ親衛少尉もその中の一人であろう。

ついでに書いておくと、ストが発生して五日目、東洋系の民族代表が、「この運動に参加させてくれ」と申し込んできた。

そのころ第一分所には、中国、朝鮮、蒙古人らが六十人もいて、第六バラックに居住していたが、日本人側代表の石田三郎少佐は、感激しつつも丁重に断わった。

「あなた方の場合、われわれと行動をともにすれば、永久に帰れないかも知れない。たとえ帰国できても、かならず処罰されるだろう」との見通しから断わったもので、彼ら東洋系諸民族の代表も、それを了とした。

そのころ、ソ連側は私たちにたいする嫌がらせの一つとして、減食を実施した。懲罰食である。

それは、ソ連側の常套手段で、私たちも覚悟はしていたが、こたえた。

このとき、東洋系の諸民族は自分たちの食をけずって、ひそかに私たちのもとへ運んでくれた。

話はちがうけれど、ストライキがほかにも沢山あるらしい感じがしたが、昭和二十八年、独裁者スターリンが死亡し、それがきっかけとなって、カラカンダ、ポートワニ、イルクーツク、ナリンスクなどの各地で、囚人による暴動が起き、なかでもナリンスクには日本人が二十数名いた。死者三百、負傷者千名を越えたという。

昭和三十一年十二月、帰国の噂が流れた。ピシコフ所長から正式にダモイの報がもたらされたとき、私は思わず万歳を叫んでいた。

そのとき、N軍医少尉が作業現場で首吊り自殺した。ゲー・ペー・ウーに、「日本に帰ってソ連に協力すると約束すれば、すぐ帰す」と言われて、彼は約束してしまった。

だが、ハバロフスク事件により、人としての自覚にめざめ、そして悩み苦しんだあげく、死を選んだのだという。

帰国を前にして、ソ連のシピオーン（スパイ）になることを恥じて、死を選んだN軍医少尉の心中は、想像するにあまりあるものだ。

十二月二十二日、極東軍司令官主催のパーティーがひらかれた。飲み放題、食い放題というので、遠慮なく出席して、ついでに言いたい放題、本音をしゃべった。

「戦争は終わった。にもかかわらず、シベリアに抑留し、なんの罪もないのに二十年の刑を科した。これくらいの送別会で、この恨みが忘れられるものか」とまくしたてるとピシコフ少尉が困ったような顔をしていた。

十二月二十三日、ハバロフスクを後にした。シベリア鉄道で、ナホトカまでは大名旅行であった。飲めや歌えのどんちゃん騒ぎだったが、「帰国後は優れた国ソ同盟と宣伝せよ」という条件がついていた。

十二月二十六日、ナホトカの岸壁に立って、乗船を待った。見送りにきたピシコフ親衛少尉に、私は握手をもとめながら、

「シベリアの出来事は、みんな忘れたい。だが、貴君の友情だけは忘れないぞ。私の胸のうちにいつまでも残るだろう」

「スパシーボ。幸運を祈る」

苦節十一年、私はヨレヨレになりながらも生きていた。

「シベリアで眠っている戦友たちよ。きっと墓参りに来るからな」

私は海に背を向けて、北西の空に向かい、心の中で叫んだ。

単行本　昭和六十一年四月「シベリヤ最後の帰還兵」改題　光人社刊

あとがき

昨年の春、山口県在住の福原三郎氏（新潟県出身）から便りを頂いた。福原氏は未知の人であったが、私が体験を綴った『シベリヤ黙示録』（光人社刊）を読んで、「たいへん感激した」というお褒めの手紙であった。同氏もシベリアの辛酸をなめつくされた経験があるため、以来、幾度も電話でお話をうかがったりしたが、それだけではいかにももどかしく、その後、福原氏は元関東軍作戦参謀草地貞吾氏とともに上京された。

昭和二十年八月十五日の終戦によって、ソ連は軍事俘虜とは言えないはずの一般市民や婦女子までふくめ、百万名を越える日本人を、酷寒のシベリアその他のソ連領土に拉致、抑留し、しかも長期にわたって帰国をゆるさず、粗悪な食糧をあたえ、強制労働にかりたてた。ために多くの死亡者を出し、生きる苦しさといわゆる捕虜の心理的弱味に乗じて思想改造を要求し、あまつさえ戦犯の名のもとに多数の日本人を獄舎につなぎ、人質として外交交渉にのぞんだものである。

この非情な措置に、千余にのぼる捕虜収容所では、民主グループと称する組織が生まれ、かつての戦友をおとしいれ、憎み、虐待し、果ては死に追いやるという悲劇すら生まれた。私の体験は前著『シベリヤ黙示録』にのべたとおりであるが、福原氏らは途中から、まったく異なる運命をたどられた。

昭和二十四年に入って前職者と反動の摘発、追及が厳しさを増し、各収容所とも連日のように人民裁判がひらかれるようになった。そして、福原氏らはともに、あくまで節をまげず、ために昭和二十五年からは、捕虜ではなく囚人として獄舎につながれる身となった。

かくて捕虜時代より厳しい強制労働と生活環境のもと、六年の歳月が流れて、昭和三十年十二月中旬、いわゆるハバロフスク事件が勃発した。それから約一年後の十二月二十六日、この人びと、シベリア最後の帰還者・千二十五名は、懐かしの日本に上陸した。しかし、最後の引揚船にも乗れなかった薄幸の人も、少なくなかったのではないか。

こうした福原氏らの十一年余にわたる辛かった体験をお聞きし、貴重な資料を拝見しながら、シベリアへの回顧は尽きなかった。そして夜が更け、私たちは、さい果てのシベリアで散華した二十万の英霊に香を焚き、その冥福を祈ったのである。

昭和六十一年二月

小松茂朗

NF文庫

シベリア強制労働収容所黙示録

二〇二一年八月二十四日　第一刷発行

著　者　小松茂朗

発行者　皆川豪志

発行所　株式会社　潮書房光人新社

〒100-8077　東京都千代田区大手町一-七-二

電話／〇三-六二八一-九八九一(代)

印刷・製本　凸版印刷株式会社

ISBN978-4-7698-3227-0　C0195

http://www.kojinsha.co.jp

刊行のことば

第二次世界大戦の戦火が熄《や》んで五〇年――その間、小社は夥しい数の戦争の記録を渉猟し、発掘し、常に公正なる立場を貫いて書誌とし、大方の絶讃を博して今日に及ぶが、その源は、散華された世代への熱き思い入れであり、同時に、その記録を誌して平和の礎とし、後世に伝えんとするにある。

小社の出版物は、戦記、伝記、文学、エッセイ、写真集、その他、すでに一、〇〇〇点を越え、加えて戦後五〇年になんなんとするを契機として、「光人社NF（ノンフィクション）文庫」を創刊して、読者諸賢の熱烈要望におこたえする次第である。人生のバイブルとして、心弱きときの活性の糧《かて》として、散華の世代からの感動の肉声に、あなたもぜひ、耳を傾けて下さい。

NF文庫